Landon. Ahora y siempre

Novela

Biografía

Anna Todd (autora/productora/influencer) es la autora *bestseller* de *The New York Times* de la trilogía *Stars* y la serie *After*. La serie *After* se ha publicado en treinta y cinco idiomas, ha vendido más de doce millones de ejemplares en todo el mundo y se ha posicionado en el número uno en varias listas internacionales de *bestsellers*. Lectora voraz, empezó a escribir historias desde su móvil en la plataforma Wattpad, en la que *After* se ha convertido en la serie más leída con más de dos mil millones de lecturas. Anna Todd ha ejercido de productora y guionista de las adaptaciones cinematográficas de *After. Aquí empieza todo* y *After. En mil pedazos*, y en 2017 fundó la empresa de entretenimiento Frayed Pages Media para producir obras innovadoras y creativas de cine, televisión y editoriales. Nacida en Ohio, Anna vive actualmente en Los Ángeles con su familia.

La puedes encontrar en AnnaTodd.com, en Twitter como @AnnaTodd, en Instagram como @AnnaTodd, y en Wattpad como Imaginator1D

Anna Todd
Landon. Ahora y siempre

Traducción: Vicky Charques
y Marisa Rodríguez

 Planeta

Obra editada en colaboración con Editorial Planeta – España

Título original: *Nothing Less*

© 2016, Anna Todd
La autora está representada por Wattpad.
Publicado de acuerdo con el editor original, Gallery Books, una división
de Simon & Schuster, Inc.

© 2016, Traducción: Traducciones Imposibles, S. L.

© 2016, Editorial Planeta, S. A.– Barcelona, España

Derechos reservados

© 2023, Editorial Planeta Mexicana, S.A. de C.V.
Bajo el sello editorial BOOKET M.R.
Avenida Presidente Masarik núm. 111,
Piso 2, Polanco V Sección, Miguel Hidalgo
C.P. 11560, Ciudad de México
www.planetadelibros.com.mx

Imágenes del interior:
Página 385: © Megainarmy, Shutterstock; Página 386 y 387: © Elena
Schweitzer, Shutterstock; Página 388: © PattyMa, Shutterstock; Página
390-391: © Volina, Shutterstock; Página 389, 392 y 393: Shutterstock.

Primera edición impresa en España: noviembre de 2016
ISBN:978-84-08-16303-9

Primera edición impresa en México en Booket: junio de 2023
ISBN: 978-607-39-0095-9

Impreso en los talleres de Impresora Tauro, S.A. de C.V.
Av. Año de Juárez 343, colonia Granjas San Antonio, Ciudad de México
Impreso en México - *Printed in Mexico*

PLAYLIST DE LANDON

Without de Years & Years
Echo de Nelou
Ghost de Halsey
TiO de Zayn
Take Me Home de Jess Glynne
Crown of Love de Arcade Fire
Control de Kevin Garrett
Assassin de John Mayer
I Can't Make You Love Me de Bon Iver
What a Feeling de One Direction
Never Let Me Go de Emily Wolfe
War of Hearts de Ruelle
Edge of Desire de John Mayer
Chainsaw de Nick Jonas
wRoNg de Zayn
As You Are de The Weeknd
Something Great de One Direction
Unhinged de Nick Jonas
Death Has Fallen in Love de Mads Langer
Last Flower de Mads Langer
I Know Places de Taylor Swift
Cough Syrup de Young the Giant
iT's YoU de Zayn
Heavy de Emily Wolfe
Wolves de One Direction

Para todos los Landon del mundo,
porque anteponéis a cualquiera antes que a vosotros mismos,
incluso cuando no deberíais hacerlo.
El karma actuará a favor vuestro <3

PRÓLOGO

En un futuro no muy lejano...

—¿Papi? —*dice una vocecita en la oscuridad de mi dormitorio.*

Enciendo la lámpara de noche, y mis ojos se adaptan a la repentina luz que inunda la habitación.

—¿Qué pasa, Adeline?

Me incorporo y, al recordar que no llevo nada puesto, me cubro con la sábana hasta el pecho.

Me vuelvo para observar a mi mujer. Tiene la espalda descubierta y está durmiendo boca abajo, desparramada, como de costumbre.

Adeline se frota sus ojitos marrones con la mano.

—No puedo dormir.

Un inmenso alivio me invade.

—¿Has contado ovejitas? —*pregunto.*

Últimamente le cuesta dormir, pero intento no preocuparme mucho al respecto. El pediatra dice que no es nada, sólo que no es capaz de desconectar su mente salvaje por las noches, cosa bastante normal a su edad.

Adeline asiente.

—Y ponis. También he contado ponis. Uno azul, uno rojo y uno amarillo muy malo.

Intento no echarme a reír.

—¿Un poni amarillo malo?

—Sí. Le ha robado la galleta al poni azul.

La madre de mi hija se mueve en sueños, pero no se despierta. Le cubro la espalda con la manta por si se diera la vuelta.

Miro a mi niña, cuyos ojos son igualitos que los míos, y soy incapaz de ocultar la gracia que me hace que tenga tanta imaginación. Es muy creativa para su edad; siempre está contando historias de princesas, duendes y otros seres fantásticos.

Sonriendo, alargo la mano hacia ella, que se pasa el osito de peluche al otro brazo, y me la agarra. El pobre está hecho polvo ya. Menos a la escuela, lo lleva consigo a todas partes. Algunos días incluso me lo encuentro dentro del maletín cuando llego al colegio.

—¿Y si nos reunimos en la cocina y me cuentas qué más ha pasado? —sugiero.

Asiente, y le beso la mano antes de que la deje caer a un lado.

—Voy dentro de un momentito, cielo —añado para poder ponerme unos pantalones.

Adeline mira a su madre, me mira otra vez a mí y se dirige hacia la puerta. Se vuelve.

—¿Podemos comernos una galleta mientras hablamos? —pregunta mi pequeña negociadora.

Es igual que yo, le encantan los dulces.

Miro el despertador en la mesilla de noche. Son las doce y media, y mañana tiene colegio. Como profesor suyo de primero de primaria que soy, no tendría que permitirle tomar azúcar de noche...

—Porfi, papi...

Sé que debería ser responsable, y que no debería acceder a un subidón de azúcar seis horas antes de que tenga que despertarse para ir al colegio. Su madre me va a matar, pero sé perfectamente que ella también cedería. Esos enormes ojos marrones y el osito de peluche en el brazo me recuerdan que no será una niña eternamente.

Adeline aguarda con impaciencia.

—Cógeme una a mí también. Voy enseguida. Pero elige las dos más pequeñas del tarro —le digo.

Ella sonríe, como si no hubiese dudado ni por un momento que iba a decirle que sí.

—Las más pequeñas, ¿vale? —añado sonriendo a mi vez.

Adeline asiente y sale del cuarto. Me levanto y agarro mi pantalón de chándal del suelo.

—Blandengue —dice mi mujer con voz adormilada desde la cama.

Me subo los pantalones por las piernas.

—¿Estás despierta? —pregunto con fingida sorpresa.

Se da la vuelta y se coloca los brazos detrás de la cabeza, con la sábana a la altura de la cintura.

—Claro —responde, y una sonrisa adormilada se dibuja en su preciosa cara.

—Cobarde —la provoco.

—Pelele. —Sonríe, y yo intento no apartar los ojos de su rostro.

Si me permito admirar el pecho desnudo de mi mujer, jamás saldré de este cuarto.

Una vez vestido, apoyo la rodilla en el borde de la cama, me inclino y le beso la frente con suavidad. Cuando me aparto, tiene los ojos cerrados, y sus labios forman una plácida sonrisa.

Salgo del dormitorio y, cuando llego a la cocina, sorprendo a Adeline con el osito de peluche colgando de una mano y una galleta enorme en la otra.

—Ésa no parece la galleta más pequeña. —*Abro la nevera y saco la jarra de leche.*

Ella sonríe, y su lengua asoma entre los huecos de los dientes que se le han caído ya. Crece demasiado rápido.

—Creía que habías dicho las más grandes —*me suelta con todo el descaro del mundo.*

UNO

Landon

Sostengo en los brazos la tarta de cumpleaños de Ellen, listo para llevarla abajo. Nora está junto a la puerta, despidiéndose con la mano de Posey y de Lila. Observo cómo introduce los pies, cubiertos con sus calcetines de pizzas, en un par de deportivas blancas sencillas.

—¿Ya estás? —le pregunto.

Apoyo la tarta en la mesa roja del recibidor y ella asiente.

Ha estado muy callada desde nuestra charla en el cuarto de baño, y ahora no sé cómo empezar una conversación con ella. Accedí a no intentar «arreglarla», a no presionarla para conocer sus secretos ni ayudarla a soportar su carga. Me ha advertido una y mil veces que no es buena para mí, que no puede ser lo que yo necesito que sea.

¿Cómo es eso posible, si no tengo ni idea de lo que necesito?

Lo único que sé es que disfruto de su compañía y que quiero conocerla más. Me parece bien que vayamos despacio; los mejores regalos suelen ser aquellos que más se tarda en abrir.

17

Recojo la tarta y, sin hablar, sigo el camino hasta el ascensor y pulso el botón. El sonido del elevador mientras sube las plantas es lo único que se oye en el silencioso descansillo.

Cuando entramos en el reducido habitáculo, Nora se sitúa lo más lejos posible de mí.

Le permito que tenga su espacio e intento no mirarla mientras ella me observa. Noto sus ojos fijos en mí, pero está claro que hoy no tiene ganas de hablar.

A pesar de estar sosteniendo la tarta, noto un vacío en mis brazos; es como si les faltara algo. ¿Nora, tal vez? Cada segundo que paso con ella tengo la sensación de estar perdiendo el control de mi propio cuerpo. Nora se lleva los dedos a la punta de la trenza y mi mirada se encuentra con la suya. El ascensor no se ha movido desde que entramos en él. Ni siquiera sabría decir cuánto tiempo hemos estado aquí de pie; parecen minutos, pero probablemente hayan sido sólo unos segundos.

Me sostiene la mirada, estudiándome, intentando descifrar algo.

«No soy yo el que tiene secretos», quiero decirle.

Pienso en Dakota y en el tiempo que pasamos juntos anoche. Pienso en lo avergonzado y lo culpable que me sentí cuando fui incapaz de... cumplir. Pienso en lo mal que me sentí cuando me encontré el cuarto de baño vacío. Mi ex se había marchado por la escalera de incendios. Sólo ha pasado una noche, y aquí estoy, con Nora, deseando estar cerca de *ella*.

Supongo que yo también tengo secretos.

—¿Se ha averiado? —pregunta Nora, y vivo un instante de pánico al pensar que está hablando de mi polla.

Cuando me doy cuenta de que se refiere al ascensor, me dan ganas de echarme a reír.

—No lo sé. —Pulso el botón del bajo una vez más.

Acto seguido, se oye un timbre y la puerta se abre y se cierra. El habitáculo empieza a moverse, y me encojo de hombros. ¿Había olvidado pulsar el botón? No lo sé.

Cuando llegamos a la planta baja, dejo que Nora salga del ascensor primero. Su codo me roza el brazo, y me aparto para darle espacio. Siento su calor en mi piel, y, por un momento, me gustaría vivir en otra realidad. En una dimensión en la que puedo tocar y abrazar a Nora. En ese mundo, ella confía en mí y comparte conmigo partes de sí misma que nadie más ve. Ríe sin vacilar y no intenta esconder nada.

Pero ese mundo imaginario perfecto se desvanece con cada silencioso paso que avanzamos por el edificio de mi apartamento.

—No le he comprado a Ellen ningún otro regalo —recuerdo en voz alta.

Nora se vuelve y reduce el paso hasta que llego a su lado.

—Seguro que esta tarta casera y tu tiempo son un regalo más que suficiente. —Inspira—. A mí me encantaría que me hicieran un regalo así —añade, y continúa caminando.

Cuando dice ese tipo de cosas, llena mi mente ya aturullada de confusión.

—Pero ¿no decías que no te gustan los cumpleaños? —pregunto, sin esperar, pero deseando, que me dé algún tipo de explicación.

Su cumpleaños es la semana que viene, pero me ha hecho prometerle que no haría nada para ella.

Me está haciendo prometerle muchas cosas últimamente. Sólo la conozco desde hace unas semanas y ya le he prometido demasiado.

—Y no me gustan.

Nora abre la puerta de la calle y la sujeta para que pase. En lugar de preguntarle por qué, decido hablar de mi recuerdo de cumpleaños favorito.

—Cuando era pequeño, mi madre siempre hacía de mi cumpleaños un gran acontecimiento. Lo celebrábamos durante toda la semana. Me preparaba mis comidas favoritas y nos quedábamos despiertos hasta tarde todas las noches.

Nora me mira. Nos estamos acercando a la puerta de la tienda de la esquina. Una pareja cogida de la mano pasa por nuestro lado, y eso me lleva a preguntarme si Nora habrá tenido algún novio formal. Me saca de quicio no saber nada de esta mujer. Tiene veinticinco años. Debe de haber salido con alguien en el pasado.

—Me preparaba cupcakes en conos de helado y los llevaba al colegio. Creía que así les caería bien a los otros niños, pero sólo hacía que se burlaran aún más de mí —le digo al recordar mi primer año de instituto, cuando nadie de mi clase tocó siquiera sus pasteles cubiertos de coloridos fideos de azúcar.

Nadie excepto Dakota y Carter. De modo que los tres intentamos comernos todos los que pudimos de camino a casa para que mi madre creyera que a toda la clase le había encantado su regalo y había celebrado mi cumpleaños conmigo.

Cuando llegamos a nuestra manzana, aún nos quedaban cinco en la bandeja. Acabamos dejándolos en un madero que había a la entrada del Territorio, una zona boscosa habitada por drogadictos y personas sin hogar; gente con estómagos vacíos y vidas vacías, y nos gustaba pensar que aquel día, al menos, habíamos alimentado a cinco de ellos.

—Yo me habría comido uno —me dice Nora con la mirada perdida.

No me da ninguna explicación de por qué detesta su propio cumpleaños, y tampoco espero que lo haga. No es por eso por lo que he compartido una parte de mi pasado con ella.

Abre la puerta de la tienda haciendo sonar la campanilla. La sigo adentro y río cuando Ellen nos ve, tarta en mano, y se esfuerza por contener una sonrisa.

DOS

—Ha sobrado un montón de tarta —dice Nora mientras se lleva un tenedor de plástico lleno a la boca.

Unas migas de bizcocho y de cobertura verde caen sobre la mesa. Resulta que a Ellen no le gustan mucho los dulces. Cuando me he lamentado por no haberle llevado un ramo de flores en lugar de la tarta, ha señalado que es una adolescente y que no le gustan las flores. Pero, en serio, ¿cómo puede no gustarle la tarta? No sé qué clase de bicho raro será, pero no tengo ningún problema en comérmela yo por ella.

A pesar de que detesta la mayoría de las cosas, ha disfrutado de nuestra compañía. Aunque intentaba no sonreír, no lo ha conseguido, y los tres lo hemos pasado bien. Nora ha cambiado el cartel de ABIERTO a CERRADO y le hemos cantado el *Cumpleaños feliz*. Hemos descubierto que soy un cantante pésimo. Aun desafinando y sin velas, nos hemos asegurado de hacerle saber que nos importaba que fuera su cumpleaños.

Nora ha sintonizado una emisora de música pop en la radio de su móvil y Ellen ha hablado más con ella que conmigo en todo el tiempo que la conozco. Nuestra fiesta improvisada sólo ha durado una media hora. A Ellen la ponía nerviosa que la tienda estuviera cerrada, y yo tenía la sensación de que estaba cansada de hablar de sí misma. Para mi desgracia. He comprobado con demasiada frecuencia que las personas que no quieren hablar de sí mismas son con las que más quiero hablar yo.

—Más para nosotros —digo, y cojo otro tenedor de la encimera de la cocina y lo hundo en una esquina de la tarta.

Nora está sentada en la silla que hay a mi lado, con una rodilla apoyada en el asiento. Las pequeñas porciones de pizza de sus calcetines son estrafalarias y adorables a partes iguales. Alargo la mano y le toco la parte superior del pie con la punta del dedo.

—¿Y esto? —le pregunto.

Se lame los labios.

—La vida es demasiado corta como para vestir calcetines aburridos. —Se encoge de hombros y se lleva el tenedor lleno de tarta a la boca.

Observo mis propios calcetines, con los talones y las puntas de los dedos grises. Uf. Qué aburridos. Y encima de tubo. Ya nadie lleva calcetines de tubo.

—¿Es el lema de tu vida? —pregunto.

Ella asiente en respuesta.

—Uno de ellos —dice con la boca llena.

Se ha manchado los labios de cobertura, y desearía que estuviéramos en una comedia romántica para poder alargar la mano y limpiársela con el dedo. Ella se pondría toda sentimental, los dos sentiríamos mariposas en el estómago, y entonces se inclinaría hacia mí.

—Tienes cobertura en los labios —digo, haciendo precisamente lo opuesto a un gesto romántico.

Ella se pasa el pulgar para limpiarse, pero se le escapa precisamente esa parte.

—¿No vas a limpiármela tú? En las películas, ésta sería la ocasión perfecta para darse un beso.

Ha pensado lo mismo que yo y, por algún motivo, me gusta el consuelo que eso me hace sentir.

—Estaba pensando en eso. Si esto fuera una película, me inclinaría y te la limpiaría —digo sonriendo.

Nora sonríe también, con los labios aún manchados.

—Y después te lamerías el dedo, y yo me quedaría observando cómo se separan tus labios.

—Y yo no dejaría de mirarte —digo.

—Yo suspiraría mientras tú te lames el dedo, sin interrumpir el contacto visual.

Siento un cosquilleo en el estómago.

—Tú tendrías mariposas en el estómago.

—Unas mariposas furiosas y salvajes que me harían sentir que me estoy volviendo loca. —Nora me mira a los ojos.

Está sonriendo, y es, sencillamente, preciosa.

—Yo te diría que aún tienes un poco y me inclinaría de nuevo. Tu corazón latiría muy deprisa.

—Tan deprisa que podrías oírlo.

Repito sus palabras, perdido en ellas:

—Tan deprisa que podría oírlo. Y te acariciaría la mejilla.

El pecho de Nora se hincha y se deshincha despacio.

—Yo te lo permitiría.

—Cerrarías los ojos como lo haces cada vez que te toco.

Nora parece sorprenderse cuando le digo esto, como si no fuera consciente de que lo hace.

Me quedo mirando su boca mientras habla, preguntándome qué estará pensando.

—Entonces tiraría de ti hacia mí y me lamería los labios —añade a nuestro pequeño relato.

Mi corazón bombea de manera tan frenética que oigo la sangre que corre por detrás de mis orejas. Inspiro hondo. Nora se ha aproximado. Creo que ni siquiera es consciente de ello.

—Y yo te rozaría los labios con los míos. Al principio lo haría con tanta suavidad que ni siquiera lo notarías. Después, mi lengua se abriría paso entre los tuyos y te besaría.

Nora tiene los ojos entornados y fijos en mi boca.

—Me besarías como si nunca me hubieran besado, y probablemente nunca lo hayan hecho, no como tú lo harías. Sería como si fuera mi primer beso, aunque no lo fuese —dice con un hilo de voz, y no puedo no besarla.

Me inclino más hacia ella. Apenas nos separan unos centímetros.

—Nunca te han besado. —Ahora la tengo tan cerca que noto su aliento en mis mejillas—. No como te besaría yo. Olvidarías todos los besos anteriores al mío. Absolutamente todos.

Inspiro hondo y sus labios se pegan a los míos antes de que me dé tiempo a exhalar. Saben a cobertura. Siento su lengua caliente en mi boca y sus manos se hunden en mi pelo con avidez. Tirándome de las raíces, me estrecha contra sí con fuerza.

Con los dos pies apoyados en el suelo, rodeo su cuerpo con los brazos y la traslado de su silla a la mía. Se sienta a horcajadas sobre mi regazo. Me está besando como si nunca me hubieran besado y quiero olvidar absolutamente todos los besos anteriores a ella.

Su cuerpo suave se mece contra el mío mientras me muerde el labio. Noto que se me pone dura debajo de ella, y me sorprende no sentir ni la más mínima vergüenza. Capto el momento exacto en que lo nota. Saboreo su gemido mientras rodea mi cuello con los brazos. Corrige su postura sobre mí para sentir mi roce contra ella. Sus pantalones son muy finos, y mi pantalón de chándal difícilmente oculta nada.

Cuando se mece contra mí y noto cómo restriega su sexo contra mi erección, no puedo evitar gruñir de placer. Su tacto es maravilloso, incluso estando vestidos del todo.

Joder, me estoy volviendo loco. Ahora me está besando el cuello. Su boca sabe muy bien dónde tiene que besar, dónde tiene que lamer, y conoce el punto exacto de mi nuca donde tiene que chupar. La agarro de las caderas y se las aprieto con suavidad, guiándola para que me roce justo donde necesito que lo haga.

Se mueve de una manera tremendamente sexi. Es una diosa, simple y llanamente. Es una diosa, y yo soy un cabrón con suerte por estar aquí con ella en este mismo momento. En definitiva, esta cocina tiene algo que nos vuelve locos el uno por el otro. Jamás habría pensado que la noche iba a dar este giro.

Pero, desde luego, no me quejo.

Nora aparta la boca de mi cuello, deslizando todavía su sexo contra mi polla.

—Joder, ojalá no fueras el compañero de piso de Tessa.

Me chupa de nuevo la piel, y entonces se detiene.

Le aprieto las caderas y habla de nuevo:

—Te follaría, joder, si no fueras su compañero de piso te follaría ahora mismo.

El familiar cosquilleo de un orgasmo asciende por mi espalda al oír sus palabras. Es tan sexi, y está tan abierta... Me vuelve loco.

Estoy absolutamente loco por ella.

—Podemos fingir que no lo soy —digo, medio en broma.

Ella se ríe y se restriega contra mí.

—Voy a correrme, joder, Landon. Esto... no... cuenta... —dice con una voz gutural y sensual, y yo apenas puedo respirar mientras me monta y empuja sus caderas contra mi cuerpo.

Traslado las manos a su espalda para estabilizar sus rápidos movimientos. Y, antes de poder evitarlo, me encuentro también a punto. No quiero pensar en ello, no quiero que mi mente me fastidie este momento. Sólo quiero sentirla. Sólo quiero hacer que se corra y unirme a ella en su éxtasis.

—Yo también, yo también voy a correrme —digo contra su cuello.

Ojalá se me diesen tan bien las palabras como a ella. La beso donde el cuello se une al hombro, sin saber muy bien qué es lo que estoy haciendo, pero el sonido que emite mientras se corre contra mí me indica que he hecho algo bien.

Mi mente se queda en blanco. Ahora sólo hay sensaciones. Soy un mar de sensaciones, y a ella se le da fantásticamente bien silenciar mi cabeza, y esta sensación es maravillosa. Nora es maravillosa, sobre mi cuerpo, y en mi mente frenética.

Cuando desciende, su cuerpo se ralentiza y su respiración se relaja. Apoya la cabeza sobre mi hombro y siento la humedad entre nuestros cuerpos, pero a ninguno de los dos parece importarnos.

—Eso ha sido... —empieza—. Yo...

De repente, el ruido de la puerta de entrada interrumpe sus palabras.

—¿Landon? —La voz de Tessa llega desde el otro lado del pasillo, atraviesa nuestra respiración agitada y corta de cuajo nuestros eufóricos pensamientos.

—Mierda —mascula Nora mientras se aparta de encima de mí de un salto y pierde el equilibrio.

La agarro del codo y evito que se caiga al suelo.

Me levanto, y la mirada de Nora se dirige a mi entrepierna. Concretamente, a la mancha de humedad que hay en mi pantalón.

—Corre —me dice, y me apresuro a ir hacia el cuarto de baño.

Tessa entra en la cocina justo cuando llego al umbral y trato de salir corriendo, pero me detiene. Al menos, estoy de espaldas a ella.

—Oye, he intentado llamarte —dice.

No quiero volverme. No puedo volverme.

—Era para preguntarte si podías traerme mis otros zapatos al trabajo. A alguien se le ha caído un recipiente con aderezo de ensalada sobre mis zapatos, y esta noche cierro —dice Tessa con voz tensa.

No necesito mirarla para saber que está estresada, pero no me encuentro en posición de consolarla, ni a ella ni a nadie, en estos momentos. Echo un vistazo a mi alrededor en busca de algo que pueda coger para taparme y darme la vuelta, pero no hay nada aparte de una caja de cereales Lucky Charms.

—Bueno —añade con voz más calmada—. ¿Qué hacíais?

Cojo la caja de cereales, me cubro la entrepierna con ella y me vuelvo hacia Tessa. Su mirada se dirige directamente a la caja. La sostengo con fuerza.

—Estábamos... —Intento buscar las excusas y las palabras adecuadas, y procuro que mis dedos nerviosos no suelten el cartón.

Tessa mira a Nora y luego vuelve a mirarme a mí.

—Uy, vaya, ¿qué hacéis en la cocina? —pregunta con inocencia.

Busco la ayuda de Nora, pero ella no dice nada. Me hundo con este barco que naufraga, y mi único aliado es el duende de la caja de cereales.

—Pues... —empiezo, todavía sin tener ni idea de qué diablos voy a decirle.

Tessa está de pie en la puerta, con unos pegotes de salsa blanca en los zapatos. No es la única que tiene manchas blancas...

—Estábamos cocinando —digo, y agradezco mentalmente a Tessa que comprase la caja de tamaño familiar de Lucky Charms.

—¿Cocinando? —Ella mira a Nora con una expresión inescrutable.

Nora da un paso hacia adelante.

—Sí, pollo con... —Nora me mira—. ¿Lucky Charms? —Lo dice con un tono tan vacilante que estoy convencido de que Tessa se va a dar cuenta—. Para el rebozado. ¿Como las pechugas de pollo que rebozamos con Frosties de

Kellogg's en el trabajo? Quería probar a hacerlas con Lucky Charms —explica Nora.

Suena tan convincente que casi la creo y, lo que es más importante, Tessa parece hacerlo también.

Nora continúa:

—¿Tienes que volver al trabajo? Venga, vamos a por tus zapatos —dice, y distrae a Tessa.

—Ahora vuelvo —les digo a las dos.

Qué incómodo. ¿Por qué tiene que ser tan incómodo todo en mi vida? Agradecido de que Nora mienta mejor que yo, desaparezco por el pasillo, sin soltar la caja de cereales.

—¿Qué le pasa? —oigo que Tessa le pregunta a Nora.

No me quedo para escuchar la respuesta.

TRES

En mi dormitorio impera el silencio.

De repente, el cuarto se me hace muy pequeño.

¿O quizá soy yo el que se siente pequeño después de otro momento embarazoso con Nora? Esta vez ha sido algo mejor, porque ambos hemos compartido la escena incómoda.

La hemos provocado.

Todavía siento su cuerpo contra el mío, moviéndose con necesidad, con determinación. Oigo sus gemidos en mi oído y noto su cálido aliento en mi piel.

Ahora hace calor en la habitación.

Demasiado.

Me aparto de la puerta y me dirijo a la ventana. Mi escritorio está hecho un desastre, con pilas de libros y post-it por toda la superficie de madera. Bueno, es de IKEA y cuesta menos de cien pavos, así que lo más probable es que no sea «madera» de verdad. Doy unos golpecitos con el dedo sobre la oscura supuesta madera y suena hueco. Sabía que no era auténtica.

Me tiemblan los dedos cuando cuelo la mano por debajo de la persiana para abrir la ventana. El alféizar está cubierto de pintura desconchada y de polvo. Hay incluso una mosca muerta. Tessa se horrorizaría si lo viera. Me anoto mentalmente que tengo que limpiarlo esta semana. Tiro de la testaruda madera y, por fin, se abre.

La levanto más y dejo que los tranquilos sonidos de la ciudad inunden mi dormitorio. Me encanta el nivel de ruido de Brooklyn. Se oyen coches y, por lo general, las voces de los viandantes, pero nada demasiado exagerado. Alguna vez se oye el claxon de algún taxi, pero nada comparado con el ruido de Manhattan. Nunca entenderé por qué pitan tanto. ¿De verdad cree la gente que pitando va a mejorar en algo el tráfico? Lo único que consiguen con ese gesto tan grosero es cabrear a los demás y generar más tensión.

Estos pensamientos aleatorios están consiguiendo alejar mi mente de lo que Nora y yo acabamos de hacer. Bueno, no ahora que estoy pensando en ello de nuevo. ¿Cómo hemos pasado de idear una escena de película a montárnoslo en una silla? Me quito los pantalones y los calzoncillos y los meto en la cesta de la ropa sucia, que está junto a la puerta del armario.

Me cambio de ropa y me siento en el borde de la cama, cerca de la ventana. Tengo el teléfono cargando en la mesilla de noche. Lo cojo.

Hardin responde al segundo tono.

—Es demasiado tarde para convencerme de que no vaya. Estaré allí este viernes —son las primeras palabras que salen de su boca.

Pongo los ojos en blanco.

—Hola, estoy bien —digo—. Gracias por preguntar.

—Vale. ¿En qué puedo ayudarte en esta noche tan agradable? —pregunta él gritando por encima del estridente alarido de la alarma de un coche que suena de fondo.

—En nada. Me está pasando algo muy raro... —No sé

cómo explicar lo que sucede ni por qué he llamado a Hardin para hablar de ello.

Se echa a reír.

—Vas a tener que explicarme mucho más que eso.

Suspiro al teléfono y escucho a mi alrededor. Oigo levemente las voces de Tessa y de Nora en la cocina.

—Bien, ¿te acuerdas de Nora, la amiga de Tessa? Bueno, cuando tú la conociste se llamaba Sophia, pero Tessa dice que le gusta que sus amigos la llamen Nora. Bueno, supongo que ninguno de los dos nombres te dirá nada así, de primeras.

Hardin guarda silencio durante un instante. Me pregunto si habré hablado demasiado alto. No distingo nada de lo que están diciendo las chicas, así que espero que ellas me oigan todavía menos a mí.

—Sí, creo que sí.

—Vale, pues acabamos de hacerlo. —Tiro de la correa de la persiana para subirla—. Bueno, supongo que no lo hemos hecho exactamente. Pero hemos hecho algo muy muy parecido.

—¿Y?

Cómo no, no esperaba otra respuesta por su parte.

Me aseguro de que mi voz sea sólo un poco más alta que un susurro cuando añado:

—Pues que Nora me ha dicho un montón de veces que debemos ser sólo amigos, y sólo estábamos hablando, como de costumbre, pero dos segundos después la tenía a horcajadas encima de mí y teniendo un orgasmo, y Tessa ha entrado justo después, y ahora estoy en mi cuarto, y estoy hecho un manojo de nervios porque no sé qué hacer ni qué decir.

—Vaya. Y ¿Tessa os ha pillado? ¿La tía estaba montándote en una silla? En ese caso, no tiene sentido que niegues nada. Espera, ¿te la has follado en la silla de la cocina o sólo te ha montado hasta que se ha corrido? —pregunta Hardin en un tono normal y corriente, como si sus palabras no fueran tan sucias como un baño público.

—Eh..., lo segundo. No hemos practicado el sexo, bueno, no la clase de sexo en la que algo entra dentro de algo...

—¿En serio? —Su voz es tranquila, con cierto aire divertido—. ¿De verdad acabas de decir eso? ¿Por qué no me enseñas en una muñeca dónde te ha tocado?

—No sé por qué te he llamado —digo, y suspiro.

Me inclino hacia atrás y me quedo mirando el ventilador del techo de colores extraños.

Hardin parece percibir algo en mi voz y entonces suaviza el tono.

—Y ¿te gusta esa tía? Me refiero a que, ¿por qué, si no, iba a ser un problema que te lo hayas montado con ella? Estás soltero y ella también, ¿no?

Lo medito durante un momento. ¿Estoy soltero?

Sí. Dakota y yo rompimos hace meses.

Pero no puedo dejar de pensar en que precisamente anoche estuvo aquí.

Joder, soy un capullo. Debería decirle a Nora que Dakota estuvo aquí. Es lo más justo. Eso es lo que haría un buen tío, y yo soy un buen tío.

—Los dos estamos solteros. Pero Dakota estuvo aquí anoche —digo.

Detesto admitirlo.

No soy esa clase de tío.

De verdad que no.

—Uf. ¿Delilah también? ¿Qué cojones está pasando por ahí?

No me molesto en corregirlo respecto al nombre de Dakota.

—No lo sé, pero no se lo cuentes a Tessa. En serio, bastante tiene ya, y Nora no quiere que Tessa se entere por nada del mundo. Lo digo de verdad. Me da igual que se desnude ante ti y te pida que se lo cuentes..., más te vale fingir que no sabes nada.

—Si está desnuda, no te prometo nada.

—Hardin...

—Vale, vale. No diré nada. ¿Ya has hablado con ella sobre su horario?

No. Porque soy un cobarde de mierda.

—Todavía no. Ha estado trabajando mucho últimamente. Ah, y tengo que advertirte sobre algo, pero no puedes perder los estribos. —Hago una pausa—. En serio, no puedes hacerlo. Prométeme que no los vas a perder. Prométemelo —digo en voz baja.

No quiero que Tessa y Nora me oigan marujeando sobre ellas con Hardin.

—¿Qué? ¿Qué pasa? —pregunta él.

Sé que está pensando lo peor.

—Prométemelo —repito.

Resopla con impaciencia y frustración.

—Bien, vale, lo prometo.

—¿Te acuerdas del camarero del lago de aquel fin de semana? ¿Cuando Tessa y tú no parabais de pelearos?

—No nos peleábamos tanto —dice un poco a la defensiva—. Pero, sí; ¿qué pasa con él?

—Está aquí.

—¿En tu apartamento? —Hardin eleva la voz y empiezo a pensar que tal vez no haya sido muy buena idea contárselo ahora mismo, así.

—No. En Nueva York. Trabajan juntos.

Lo oigo suspirar, y puedo imaginarme su expresión en estos momentos.

—¿Han estado..., ya sabes, saliendo o algo?

Sacudo la cabeza, aunque él no puede verme.

—No, qué va. Sólo quería decírtelo porque creo que, por tu bien, sería mejor que no le dieras demasiada importancia y le demostraras a Tessa que estás madurando y todo eso —sugiero.

También porque no quiero que mi apartamento arda hasta los cimientos en la guerra entre estos dos. Aunque, por otro lado, si ardiera, lo que sucede entre Nora y yo cada vez que estamos en la cocina dejaría de existir.

—¿Madurando? Yo soy muy maduro. Capullo.

—Sí, tu extenso vocabulario es una buena muestra de ello, capullo —bromeo.

—Oye, tío, estoy orgulloso de que digas palabrotas y de que te hayas medio follado a Naomi, o Sarah, o como quiera que se vaya a llamar la semana que viene, pero espero una llamada dentro de un minuto —dice Hardin.

No puedo evitar echarme a reír ante su facilidad de palabra.

—Gracias por la ayuda —replico.

Guarda silencio durante unos segundos antes de añadir:

—Puedo llamarte después, si de verdad quieres hablar de ello.

Su voz suena totalmente sincera, y me incorporo. Esto no me lo esperaba.

—No, tranquilo. Lo que tengo que hacer es salir y dar la cara, a ver cómo está el ambiente.

—Huele a tormenta.

—Calla —digo, y se hace el silencio en la línea.

CUATRO

Cuando salgo del cuarto, Tessa ya se ha marchado de vuelta al trabajo y Nora está sentada sola en el sofá, con los pies delante de ella sobre una pila de cojines. Tiene la espalda apoyada en el brazo del sofá de piel y el mando en la mano.

—¿Ya se ha ido Tessa? —le pregunto fingiendo que no he estado esperando a oír cómo se cerraba la puerta de entrada antes de salir de la habitación.

Nora asiente. Está pulsando la flecha del mando mientras ojea la guía. No me mira. Veo que ella también se ha cambiado los pantalones. ¿Se ha traído ropa extra porque sabía de antemano que iba a mancharle los que llevaba puestos? Espero que sí.

La idea me acelera el corazón, e intento no pensar mucho en lo que Tessa casi nos pilla haciendo.

—¿Crees que se ha dado cuenta? —pregunto.

Había pensado ser un poco más sutil al sacar el tema, pero supongo que mi bocaza tiene otros planes.

Nora sigue pulsando la tecla del mando con el pulgar, pero se vuelve hacia la puerta de la sala de estar, donde yo me encuentro.

—Espero que no. —Hace una pausa y coge aire—. Oye,

Landon... —Su voz denota el principio de una despedida, cuando apenas he oído su saludo.

—Espera —la interrumpo antes de que se cierre a darme una oportunidad—. Sé lo que vas a decir. Tu tono y el hecho de que no me mires me lo están dejando bastante claro.

Nora me mira a los ojos, y yo me adentro en la sala y me siento en el sillón que está al lado del sofá. Ella se incorpora y se cruza de piernas. Agarra un cojín, el mismo que la madre de Ken me regaló el otoño pasado, y se lo pone sobre el regazo.

—Landon —dice con voz suave, y me encanta el modo en que mi nombre se funde con su aliento—, yo no...

—Basta. —Sé que es de mala educación interrumpirla de nuevo, pero sé lo que va a decir, y estoy decidido a cambiar el rumbo de la conversación—. Ahora es cuando intentas que me aleje y me dices que no eres buena para mí. Pero hoy no va a pasar. Hoy vamos a hablar de por qué crees eso y a pensar en qué vamos a hacer al respecto.

En cuanto termino, siento una especie de subidón. Es fantástico que mis pensamientos se hayan transformado en palabras, y creo que me ha salido un pelo en el pecho o tal vez dos.

Nora me mira a los ojos con una intensidad serena.

—No hay nada que hacer al respecto. Ya te dije que no podemos salir... Nunca estaremos juntos de verdad. No busco meterme en otra relación.

Me sorprende su arrojo. Por lo general, en los libros o en las películas, cuando se dan estas conversaciones incómodas, el que rechaza al otro suele apartar la mirada o limpiarse las uñas o algo así.

Nora no. La impetuosa Nora me está mirando directamente a los ojos y me está poniendo algo nervioso. El subidón se ha desvanecido, mis pelos del pecho se han marchitado y desaparecido y tengo la boca seca.

Nora ha dicho «otra relación». ¿Cómo fue su última relación? Estoy un noventa y nueve por ciento seguro de que no va a contarme nada, pero voy a preguntárselo de todos modos.

—¿Cuándo fue tu última relación?

Entorna los ojos, pero no aparta la mirada.

—Es complicado.

—Todo lo es.

Sonríe cuando le digo eso.

—Cuéntamelo, quiero saber sobre ti. Permítemelo —la animo.

—Yo no quiero que sepas nada sobre mí —dice, y siento la convicción de sus palabras.

Lo dice en serio, y la verdad es que me escuece.

No puedo evitar fruncir el ceño.

—¿Por qué no?

El cojín le cubre ahora el pecho y sus dedos se aferran a las esquinas superiores con fuerza. Recuerdo cuando Gran, la madre de Ken, me lo regaló. Me dijo que había comprado el mismo para Hardin, pero cuando Ken sacó la basura ese mismo día, encontró el cojín azul y amarillo dentro. Yo me quedé el mío, y estoy convencido de que el día en que Ken le devuelva a Hardin el suyo, él por fin estará preparado para conservarlo.

Al ver que Nora no responde, una chispa de ira arde en mi pecho.

—¿Por qué? Dime por qué no quieres que te conozca.

Te gusto. No soy tan hábil como el resto de los tíos, pero eso es evidente. ¿Por qué no dejas que te conozca?

—Porque dejaré de gustarte. Si sigues indagando, lo que descubras no te agradará.

Nora se levanta y lanza el cojín sobre el sofá. Cae al suelo, y ninguno de los dos nos movemos para recogerlo.

—Te dije desde el principio que esto no va a ninguna parte —añade.

Permanezco en el sillón. Si me levanto, me dará una bofetada o un beso, y, por mucho que me gustaría que se materializasen cualquiera de esas dos opciones (tener algún tipo de contacto), necesitamos mantener una conversación real de una vez por todas.

—Eso dices —empiezo, sin interrumpir el contacto visual con ella—. Pero después nos besamos o…, bueno, ya sabes. Si me dijeras el motivo por el que intentas mantener la distancia conmigo, podríamos pensar en una solución juntos.

Cuando me mira, mi frustración me vuelve más valiente.

—Esto es lo que no entiendo del ser humano. Nunca entenderé por qué la gente no puede decir lo que siente en lugar de decir chorradas. No lo concibo. Nada puede ser tan malo. Nada es demasiado malo como para que no pueda solucionarse. No soy el típico gilipollas que va a fingir estar aquí para ti para después desaparecer.

Me levanto, quiero estar más cerca de ella. Ella da un paso atrás.

—No tengo ninguna otra intención más que estar más cerca de ti. Créeme. O, al menos, permítete intentarlo —le pido.

—No tienes ni idea de lo que estás diciendo. No sabes

nada sobre mí. Apenas eras consciente de que existía hasta hace dos semanas —dice Nora.

Con las manos formando puños a ambos lados de su cuerpo, da dos pasos hacia mí.

—¿Que apenas era consciente de que existías? —Repito su absurda afirmación.

Nora resopla.

—Estabas tan obsesionado con Dakota que no te importaba nada más. Ni siquiera sé por qué estamos hablando de esto. Somos amigos. Eso es todo.

—Pero...

—¡Ni peros ni hostias! —grita con hostilidad—. Estoy harta de que la gente me diga siempre lo que debo hacer o sentir. Si digo que somos amigos, es que somos amigos, joder. Y si digo que no quiero volver a verte, no volveré a verte. Soy capaz de tomar mis propias decisiones, y sólo porque te creas un puto psicólogo no tengo por qué hablar contigo. No todo el mundo quiere sentarse a vomitarle sus putas entrañas a un desconocido.

—Yo no soy ningún desconocido. Puedes intentar convencerte de que lo soy, pero sabes que no es así. —Trato de atravesar el muro que tan decidida está a mantener entre nosotros.

No soy ningún psicólogo; simplemente no tengo ningún problema en decir lo que siento.

—Vaya, ¿en serio? —dice Nora, casi gritando.

—¡Sí, en serio! —Trato de imitar su ira, pero no funciona.

Toda la ira que estaba sintiendo ha desaparecido en cuanto he visto su vulnerabilidad a través de la suya. Aquí está pasando algo que no alcanzo a comprender.

—¿Cuántas veces me habías visto antes de mudarte aquí? —pregunta.

¿Qué tiene que ver eso con todo esto? Antes de que responda, añade:

—Piensa antes de contestar.

La había visto una o dos veces. Recuerdo haberla visto en casa de mi madre al menos una vez. Ken conoce a su padre de algo.

—Estuviste en casa de mi madre. Cenamos un día —le digo para demostrarle que se equivoca.

Ella se echa a reír, pero no de diversión.

—¡¿Lo ves?! —Agita las manos delante de ella como si estuviera empujando el aire hacia mí.

Sigo observándola, aunque quiero apartar la mirada.

—Ocho veces. —Su voz atraviesa el silencio—. Nos habíamos visto ocho veces. No me sorprende que no lo recuerdes.

—Eso es imposible. Me acordaría.

—¿Ah, sí? ¿Te acuerdas de aquel día que estábamos hablando de Hardin y que yo no sabía quién era? Esperaba que te acordaras. Yo estaba ahí cuando te estampó contra la pared en casa de tus padres. Me acuerdo de cuando levantó el puño para pegarte, pero no fue capaz de hacerlo porque te quería. Recuerdo estar sentada a la mesa de tu cocina unos días antes de eso. Tú me estabas hablando de la facultad y de que esperabas que aceptasen a Tessa en la Universidad de Nueva York. Me acuerdo de que llevabas una camisa azul y de los reflejos de color miel de tus ojos. Recuerdo que olías a sirope y que te ruborizaste cuando tu madre se lamió el dedo y te limpió la mejilla. Me acuerdo de todos los detalles, y ¿sabes por qué?...

Estoy tan pasmado que no respondo.

—¡Pregúntame por qué! —me exige.

—¿Por qué? —digo, y mis palabras suenan patéticas, como salidas de la boca de un idiota.

—Porque estaba prestando atención. Siempre he prestado atención a todo lo relacionado contigo. El pringado dulce y sexi que estaba enamorado de una chica que no le correspondía. Memoricé la manera en que tus ojos se cierran cuando te tomas un buen café, y me encantaba cocinar con tu madre y oíros a tu padrastro y a ti animando a algún equipo en la tele. Pensaba... —Hace una pausa, mira a su alrededor por la habitación y entonces vuelve a centrarse en mí—. Bueno, creía a medias que tú también estabas prestando atención, pero no era así. Yo no era más que una distracción para olvidarte de Dakota, que, por cierto, es una auténtica zorra.

—No es ninguna zorra —dice mi boca de idiota.

Nora abre unos ojos como platos.

—Todo eso... —Los cierra y los abre lentamente—. Digo todo eso, y ¿lo único que haces es defender a Dakota? Ni siquiera la conoces tanto como tú crees. Se ha estado abriendo de piernas con cualquier tío que le ha sonreído desde que llegó aquí, y tú estás tan obsesionado con ella que ni siquiera intentas ver lo horrible que es.

Sus palabras me hieren y se me parte el corazón. Tengo demasiados pensamientos en la cabeza como para procesar nada de lo que se ha dicho en los últimos cinco minutos.

—Ella... ella no haría algo así —farfullo.

Nora suspira. Sacude la cabeza con furibunda compasión. Observo cómo se dirige a la puerta y desliza los pies en sus deportivas. No dice nada, y yo no sé qué más añadir.

Me quedo ahí plantado, en medio de la sala de estar, y veo cómo sale de mi apartamento. Si esto fuera una película, correría tras ella y me explicaría. Sería valiente y encontraría las palabras adecuadas para aliviar su dolor y su frustración.

Pero la vida no es una película, y yo no soy valiente.

CINCO

Han pasado cinco días desde la última vez que supe de Nora. Cinco días, pero la he tenido en la cabeza más que nunca. A ella y lo que dijo sobre Dakota. No puede ser cierto, pero sus palabras no paran de reproducirse una y otra vez en mi mente. ¿Por qué dijo eso? Y ¿por qué lo escupió con tanta mala leche?

Tessa me ha comentado de pasada que anoche coincidió con ella en el turno y que se la veía distraída, que apenas hablaba. No sabe por qué, pero le pareció raro.

¿Estaba distraída por mí?

Lo dudo.

Soy consciente de que apenas conozco a Nora. Tal vez ella tenga razón y, si la conociera, dejaría de gustarme. Se puso muy agresiva de repente. Por un instante decido llamarla *Sophia*. No conocía a Sophia, no del modo en que estaba empezando a conocer a Nora, y si las separo a las dos, mi vida será más fácil, de modo que tal vez debería admitir que no conozco a esta chica, y volver a Sophia.

Aun así, una gran parte de mí detesta el hecho de que sintiera que no le estaba prestando atención, que no era consciente de su presencia porque estaba obsesionado con Dakota. No era así. No de un modo intencionado. Yo ya estaba enamorado de Dakota cuando la conocí. No sabía que tenía que fijarme en ella.

No sabía que ella había puesto su atención en mí. Pensaba en ella como en Sophia, esa guapa cocinera más mayor con la que jamás tendría nada que hacer. Pero ahora, en esta ciudad, se ha convertido en Nora, la amiga impresionante y misteriosa de Tessa, que dijo todas esas cosas hirientes sobre Dakota... y que está consiguiendo que me muera por ella.

Puede que lo de morirme sea demasiado dramático, pero sí es cierto que estoy interesado y que me siento muy muy atraído por ella. Y, a cambio, me ha saltado a la yugular y me ha mandado a la mierda. Aparte de advertirme que me metiera en mis propios asuntos, me dijo que Dakota me había puesto los cuernos más de una vez.

Aún me duele la cabeza al pensarlo, y todavía no he decidido si quiero preguntarle a Dakota si es cierto o no. Una parte de mí cree que Nora sólo estaba enfadada y que, con el calor del momento, empezó a escupir lo primero que pensó que me haría más daño. Dicho esto, esa parte de mí no es lo bastante grande como para pasar por alto el hecho de que es necesario mucho esfuerzo y mucha gimnasia emocional para no creerla. Puede que sólo estuviera jugando con mis peores temores, pero lo que dijo parece verdad.

La voz de Tessa me coge por sorpresa:

—¿En serio has vuelto a hacer la colada?

Dejo la pila de toallas en el suelo y me vuelvo hacia ella. Está en el pasillo, con su corbata verde lima tan viva como siempre.

—Sí. Ya va siendo hora de que empiece a colaborar más en la casa. Bueno, en el apartamento —digo.

Abro el armario y Tessa se apoya en la pared. Hoy se ha maquillado. Se ha pintado la raya del ojo de color negro y se ha puesto brillo en los labios. Hacía tiempo que no se maquillaba. Está guapa sin maquillar, pero hoy parece algo menos triste que en los últimos meses.

El vuelo de Hardin aterrizará en cualquier momento, y me pregunto si ambas cosas estarán relacionadas. Creía que le afectaría más cuando se lo dijera, que estaría más zombi que de costumbre, pero no parece ser el caso. Se la ve más animada, más alegre.

—Colaboras suficiente. A mí me gusta limpiar, ya lo sabes —dice.

—Ya —respondo con poco entusiasmo.

El armarito del pasillo no sirve para nada. Los tres estantes que tiene son muy pequeños, y la sección inferior está ocupada por la aspiradora y la escoba. Embuto las toallas dentro y espero que no se caigan antes de cerrar la puerta. Pero se caen, y me agacho a recogerlas.

—¿Es raro que esté nerviosa? —pregunta Tessa con suavidad—. No debería estarlo, ¿verdad?

Niego con la cabeza.

—No, no es nada raro. Yo también estoy nervioso.

Me echo a reír, pero lo digo completamente en serio. Vuelvo a meter las toallas en el armario e intento mantenerlas lo más plegadas posibles esta vez.

—¿Seguro que estás bien? Recuerda que Sophia dijo que podías quedarte el fin de semana en su casa si no te sentías cómoda.

Se me hace raro llamarla *Sophia*, pero al hacerlo me evito el dolor que me produce oír su nombre.

Tessa asiente.

—No pasa nada, en serio. De todas formas, estaré trabajando casi todo el fin de semana.

No estoy seguro de cómo van a ir los próximos dos días. O serán un alivio y los dos se darán la mano y se embarcarán en el camino hacia la reconciliación, o uno de ellos acabará quemando la casa. Hardin es el que tiene la fama de quemar edificios, pero ésa es otra historia que será contada en otra ocasión, y tengo la sensación de que Tessa ha aprendido algunos trucos nuevos, así que no queda del todo descartada como pirómana.

—Cogerá un taxi en Newark, por lo que llegará en una hora más o menos, según el tráfico que haya. —Cierro la puerta y miro a Tessa.

De repente, me entra un poco el pánico.

No es justo que le pida que le parezca bien que Hardin se quede aquí. Debería haberle dicho que se quedara en un hotel; hay cientos en la ciudad. Tessa es mi mejor amiga, y debería haberlo obligado a planificar su visita de otra manera. Aunque, de todas formas, ni las llamas del infierno pueden mantener a ese hombre alejado de ella, así que, ¿por qué iba a esforzarme tanto?

Me froto la barba que empieza a salirme en la barbilla.

—Tengo la sensación de que esto no va a salir bien. No debería haber accedido.

Ella me aparta la mano de la cara.

—Tranquilo. —Me mira a los ojos—. Ya soy mayorcita; sé tratar con el pequeño Hardin Scott.

Suspiro. Sé que puede tratar con él. Es la única persona en este universo que puede. Ése no es el problema. El problema es que tratarlo normalmente suele acabar en una guerra. Me planteo esta situación como si fuera una batalla. Tessa está en un bando, blandiendo su espada, respaldada por Nora y su ejército de cupcakes. Y en el otro está Hardin, inexpresivo y solo, con su tanque listo para arrollar a cualquiera que se interponga en su camino. Y yo me encuentro en medio de ambos, ondeando una diminuta banderita blanca, pero preparándome para la carnicería.

Sigo a Tessa hasta la sala de estar para terminar de doblar el resto de la colada limpia.

—¿Libra ya sabes quién este fin de semana? No sé cómo puede ir eso... —Me imagino a Robert, el guapo camarero, aplastado bajo el tanque de Hardin.

Si Tessa está trabajando, ¿estará Robert allí también? Si es así, mantendré a Hardin lo más lejos posible del restaurante.

Ella coge su delantal negro de la parte superior del montón de ropa.

—No, él también trabaja todo el fin de semana.

No sé si es mejor o peor. Porque eso significa, de hecho, que estará cerca de ella todo el fin de semana. ¿Debería ofrecerme a enviar a Robert a Marte durante los días en los que Hardin esté por aquí?

Tal vez.

Detesto estar en medio de ambos, pero pongo todo mi empeño en ser lo más neutral posible al tiempo que mantengo mi amistad con los dos. Tessa estará trabajando todo el fin de semana. Trabajando con Robert. En fin, quizá eso sea lo peor, porque estarán juntos y Hardin estará pensando en eso.

Entre que Dakota seguramente me estuvo poniendo los cuernos durante toda su vida en Nueva York, la ciudad a la que me trasladé por ella, y que Nora se fue hecha una furia de mi apartamento, mi vida se ha convertido en un drama adolescente. No, adolescente no. Ahora ya soy un adulto. Bueno, más o menos. Así que es un drama de *new adult*. ¿Existe lo de *new adult*? El otro día oí a dos mujeres hablando sobre eso en Grind, la cafetería en la que trabajo. Una de ellas, una mujer bajita con el pelo castaño y rizado y un manuscrito de doscientas mil palabras, estaba indignadísima porque un veinteañero había conseguido un contrato editorial al escribir algo calificado de *new adult*.

«¿Qué narices es eso de *new adult*?», preguntaba la otra, con toda la intención de conseguir que se exaltara.

«Alguna mierda de subcategoría que se han inventado las editoriales para ayudarlos a sacar su porquería de libros. Demasiado joven para el romance, pero no lo suficiente para *young adult*», respondió iracunda la aspirante a autora.

Mientras limpiaba los círculos de café de la mesa que tenían al lado, pensé que me gustaría leer algunos libros de *new adult*. Gran parte de lo que me gusta leer se considera de *young adult*, pero ¿qué pasa con aquellos de nosotros que queremos leer algo más serio, algo con lo que nos identifiquemos? No todos los don nadie podemos salvar el mundo, y el amor no siempre es mágico y te cambia la vida. A veces, hasta el chico más majo sale perdiendo, como en mi caso. ¿Dónde están esos libros?

—¿Habéis hecho planes para el fin de semana? —pregunta Tessa.

Le está costando atarse el delantal a la espalda, pero justo cuando me dispongo a ayudarla, lo consigue.

—No, que yo sepa. Creo que sólo va a dormir aquí y que se irá el lunes por la tarde.

Tessa se esfuerza por mantener una expresión neutra.

—Bien. Hoy tengo turno doble, así que no me esperéis. No volveré hasta las dos por lo menos.

Ha estado trabajando sin parar desde que llegó en agosto. Sé que lo hace para distraerse, pero creo que no la está ayudando. Sé que va a cortarme, pero empiezo mi sermón de todos modos.

—No me gusta que trabajes tanto. No tienes que ayudarme a pagar nada. Con la beca me da para pagarlo todo, y sabes que Ken se niega a dejarme pagar mucho de todas maneras —le recuerdo por enésima vez desde que se ha venido a vivir conmigo.

Tessa juguetea con su pelo y me mira. La sonrisa que se dibuja en su rostro me indica que está a punto de decirme que me calle.

—No voy a volver a hablar de eso contigo —señala sacudiendo la cabeza.

Decido ahorrar mis energías para el fin de semana y dejar que haga lo que quiera.

—Mándame un mensaje en cuanto estés libre, ¿vale? —Cojo las llaves de Tessa del gancho y se las pongo en la palma de la mano.

—Estoy bien —dice tan pronto como los dos nos quedamos mirando sus manos temblorosas.

Cuando se marcha, me meto en la ducha y me afeito. A veces me entran ganas de dejarme barba, pero, cuando lo hago, siempre me acabo afeitando. No me decido. Si dejo que la barba invada mi cara, a lo mejor me invitan a formar parte de algún círculo hipster secreto de Greenpoint. Pero

¿estoy preparado para ese tipo de compromiso? Sinceramente, no lo creo.

Me envuelvo una toalla alrededor de la cintura y me cepillo los dientes. No sé, hasta el momento, me gusta ser adulto. ¿Por qué tiene que estar tan lejos Nueva York de Washington? Debería llamar a mi madre hoy...

Unos golpes en la puerta resuenan por todo el apartamento.

Hardin, debe de ser Hardin. ¿Por qué estoy tan ansioso por su llegada?

Abro y, mientras lo hago, pienso que ojalá me hubiera puesto algo de ropa, porque me va a hacer la vida imposible en cuanto me vea sólo con la toalla.

Mi mirada se encuentra con la de Dakota, y retrocedo, más por la sorpresa que para dejarla entrar. Es la última persona a la que esperaba ver; lo cierto es que no estoy seguro de estar preparado para verla.

—¿Qué pasa? ¿A qué has venido? —pregunto.

Nuestro último encuentro no fue muy agradable que digamos, y después Nora se presentó en mi apartamento con una caja con sus pertenencias.

Me mira, casi me atraviesa con la mirada, y sus ojos son dos pozos negros y profundos.

—Es... —croa, y su labio inferior tiembla con ansiedad—. Mi padre. Se está... se está muriendo —dice, y se tapa la boca en cuanto las palabras salen de ella.

Un gritito escapa de sus labios.

—Es peor ahora que lo he dicho. Se está muriendo, Landon. Mi padre se va a morir. Ni siquiera estoy allí, y pronto habrá muerto. Yo...

Como por acto reflejo, alargo el brazo y la estrecho contra mi pecho. Siento sus mejillas húmedas contra mi piel, y su cuerpo tiembla cuando el llanto se apodera de ella.

—¿Qué ha pasado? —pregunto.

No sé cuál de mis pensamientos es peor: si el hecho de no sentir ninguna pena por él, o que Dakota me parezca una extraña entre mis brazos.

Sus manos ascienden por la piel desnuda de mi espalda y yo le acaricio su pelo rizado.

—Le está fallando el hígado. Dicen que tiene hepatitis alcohólica; no sé qué significa exactamente, pero tiene el hígado lleno de cicatrices. Sabía que la botella nos acabaría matando uno por uno. A Carter, a mi padre..., y seguro que yo soy la siguiente.

La abrazo con más fuerza e intento detener sus fatídicos pensamientos.

—Cuéntame todo lo que te han dicho —pido, y la llevo a que se siente en el sofá mientras yo cierro la puerta y me reúno con ella.

Sigue temblando cuando nos sentamos, y amolda su cuerpo contra el mío, aferrándose a mí como si fuera a caerse si se soltase.

Me cuenta que la enfermera no le ha dicho mucho aparte de términos médicos que no entendía ni recordaba. Su cuerpo está fallando rápido y apenas tiene dinero suficiente para vivir, y mucho menos para pagar todos esos gastos. Me preocupa profundamente que alguien, por muy desagradable y mezquino que sea, pueda estar trabajando durante toda su vida para que al final la cobertura de su seguro no le dé para salvarlo.

—¿Quieres ir a verlo? ¿Has pensado alguna cosa? —le pregunto.

Mis dedos ascienden y descienden por su brazo, consolándola.

—No puedo. Aún debo el alquiler, y apenas me da para vivir.

La miro a la cara, pero ella la aparta y la entierra en mi pecho.

—¿Es ése el único motivo? ¿Es el dinero la única razón por la que no puedes ir? —pregunto.

A pesar de su historia, no me sorprendería que Dakota no quisiera ver a su padre antes de su muerte. Y no se lo reprocharía.

—No quiero que me lo pagues tú —dice antes de que me ofrezca.

Dakota levanta la mano y me mira.

—Siento haber venido aquí. No sabía adónde ir. Mis compañeras de piso no lo entenderán, y a Maggy no se le da muy bien escuchar los problemas de los demás.

—Shhh. —Le acaricio la espalda—. No hace falta que te disculpes.

Le levanto la barbilla para que me mire.

—¿Debería estar triste? —pregunta—. No sé si me siento triste o aliviada. El único motivo por el que me siento triste es porque es la única familia que tengo. Si él muere, ¿existo yo? No tengo a nadie, Landon.

Decido no decirle que en realidad a él tampoco lo ha tenido desde que era una niña. Y que en el fondo de mi corazón no lamento lo más mínimo que se esté muriendo.

En cambio, le digo que tiene derecho a sentir lo que sea que sienta. Le digo que no tiene que darle a nadie explicaciones por esas reacciones.

—Si no voy, nadie más lo hará. Ni siquiera tendrá un

funeral. ¿Cómo paga la gente los funerales? —La voz de Dakota se rompe, y yo continúo abrazándola.

Pienso en los miembros de la familia de Dakota que conocí en el pasado. Tiene una tía en algún lugar de Ohio, la hermana de su padre. Sus abuelos por parte de padre están muertos, y ningún pariente por parte de madre le habla ya. Cuando su madre se marchó, llamaban todas las semanas, pero las llamadas poco a poco cesaron, y llegamos a la conclusión de que habían perdido la esperanza de que Yolanda regresara algún día de Chicago. Hablar con Dakota debía de recordarles la pérdida de su hija y, en un acto egoísta, abandonaron a sus nietos.

Al funeral de Carter casi no fue nadie. Sólo Dakota y yo estábamos en primera fila. Algunos profesores del colegio vinieron y se quedaron un par de minutos, y Julian también apareció, claro. Se marchó llorando casi inmediatamente. Tres capullos de nuestro colegio acudieron también, y Dakota los echó antes de que llegasen a sentarse en un banco. El perdón estaba ausente aquel día en aquella pequeña iglesia. Todo el mundo se había marchado antes de que la misa hubiese empezado siquiera.

El padre de Dakota no se molestó en presentarse. Ni Yolanda. Nadie lloró; nadie compartió historias felices. Era evidente que el cura sentía lástima por nosotros, pero Dakota quería quedarse la hora entera para recordar a su hermano.

«¿Crees que irá al cielo? Mi padre dice que Dios no deja entrar en el cielo a personas como él», dijo Dakota con una voz tan inexpresiva como su mirada.

Intenté hablar bajo para que el cura no oyera mi respuesta.

«Creo que tu padre no tiene ni idea de a quién deja Dios entrar en el cielo o no. Si existe el cielo, Carter está en él.»

«No sé si creo en Dios, Landon», dijo ella en voz alta.

No la avergonzaba decir eso en una iglesia.

«No tienes por qué hacerlo», le hice saber.

La abracé con más fuerza y, después de diez minutos de silencio, subí al podio y recordé nuestros mejores momentos con Carter. Solo con Dakota en la iglesia, conté una hora de historias, de nuestras locas aventuras, de nuestros planes de futuro; no paré de hablar hasta que el cura me indicó amablemente que debía terminar ya.

El funeral de su padre sería similar, sólo que esta vez Dakota estaría sola. Nadie reviviría recuerdos para ella. Sólo tengo un recuerdo positivo de aquel hombre. Lo odio más de lo que creía posible, así que no sé si sería capaz de dedicarle una o dos palabras de respeto. Ni siquiera una vez muerto.

—Ven conmigo. ¿Puedes venir conmigo? Ayudaré a pagarlo. Ya se me ocurrirá algo para pagar una parte —dice Dakota de repente.

«¿Ir con ella? ¿A Michigan?»

—Por favor, Landon. No puedo hacerlo sola.

Antes de contestar, alguien llama a la puerta.

—Es Hardin —digo—. Ha venido a pasar el fin de semana.

Dakota se despega de mi cuerpo y por fin parece percatarse de mi falta de ropa.

—Yo me voy ya. —Se inclina y pega los labios a mi mejilla—. Por favor, piénsalo. Me iré el lunes. Aprovecharé el fin de semana para gorronear algo de dinero. Medítalo y dime algo el domingo.

—Vale —es lo único que digo.

Tengo demasiadas cosas en la cabeza como para decir nada más.

Dakota me sigue hasta la puerta y, cuando la abro, Hardin está al otro lado con una bolsa de lona negra colgada del hombro. Su pelo largo está alborotado y es más alto de lo que recordaba. Inspecciona a Dakota, luego a mí, y enarca una ceja.

—Vaya, hola, Landon. Delilah... —Pasa por delante de nosotros y entra en el apartamento.

Dakota tiene los ojos hinchados y no se molesta en contestar. Sin decir nada más, me abraza con fuerza y me deja plantado en la puerta. Un momento después de verla marchar, entro y cierro la puerta.

—¿Qué hacía aquí? Creía que te estabas follando a la otra —dice Hardin, demasiado alto para mi gusto.

Tira la bolsa sobre el sofá y se pasea por la sala de estar, analizando cada milímetro como si fuera la escena de un crimen.

—Necesito consejo —digo, y suspiro.

Hardin se detiene en el sillón y toca unos pantalones de pijama de Tessa. Sus dedos acarician la tela vellosa y dibujan los bordes de las nubes.

—Primero ponte algo de ropa. No doy consejos a gente desnuda. Al menos, a ti no.

Pongo los ojos en blanco y me dirijo a mi habitación para vestirme y enfrentarme a la tormenta que se avecina.

SEIS

No tengo claro si soy un dejado o no. Casi siempre voy en chándal, pero lo hago sobre todo porque es cómodo. Si fuera una mujer, nunca llevaría tacones ni ropa ceñida. Sería como Tessa y vestiría pantalones de yoga y camisetas de tirantes todo el tiempo. Cojo una camiseta azul y gris y un pantalón de chándal y decido aparcar el asunto para más tarde.

Cuando vuelvo a la sala de estar, Hardin está sentado en el sofá, con el portátil abierto y un boli entre los dientes.

—¿Ya estás trabajando? —pregunto.

Por cierto, ¿en qué narices está trabajando?

Me siento en el sillón y observo cómo rebusca en una pila de papeles que ha dejado sobre la mesa. Junto a su reluciente portátil hay una taza de café medio vacía. El logotipo de Apple está tapado con una pegatina, supongo que de alguna banda. Miro mi portátil en el extremo de la mesita de café y comparo los dos. El suyo con la pegatina de la banda de metal, con espinas y rosas, y el mío engalanado con una pegatina que dice HUFFLEPUFF DE POR VIDA. En mi defensa diré que el mío es bastante mono, y gracioso, porque no soy un Hufflepuff. En un test de internet me salió que lo era, así que lo intenté. Me compré la pegatina y todo eso, pero en el fondo sé que soy un Gryffindor de la cabeza a los pies.

—Sí. Tardabas mucho en vestirte —protesta.

¿Hardin protestando? Qué raro.

Le tiro un cojín y él refunfuña algo entre dientes.

—¿Y Tess?

—Trabajando. Va a mantenerse ocupada mientras tú estás aquí.

Resopla, pero no dice nada. No obstante, detecto el dolor reflejado en sus ojos verdes y oigo cómo se acelera su respiración al mencionarla.

—¿Cómo de ocupada? ¿A qué hora suele volver a casa? —pregunta.

Vacilo. Tengo que mantenerme en terreno neutral.

—Esta noche volverá sobre las dos.

Hardin baja la tapa del portátil y se inclina hacia mí como si fuese a levantarse.

—¿Las dos? ¿De la madrugada?

—Sí. Esta noche cierra. Y va a hacer un turno doble durante el día.

—¿Las dos? Eso es absurdo. No hay razón para que esté trabajando hasta la puta madrugada. —Hardin recoge sus hojas sueltas y a continuación las embute en su archivador.

—No puedo controlar cuánto trabaja —le digo, y añado—: Ni tú tampoco.

Él suspira y asiente. Está claro que no tiene ganas de discutir.

—Bueno, ¿qué pasa contigo? ¿Por qué estaba aquí Delilah con cara de que alguien había matado a su perrito?

Hardin Scott y su tacto.

—Su padre se está muriendo —digo, y observo cómo le cambia la cara.

—Vaya, lo siento.

Sacudo la cabeza y me apoyo en el respaldo del sillón. Tengo el pelo revuelto bajo las puntas de los dedos.

—Va a ir a Michigan y quiere que vaya con ella. El lunes.

Hardin cruza una pierna por encima de la rodilla de la otra y se echa el pelo hacia atrás. No se lo ha cortado desde la última vez que lo vi.

—Y ¿qué pasa con Nora? ¿Seguís viéndoos?

Así que sí que sabe cómo se llama...

—No. Se marchó de aquí hecha una furia hace días y dijo que estaba demasiado obsesionado con Dakota como para notar que le gustaba. No ha vuelto desde entonces.

—Así que tienes vía libre. Si no ha venido ni ha hablado contigo, puedes hacer lo que quieras. Si te sientes culpable, pregúntate por qué.

Vale: «¿Por qué me siento culpable?». Nora se enfadó conmigo por algo que yo no podía evitar. ¿Habría preferido que le pusiera los cuernos a Dakota con ella? No podía prestar atención a sus sentimientos por mí porque, en primer lugar, en Washington, yo estaba enamorado de Dakota, y, en segundo lugar, desde que me mudé aquí no he hecho más que lamentar el fin de mi relación con Dakota. Entiendo por qué Nora estaba avergonzada y enfadada, yo también lo estaría si alguien pasara de mí, pero no lo hice a propósito. Todavía no me creo que alguien como Nora pueda fijarse en mí, pero lo ha hecho, y, de alguna manera, he conseguido fastidiar eso también.

—Tal vez debería mantenerme alejado de ambas. Estar soltero no es tan malo —digo.

Cierro los ojos y pienso en lo que acabo de decir. ¿Tal vez debería estar solo? Alguien como yo está bien solo. Ya tengo demasiadas personas por las que preocuparme: Tessa; mi madre; mi hermanita, que nacerá dentro de unas pocas semanas; Hardin; Dakota... ¿Puedo añadir otro nombre a la lista?

—Estar soltero es una puta mierda, tío. Créeme, es una puta mierda —salta Hardin.

Abro los ojos y lo miro.

—Podrías haber mentido para hacerme sentir mejor.

—No. No puedo mentir. —Levanta la mano en el aire como si estuviera haciendo un juramento militar.

Eso me hace reír.

—Mentiroso.

Se encoge de hombros y sonríe con malicia.

—Soy un hombre nuevo.

Unas cuantas horas después, Hardin regresa de una reunión de la que no me cuenta nada. Dice que ya me pondrá al tanto la semana que viene, cuando lo llamen con un seguimiento. Tengo curiosidad, pero, por otro lado, una parte de mí no quiere saber nada que tenga que ocultarle a Tessa.

Al pensar que tengo que trabajar por la mañana, empiezo a preguntarme qué planes tiene Hardin para la cena y, justo en ese momento, entra en mi cuarto sin llamar.

—Me voy a comer algo, ¿quieres venir? —pregunta, y me da una palmada en el pie.

Antes de incorporarme, le pregunto adónde va.

—Al Lookout —dice como si tal cosa.

—Tessa trabaja ahí —lo informo.

Encoge sus anchos hombros.

—Ya.

«¿Cómo?»

—Está manteniendo la distancia contigo por una razón. No creo...

Levanta la mano para interrumpirme.

—Oye, voy a ir vengas tú o no. Sólo quería ser amable e invitarte. Sé que trabaja ahí, y quiero ir. Voy a ir. ¿Vienes o no?

Gruño, ruedo por la cama y me levanto.

—Está bien. Pero el tal Robert también trabaja allí, aquel que...

—Sé quién es. Más motivos para que vaya.

El problema con Hardin es que, cuando toma una decisión, la decisión está tomada.

Vaya. Y el problema conmigo es que me explico de maravilla.

Al no encontrar otra solución, asiento.

—Voy a ponerme los zapatos.

Me mira de arriba abajo, inspeccionando mi ropa.

—¿Vas a ir así? ¿No trabaja Nadia ahí?

—Sí, Nora trabaja ahí. Y, sí, voy a ir así.

Si Nora está trabajando, dudo que vaya a hablarme de todos modos, y esta ropa es cómoda. No es tan elegante como el atuendo todo negro de Hardin, pero al menos mis pantalones permiten que me respire la polla, a diferencia de sus vaqueros ajustados.

Diez minutos más tarde, me he cambiado y me he puesto unos vaqueros oscuros y una camisa de cuadros. Las mangas son demasiado cortas y los pantalones un poco demasiado apretados, pero Hardin se ha sentado en el sofá y se negaba a dejarme salir en «pijama», y la verdad es que tengo demasiada hambre como para seguir discutiendo.

De camino al Lookout, Hardin me pregunta por mis clases, por mi trabajo y por todos los temas que se le ocurren que no están relacionados con Tessa. Habla mucho más ahora que cuando lo conocí. Ha hecho grandes progresos.

Vemos a Tessa antes de que ella nos vea a nosotros. El Lookout es un restaurante moderno con una decoración de temática industrial y, cuando llegamos al mostrador del restaurante, Tessa está justo detrás de un gran árbol de metal que, en lugar de hojas, tiene mecanismos de relojería en las ramas. El expositor con los postres está al lado mismo del mostrador, y no puedo evitar buscar el pelo negro de Nora. Atisbo por un instante su cabello oscuro y su piel aceitunada mientras Hardin le pregunta a Robert por la sección de Tessa, pero desaparece antes de que pueda verla bien.

Irónicamente, Hardin actúa como si no tuviera ni idea de quién es Robert.

—Ahora mismo regreso. —Robert lo mira y después se vuelve hacia el otro lado del restaurante.

No es un sitio grande, sólo hay unas veinte mesas pegadas a la pared.

—Menudo gilipollas —dice Hardin a espaldas de Robert.

Hago caso omiso de su cabreo.

Nora aparece por detrás del mostrador, con una bandeja de pastelitos en las manos. Lleva el pelo recogido en una cola alta y unos mechones desaliñados enmarcan su rostro. Mira hacia adelante de manera distraída.

«¿Sabe que estoy aquí?

»¿Le importa?»

—Tessa —oigo que dice Hardin.

Mantengo los ojos puestos en Nora. Abre el expositor y empieza a descargar la bandeja de pasteles, colocándolos de manera ordenada. No aparta la vista de su tarea. Hay poca luz aquí, pero es evidente que está agotada. Veo perfectamente que tiene los hombros caídos.

Con el rabillo del ojo, veo una figura con forma de Tessa que se aproxima. Me vuelvo hacia ella.

—Hardin quería venir aquí —digo en mi defensa.

Si acaso se siente incómoda, quiero que sepa que no ha sido cosa mía. Sólo estoy acompañándolo para que continúe la paz.

Tessa no responde. Tiene la mirada fija en Hardin.

—Si estás muy ocupada, podemos ir a comer a otro sitio —ofrezco.

No logro interpretar la energía entre estos dos maníacos.

Hardin la tiene agarrada de la muñeca, y los ojos de Tessa brillan con un fulgor que hacía meses que no veía en ellos.

—No —responde ella por fin—. No te preocupes.

Aparta la mano y coge dos menús de detrás del mostrador.

Sigo a Tessa hasta la mesa y me vuelvo para observar a Nora una vez más. Sigue sin mirarme. No sé si está pasando de mí o si simplemente no me ve. ¿Cómo puede no darse cuenta de que la estoy mirando?

Hardin y Tessa hablan de cosas triviales mientras yo tomo asiento. Él finge no saber hasta qué hora trabaja ella, y finge que no lo saca de quicio saber que vuelve andando a casa tan tarde. Intenta actuar con normalidad delante de ella.

—¿Está Sophia ocupada? —pregunto cuando nos trae la comida.

Tessa asiente.

—Sí, está ocupada, lo siento —dice, y no corrige la manera en que la llamo.

¿Sabe que pasa algo? ¿Soy mal amigo por no haberle dicho nada?

Tessa frunce el ceño y Hardin se inclina hacia ella. ¿Es consciente del modo en que se mueve su cuerpo en respuesta al de ella? Cuando Tessa mueve los dedos para anotar nuestros pedidos, él los observa con atención, y sus hombros se elevan y descienden en sintonía con su respiración.

Estos dos me ponen enfermo. Yo soy un idiota solitario, y estos dos son dos imanes que se atraen mutuamente. Siempre estarán juntos. Sé que es así. Yo no puedo ser un imán; para ser un imán, tienes que tener a alguien a quien pegarte.

Es bastante triste desear ser un imán.

Cuando Tessa nos dice que Nora nos ha pagado la cuenta, Hardin deja una enorme propina que Tessa me mete en el bolsillo cuando nos marchamos. Durante la cena, no podía parar de pensar en nada más que en el hecho de que Nora estaba cerca. He estado vigilando el pasillo que daba a la cocina todo el tiempo. Ni siquiera me he dado cuenta de que me había terminado el plato. Estoy seguro de que la comida era fantástica.

Me saca de quicio que Nora sepa que estoy aquí y que

no haya venido a nuestra mesa. No pretendía hacerle daño, y merezco la oportunidad de explicarme. Ha tenido más de una hora para, al menos, acercarse, saludar o sonreír amablemente.

Cuando llegamos a la puerta para irnos, tiro de la manga de Hardin.

—Te veo en casa —le digo.

No me pregunta nada, no se ofrece a quedarse conmigo. Sólo asiente y se marcha. Y me alegro.

Me siento en el banco que hay fuera del restaurante y miro la hora en el teléfono. Son las nueve y diez, y no tengo ni idea de a qué hora termina el turno de Nora. Decido que voy a esperar fuera hasta que salga. Aunque sea a las dos de la madrugada.

Miro la calle a mi alrededor y me apoyo contra el frío ladrillo. El aire de otoño es tranquilo y ligeramente fresco. Las aceras están casi vacías, cosa poco común para ser una noche de viernes, en septiembre y en Brooklyn.

Mientras espero, intento pensar en qué voy a decirle. ¿Cómo voy a empezar la conversación?

Dos horas después, cuando Nora sale del Lookout, todavía no me he decidido. Pasa por delante de mí, con su pelo largo rebotando sobre la espalda. Cuando se detiene en la esquina de la calle, se suelta la coleta y sacude la cabeza. Es impresionante, incluso bajo la implacable luz de las farolas.

Debería hacerle notar mi presencia, debería llamarla y enfrentarme a ella en lugar de seguirla en silencio. Pero algo en mi interior me lo impide. ¿Adónde va? ¿Ha vuelto a su apartamento con Dakota?

No lo sé, pero tengo la sensación de que estoy a punto de averiguarlo.

Nora recorre las silenciosas manzanas, evitando las calles secundarias más pequeñas. Me preocupa que no se haya dado cuenta de que la están siguiendo. No se ha vuelto ni una sola vez. Se ha puesto los auriculares y parece deambular tan contenta por Brooklyn a las once de la noche sin prestar atención a su entorno.

Cruza Nostrand Avenue, y supongo que va a coger el metro. ¿Debería seguirla? ¿Por qué me siento raro, observándola y siguiéndola como si fuera un psicópata? No sé cómo, acabo cruzando la calle y siguiéndola por la escalera de la entrada del metro.

Permanezco detrás de ella, a unos seis metros como poco, y dejo que un grupo de gente se interponga entre nosotros. Nora mueve la cabeza al ritmo de la música mientras espera en fila para pasar la tarjeta del metro.

El vagón está casi vacío cuando entro y, si a ella le da por echar un vistazo, me verá. Me siento al lado de una anciana que está leyendo el periódico, y espero que eso me tape un poco. El silencio en este vagón es inquietante y, cuando toso, decido que no soy tan buen acosador.

Nora se saca el teléfono del bolsillo y mira la pantalla. Desliza el dedo por ella, suspira y vuelve a deslizar el dedo. Diez minutos después, se prepara para bajar, y la sigo. Hacemos trasbordo a otro tren, y, cuarenta y cinco minutos después, llegamos a la estación Grand Central Terminal. No sé adónde va esta mujer, ni por qué la stoy siguiendo todavía.

Tomamos la línea Metro-North, y pasan otros treinta minutos hasta que llegamos a la estación de Scarsdale. No tengo ni idea de dónde está Scarsdale ni qué hacemos aquí. Cuando salimos de la estación, Nora se detiene en un banco y se desabrocha los botones de su camisa del trabajo. Lleva una camiseta interior negra hecha de una tela como de malla. Se le ve el sujetador, y yo intento no admirar su figura mientras mete la camisa en su bolso y cierra la cremallera.

Luego saca el móvil del bolsillo delantero de su bolso y yo me escondo detrás del cartel de un anuncio de una compañía de seguros.

—Ya estoy aquí, el chófer me recogerá fuera de la estación. ¿Cómo ha cenado? ¿Ha comido algo? —pregunta a quien sea que esté al otro lado de la línea.

Pasan unos segundos.

—Bueno, ya voy. Estaré ahí dentro de quince minutos.

Cuelga el teléfono, lo guarda en el bolsillo y se vuelve hacia donde yo me estoy escondiendo. Me agacho aún más.

«¿Cuál era mi plan? ¿Qué chófer va a recogerla?»

Justo cuando creo que he logrado pasar desapercibido, Nora dice:

—Te asoman los pies por debajo del cartel, Landon.

SIETE

Me asomo por detrás del cartel y veo que Nora viene hacia mí. Su cabello oscuro ensombrece su rostro. Parece un villano bajo la luz fluorescente del aparcamiento de la estación. Lleva unos vaqueros negros ceñidos con un corte en una rodilla, y su sujetador negro se ve a través de su camiseta de tirantes con tela como de malla. ¿Le permiten llevar vaqueros rotos mientras prepara postres para el consumo de los clientes? Y, lo que es más importante, ¿por qué estoy pensando en eso en estos momentos?

Permanezco quieto al tiempo que ella se aproxima a mí, su presa, en medio de ninguna parte. Para ser del todo sincero, el sistema ferroviario de aquí me asusta. No soy capaz de leer los carteles, no soporto que la gente se amontone a mi alrededor como sardinas en lata, y detesto estar atrapado bajo tierra, pero cuando van por el exterior, a veces me mareo.

¿Cómo voy a volver si ni siquiera leo los carteles?

Y ¿dónde narices está Scarsdale?

Nora espera a que salga de mi «escondite».

—¿Creías que no sabía que me estabas siguiendo desde el Lookout? —Enarca una ceja, estudiándome.

Por su actitud imponente, no me sorprendería nada

75

que sacara un látigo, o una espada. No es nada tímida, es cautivadora, y estar aquí en la oscuridad de la noche con ella no la hace sino más misteriosa. Tengo la sensación de estar en una película, y sus oscuros ojos verdes parecen casi negros, en lugar del marrón verdoso habitual.

Se detiene a medio metro de mí y, sin mediar palabra, se saca el móvil del bolsillo del pantalón. Mira un momento la pantalla y vuelve a guardarlo.

—He ido a dos clases de autodefensa —empieza, poniendo de manifiesto lo pésimas que son mis dotes de espía—. Te he visto en el momento en que hemos girado en Nostrand. Estaba esperando que me dijeras algo. —Se detiene y sus carnosos labios se transforman en una sonrisa—. Pero has continuado siguiéndome. ¿A qué viene esto?

Me toca brevemente el brazo con la mano.

Ya es oficial: cree que estoy loco, o tal vez ella también esté un poco loca.

Me rasco el cuello e intento pensar en una explicación.

—Bueno. —Me aclaro la garganta nerviosamente—. Verás, quería hablar contigo cuando acabaras el turno.

—Y ¿por qué no me has parado en lugar de seguirme?

—No lo sé.

Sonríe.

—Sí lo sabes. Dilo. Di por qué me has seguido. Tengo una capacidad especial para saber cuándo miente la gente. En realidad, es mi mejor talento. —Me mira a los ojos—. Así que te lo preguntaré otra vez. ¿Por qué me has seguido durante una hora y media desde Brooklyn hasta Scarsdale?

Sin pensarlo dos veces, empiezo a hablar:

—Quería hablar contigo hace horas, cuando estaba en tu trabajo, y sé que sabías que estaba ahí, pero no me has saludado ni nada. No te has pasado por mi casa desde hace días. Ni me has llamado ni nada.

—No tengo tu número.

Se lame los labios, y eso me hace recordar su sabor. La sensación de sus manos sobre mí, la suavidad de su lengua acariciando la mía. Me alegro de que no pueda leerme la mente.

—Me enviaste un mensaje el día que salimos.

—Ah, sí. Se me había olvidado —responde.

Se coloca el pelo detrás de la oreja con dedos firmes.

—Bueno, y ¿de qué querías hablar? —Nora apoya la espalda en la pared y dobla una rodilla.

Se está poniendo cómoda antes de echarme la bronca por haberme comportado como un degenerado.

¿De qué quería hablar exactamente? ¿Debería decirle que quería saber cómo estaba? ¿Que la echo de menos? Dice que, si miento, lo sabrá.

Las palabras salen a borbotones de mi boca:

—Te echaba de menos.

Nora endereza la espalda contra la pared.

—¿Adónde ibas? ¿Adónde vamos? —pregunto tras unos segundos de silencio.

Antes de responder, se pone tensa. Me mira, y después mira detrás de mí. Cuando me vuelvo, veo a un tipo vestido de traje que viene hacia nosotros.

—Señorita Crawford —dice el hombre.

Es enorme, un gigante de la vida real.

Vale, un gigante puede que no, pero parece inmenso al lado de Nora.

—Chase —dice ella sonriendo, y es una sonrisa extraña, falsa—. Ya voy. Sólo me estaba despidiendo de mi amigo. Me ha ayudado a llegar aquí desde Brooklyn. Es un chico muy majo.

Mira al gigante a los ojos un momento, y después de nuevo a mí.

No tengo ni idea de qué está pasando aquí.

Nora se despide de mí con la mano y sigue al hombre, quien imagino que es el chófer que ha mencionado hace unos minutos cuando hablaba por teléfono.

—¿Ya está? ¿No piensas hablar conmigo después de que haya venido hasta aquí? —Levanto las manos en el aire.

Me quedo mirando la espalda de Nora. No se vuelve.

—¡Te agradezco que hayas venido! —grita como respuesta.

Desaparece al doblar la esquina, y yo gruño frustrado.

«¿Por qué narices he venido aquí?» Ahora tengo que apañármelas para volver a Brooklyn casi a medianoche. Debería haber ido detrás de ella en lugar de quedarme aquí plantado mientras ella se alejaba con su amigo el guardaespaldas.

«¿Quién narices era ese tío? Nora se ha quitado la camisa y se ha soltado el pelo. ¿Por qué?»

¿Tiene algún novio secreto aquí?

¿Es una *stripper*?

¿Pertenece a una secta?

¿Padece un trastorno de personalidad múltiple?

Quién diablos sabe.

Cuando vuelvo a mi vecindario, dos horas después, la puerta de mi casa está cerrada con llave. Dado que le he dado mi llave a Hardin cuando lo he mandado de regreso a mi apartamento solo, espero que me abra. Al principio llamo suavemente, pero al ver que no funciona, empiezo a golpear la puerta algo más fuerte y, unos segundos después, Hardin la abre, descamisado y medio dormido.

Se frota los ojos con las manos.

—Creía que estabas en tu cuarto todo este tiempo. Ninja.

—Estaba con Nora —digo, y decido reservar los detalles patéticos para más tarde.

Él enarca una ceja y se deja caer sobre el sofá. Parece muy pequeño con su cuerpo largo tumbado en él. Se le salen los pies por un extremo. Me sorprende que esté aquí y no en la habitación de Tessa, pero no tengo energías para preguntarle al respecto, y él tampoco parece tenerlas.

—Buenas noches —le digo, y luego me voy directo a mi cuarto.

Durante horas, mientras intento dormir, siento que me va a estallar la cabeza.

Me despierto diez minutos antes de que suene la alarma, y tengo que obligarme a salir de la cama. No me puedo creer que haya dormido hasta las once. Entro a trabajar a las doce y salgo a las cuatro. Un turno bastante corto, teniendo en cuenta que los sábados suelo trabajar desde las seis de la mañana hasta las dos del mediodía, así que hoy se me pasará rápido. Bueno, se me pasará rápido si me toca trabajar con Posey en lugar de con Aiden.

Ojalá. Cuatro horas con Aiden parecen ocho. Con Posey, en cambio, cuatro horas parecen treinta minutos.

Mientras me ducho, me obligo a poner una cara alegre.

No puedo estar de bajón todo el día. Realizo mis rutinas de todas las mañanas. Me ducho, me pongo crema y me pongo crema facial, porque Tessa dice que tengo que usarla. Ropa: una camiseta blanca y unos vaqueros negros. Café: solo y cargado.

De camino a la cocina, veo que Hardin ya no está solo en el sofá. Su brazo envuelve el cuerpo de Tessa con fuerza y ella tiene el rostro enterrado en su pecho. No me sorprende lo más mínimo.

Necesito comer algo rápido antes de irme a trabajar, pero no quiero despertarlos. Los plátanos de la encimera de la cocina parecen estar podridos, y no debería intentar cocinar nada. Abro el armario y cojo la primera caja de cereales que veo.

Justo cuando meto toda la mano en la caja, oigo el inconfundible sonido de unos pasos en el suelo de madera. Debe de haberlos despertado la cafetera, o el crujido de la bolsa de los Frosties. No recuerdo que esta caja estuviese aquí ayer, pero quien sea que traiga comida a nuestra casa sabe que debe compartirla. Mastico los cereales secos rápidamente y me arrepiento al instante por intentar comerme un puñado de un bocado. Cojo el café de la encimera y me dirijo al pasillo. Me encuentro con Tessa. Conforme mi sonrisa se intensifica, sus mejillas se tornan de un rojo intenso.

—¿Qué? —pregunta sin mirarme a los ojos.

Levanto el café hasta mi cara.

—Naaaaaada.

Bebo un trago de café, y Tessa me pone sus característicos ojos en blanco y se retira a su habitación, adonde, al parecer, Hardin se ha escabullido también.

Cuando llego al trabajo, veo a Aiden tras el mostrador. Genial.

—Eh, tío, ¿una noche dura?

Me choca los cinco como si fuéramos colegas, y me muero de asco.

—Y que lo digas.

Ficho, y, al hacerlo, deseo tener uno de esos mandos que tienen en esa película de Adam Sandler en la que congelan el tiempo. No digo que le daría un puñetazo ni nada de eso, pero tampoco que no lo haría.

—Yo también, tío. Yo también.

Oigo la campana de la puerta y aparto la vista del chupetón que tiene en el cuello.

¿Por qué siempre lleva chupetones? ¿Quién hace eso a estas alturas?

—Vaya. Mira —susurra Aiden con su tono de colegueo, y me vuelvo hacia la puerta.

Nora entra, con el pelo suelto y revuelto sobre los hombros, y lleva una camisa vaquera ligera metida por dentro de unos pantalones blancos. El efecto es impresionante.

—Hola. —Me sonríe, y oigo que Aiden sofoca un grito de sorpresa.

—Hola. —Me limpio las manos en el delantal y me vuelvo hacia ella.

Aiden se apresura a preguntarle si quiere tomar algo. Ella le sonríe, y veo cómo él endereza la espalda y se arregla la camisa. Sólo para ella. El hecho de tener un chupetón en el cuello no parece importarle.

—¿Qué me recomiendas? —le pregunta, y eso me cabrea.

No debería cabrearme.

—Hum, bueno, tienes pinta de ser una experta *conisaur* del café.

Dios, espero que ella se dé cuenta de que lo ha dicho mal. Apuesto a que ha querido decir *connoisseuse*, que es «conocedora» en francés.

—¿Eso qué es?, ¿una especie de dinosaurio? —digo de repente.

¿Por qué he dicho eso? ¿Qué narices me pasa? Incluso he soltado la típica risotada incómoda ante mi patético intento de chiste.

Nora sonríe con los dedos pegados a los labios. Aiden se echa a reír, pero tengo la sensación de que, o está cabreado, o no sabe por qué nos estamos riendo todos.

—Yo te recomendaría que probases el nuevo *latte* con leche de coco —dice Aiden, y coge un vaso de papel y su rotulador.

Nora se acerca al mostrador.

—No me gusta la leche de coco.

Reprimo una sonrisa.

Aiden se para y Nora me mira.

—¿Cuál es la bebida esa que le preparas a Tessa? La que lleva plátano —pregunta.

Siento literalmente cómo se desinfla el ego de Aiden a mi lado. La brisa resultante es increíble.

Le quito a Aiden el vaso y el rotulador y escribo el nombre de Nora, sólo porque me divierte hacerlo.

—Es un *macchiato* con avellana y plátano. ¿Te hago uno?

Nora paga el café y Aiden sigue intentando charlar con ella mientras yo añado los siropes de sabores al vaso.

—¿A qué hora termina tu turno? —pregunta ella cuando le entrego su bebida personalizada.

—A las cuatro. He empezado hace unos minutos. Bebe con precaución, soplando un poco antes.

—Vale. Te espero aquí.

¿Es que no me ha oído bien?

—¿Aquí? Faltan cuatro horas.

—Ya. Pero no hay mucha gente. Seguro que no pasa nada si ocupo una mesa al fondo. —Nora me observa, sin mirar ni por un segundo hacia Aiden.

El modo en que me mira hace que me sienta importante, y creo que me gusta saber que el hecho de que alguien como ella prefiera mirarme a mí y no a él lo está volviendo loco.

—No, claro —digo, y ella sonríe, sabiendo perfectamente que no iba a decirle que se fuera.

OCHO

Pese a lo que ha dicho Nora, la cafetería acaba inusualmente llena para ser un sábado por la mañana, y Aiden se mueve más despacio que de costumbre. Ha olvidado dos pedidos, ha escrito el nombre mal en tres vasos, y se le ha caído una botella de sirope de menta al suelo. He tenido que limpiarlo yo.

Con Nora observando en silencio desde una esquina al fondo, estaba demasiado impaciente como para esperar a que llenara el cubo y pasase la fregona poco a poco por la mancha resbaladiza. Además, olía fatal, el intenso olor a sirope de menta me estaba provocando un dolor de cabeza instantáneo, y sabía que yo podía tener la zona limpia antes de que él hubiese terminado de llenar el cubo. No me dio las gracias, claro, pero sí me recordó que no me olvidara de colocar la señal de SUELO MOJADO.

Esperaba que la cola constante me ayudara a olvidarme de que Nora estaba aquí, observándome, pero no ha sido así. Me siento ansioso con ella presente, y no puedo evitar mirar hacia su sitio cada dos por tres. Pero, a pesar de la distracción, y a diferencia de Aiden, estoy trabajando bien. Al parecer, no soporta la presión de la cola de zombis de la cafeína. No recuerdo en qué momento mi cerebro ha pasado de estar cabreado con él a verlo como competencia en mi cabeza. Qué raro.

Le entrego a una mujer llamada Julie su *latte* triple desnatado y miro hacia Nora de nuevo. Está escribiendo algo en un cuaderno. No me está mirando. No sé qué escribe, y me siento un poco como si fuera una policía que me está vigilando.

Aprovecho este momento para disfrutar observándola. Está relajada, con el bolígrafo entre los dedos. Da unos golpecitos con el boli sobre el papel y vuelve a cruzarse de piernas. Me gustan los morritos que pone. El femenino arco de su labio superior sobresale un poquito más que el inferior.

—¡Tío! —La voz de Aiden invade mis pensamientos obsesivos sobre los labios de Nora.

Cuando lo miro, veo que la cola ha menguado, y sólo hay dos clientes más esperando sus bebidas..., pero tengo los pies mojados. ¿Por qué?

Aiden está señalando la jarra de té verde que estoy derramando en el suelo, y en mis pies. La enderezo por el mango y le pongo la tapa. El charco no es muy grande; sólo falta la mitad de la jarra. Miro hacia Nora y veo que me está observando con una sonrisa. Me pongo colorado y cojo la fregona. Obligo a mi cerebro a pensar sólo en fregar. Fregar, mojar, escurrir, fregar, mojar. Escurrir otra vez, fregar.

Para cuando el establecimiento se despeja, sólo han pasado dos horas. Tengo la camisa sucia, cubierta del polvo de los granos de café, y mis zapatos continúan húmedos por el té derramado. Lo bueno es que hace casi diez minutos que no ha entrado ningún cliente, y Aiden tiene esa expresión en el rostro que me indica que pronto va a empezar a protestar.

—Tengo un hambre que lo flipas, y necesito leer unas líneas para un casting —dice en ese mismo instante.

Tiene los hombros caídos, y en su camisa blanca se ven manchas marrones. Ambos parecemos haber librado la Gran Batalla de la Cafeína y haber vivido para contarlo. Nora sería la reina por la que estamos luchando, y uno de nosotros logrará hacerse con la corona y ser su rey.

Antes de que mi imaginación me lleve a un país muy muy lejano, Aiden da otro paso hacia mí y agita la mano.

—Eh, voy a descansar, ¿te parece?

—Claro. —Miro a Nora y asiento—. Por mí, bien, no hay nadie de todas formas.

Tengo que barrer el suelo, limpiar las migas de los cupcakes y los círculos de café de las mesas, llenar la cubitera, limpiar el mostrador…, y la lista sigue y sigue.

Nora se levanta y se pasa los dedos por el pelo. Cojo un trapo y salgo de detrás de la barra.

—Es majo, ¿no? —pregunta señalando con el pulgar hacia el cuarto de empleados en el que se encuentra Aiden.

—Psí —contesto, y me encojo de hombros.

No quiero que Aiden nos oiga hablando de él. Es insufrible, pero no tengo ganas de herir sus sentimientos ni nada por el estilo. Sé lo que se siente cuando la gente habla de ti como si no estuvieras oyéndolo, y no es nada agradable. No se lo deseo a nadie. Bueno, puede que a algunas personas sí, pero Aiden no es una de ellas.

—Me recuerda a Joffrey —dice Nora, y se echa a reír tapándose la boca.

—¿Quién es ése?

Abre unos ojos como platos.

—El rey Joffrey, el capullo rubito ese.

«¿Eing?»

—No tienes ni idea de quién estoy hablando, ¿verdad? —Me mira con incredulidad.

Niego con la cabeza.

—¿Nunca has visto *Juego de tronos*? —pregunta.

—Ah. No, aún no.

—¿Qué? —Nora corre hacia mí y me agarra de las muñecas.

Huele a coco.

—Dime que estás de broma. Cuánto me había equivocado contigo —dice—. ¿En qué gruta vives?, y ¿cómo has conseguido evitar los *spoilers* en internet?

«En la gruta de la universidad y el trabajo», quiero responder, pero eso sería muy grosero, y patético, por mi parte.

—Todavía no he tenido tiempo. Quiero verla. Todo el mundo habla de ella. Pero no tengo ninguna cuenta *online* ni nada de eso.

Sueno como un robot.

Tengo una cuenta de Facebook, pero siempre olvido la contraseña y tengo que resetearla. Tendré unos diez amigos ahí, y la mitad de ellos son familiares. El Facebook de mi madre está plagado de actualizaciones del bebé y fotos de su barriga, y el de Tessa, de pines de Pinterest. Mi madre está obsesionada con etiquetarme en cosas. Fotos, frases, imágenes de cachorros. La última vez que inicié sesión, publicó fotos nuestras de su boda y me etiquetó. Sus amigas no tardaron en hacer comentarios del tipo:

«¡Recuerdo que le apretaba esos mofletes cuando era sólo un bebé!».

«¡¡¡El pequeño Landon se ha convertido en un jovencito muy guapo!!!»

«Y ¿Landon cuándo se casa, Karen?»

A ese último, mi madre respondió: «¡Cuando Dakota y él terminen la universidad!».

Las cosas eran muy diferentes el año pasado. Hace apenas unos meses mi vida era completamente distinta de ahora. Creía que a estas alturas estaría viviendo con Dakota, iniciando nuestro futuro juntos.

Basta de Dakota.

—Tienes que verla —insiste Nora.

Accedo a medias.

—Puede que lo haga.

No sé si tengo tiempo de ver una serie de televisión entre las clases y el trabajo, y Nora, y Tessa, y Hardin, y Dakota, y mi madre, y mi hermanita, y Ken.

—¿Qué cosas ves? —pregunta Nora mientras enrolla el envoltorio de papel de una pajita.

Le digo que últimamente he estado viendo lo que Tessa ve en la tele. Se sienta en la mesa que está más cerca de mí y me dice que me estoy haciendo un flaco favor por no ver «Juego de tronos». Me dice que, aunque se pone de los nervios, le encanta ver «The Bachelor», un *reality* en el que un soltero es cortejado por varias mujeres con las que tiene citas, hasta que elige a la ganadora. Le digo con sinceridad que no lo he visto nunca. Veo las caras de los participantes en las portadas de las revistas de cotilleos expuestas en los quioscos por los que paso de camino a clase, pero no sabría decir cómo se llama ninguno. Me dice que una tal JoJo está loca por haber enviado a casa a un vaquero de Texas la semana pasada.

Escucho cómo habla y decido que me encanta el modo en que sus palabras acarician mis oídos. Gesticula mucho con las manos, y lo hace con tanta gracia que no quiero que deje de hablar nunca. Es una de esas personas que hacen que todo lo que dicen parezca importante. Les confiere a las palabras un significado que jamás podrían tener si no fueran sus labios los que les están dando vida.

—Bueno, y ¿tú qué? —pregunta por fin, y ni siquiera recuerdo de qué estaba hablando.

Estaba demasiado concentrado en sus gestos y en lo parlanchina que está como para escuchar lo que estaba diciendo.

—Eh... —Busco con torpeza las palabras y obligo a mi memoria a trabajar.

—¿Tus planes para esta noche? —pregunta medio sonriendo.

Nada. No tengo absolutamente nada planeado.

Me encojo de hombros.

—Aún no lo sé. Hardin estará aquí hasta el lunes.

Asiente.

—Ya.

—Así que supongo que depende de lo que haga el huracán Tessa.

Nora sonríe ante mi comentario, y me percato de que tiene otro envoltorio de pajita en la mano. Lo ha doblado como si fuera una espada, y hay dos montoncitos de azúcar sobre la mesa. Tiene un paquete de azúcar moreno vacío en la mano. Reconozco las colinas de azúcar del día en que conocí a Lila, la hermana pequeña de Posey. Había una bandera clavada en la cumbre, en lugar de dos montículos de azúcar.

Seguro que los hizo ella aquella vez. ¿Cómo es posible que no me diera cuenta de que estaba allí?

—Tessa tiene que trabajar toda la noche —dice Nora.

Pasa la mano por su pequeña fortaleza y ahueca la otra en el borde de la mesa para recoger el azúcar.

Dejo el trapo sobre la mesa y me acerco a la barra. La levanto, cojo una papelera pequeña y la llevo hasta ella. Nora sacude las manos sobre la basura de plástico y se las limpia en mi delantal.

—Quería llevarte a un sitio —dice luego en voz baja.

—Quiero ir a un sitio —respondo inmediatamente.

La miro. Me mira.

Me aclaro la garganta.

—Me refiero a que quiero ir contigo, a donde sea que quieras llevarme.

Nora me pregunta dónde está la escoba y no dice nada más sobre el lugar al que quiere llevarme.

NUEVE

—¿Me da tiempo a cambiarme antes de ir a ese sitio? —le pregunto a Nora cuando ficho la salida.

Posey está en la sala de descanso, atándose el delantal. Lila no ha venido con ella hoy, y espero que eso signifique que la salud de su abuela está mejorando. Nos sonríe cuando nos vamos, y me alegro de saber que Cree, la empleada más nueva en la cafetería, va a venir para sustituir a Aiden dentro de una hora. Posey tolera a Aiden mejor que nadie, pero Cree es mucho más agradable.

Nora inspecciona mi camiseta gris manchada.

—No. No hay tiempo para cambiarse —dice.

La sigo a través de la puerta y por la acera. Es un día soleado. No hace calor, pero tampoco tanto frío como hará esta noche. El clima de septiembre en Nueva York es mi preferido: temporada de hockey y buen tiempo, ¿qué más puedo pedir? Para ser sincero, esta temporada todavía no he visto ningún partido. Es diferente ahora que no tengo a Ken. Ver los partidos era algo que hacíamos juntos. Los deportes eran los ladrillos que edificaron nuestra relación de padre e hijo. Bueno, lo más parecido a una relación de padre e hijo que he tenido.

—Quiero darte una bienvenida a Brooklyn como Dios

manda. ¿Has estado en Juliette, en Williamsburg? ¿O en ese sitio que hacen helados con nitrógeno líquido?

Niego con la cabeza. No he hecho mucho desde que me trasladé aquí. He paseado y corrido bastante por mi barrio, pero no he entrado en muchos sitios ni he buscado los lugares de moda. Además, ¿con quién iba a ir? Tessa está demasiado ocupada trabajando, y yo no he tenido la oportunidad de hacer amigos aquí todavía. En el campus nadie me habla mucho. De vez en cuando, alguien me pregunta alguna dirección, pero ya está. En la Washington Central seguramente habría pasado lo mismo si Tessa no se me hubiera presentado.

—No me suena ninguno de los dos sitios —digo, cosa que parece satisfacerla y animarla a llevarme a donde había planeado.

—¿Adónde ibas anoche, cuando te seguí? —pregunto mientras esperamos a que el semáforo cambie.

Se ríe.

—Vaya, directo al grano —replica.

Espero a que responda, pero sus labios permanecen cerrados.

—No me lo vas a decir, ¿verdad?

Niega con la cabeza y me toca la punta de la nariz con el dedo.

—No.

Debería importarme el hecho de que me esté ocultando algo. Debería hacerle más preguntas sobre los secretos que esconde, sé que debería hacerlo.

Y, sin embargo...

—¿Juliette? ¿Qué es exactamente? —pregunto.

Nora sonríe al ver que he cambiado de tema. Le prometí que no intentaría «arreglarla», y es más fácil mantener esa promesa si no indago en su vida.

Este plan es genial, excepto por el hecho de que quiero saberlo todo sobre esta mujer. Quiero saber cuánto azúcar se echa en el café y cuál es su canción favorita. Quiero escucharla cantar de manera distraída, y necesito saber cuánto tiempo tarda en levantarse de la cama por las mañanas. Tengo una necesidad imperiosa y obsesiva de saberlo todo sobre ella, y va a volverme completamente loco al negarse a satisfacerla.

Cuando llegamos al bistró francés que se llama Juliette, Nora está superentusiasmada.

—Este sitio es el mejor. Todo el mundo dice que Le Barricou es mejor, pero no te dejes engañar. Sólo porque Yelp lo diga no significa que sea verdad.

—¿Qué es Yelp? —pregunto mientras intento seguir el ritmo apresurado de Nora.

El cartel de pizarra de la acera lee: «Prueba nuestra ensalada toscana de col rizada», y, junto a las palabras, hay dibujada una hoja verde. Vaya, al parecer, los franceses han adoptado el modo de vida de los «californianos-come-hojas» también. Vale, así que esa sociedad no existe... Bueno, probablemente exista, pero no tengo ninguna prueba de ello. Y ¿la Toscana no es una región italiana? Pues vaya bistró francés...

Nora pasa delante de mí y entra en el establecimiento. Se vuelve y me mira antes de llegar al puesto del anfitrión.

—Tienes mucho que aprender, jovencito —dice sonriendo, y se vuelve de nuevo.

Echo un vistazo al restaurante y Nora le dice a la anfitriona que necesitamos una mesa para dos. La chica coge dos cartas y empieza a explicarnos los platos del día mientras nos guía hacia una pequeña mesa redonda cerca del fondo del salón.

—¿Tenéis la azotea abierta? —pregunta Nora antes de sentarse.

La anfitriona echa un vistazo al salón.

—Aún no. La abrimos a las cinco. Pero si queréis podéis sentaros en la terraza.

Nora sonríe y asiente.

—Sí, por favor.

Subimos un par de escalones siguiendo a la mujer y llegamos a un espacio que parece un jardín. Hay un montón de macetas colgadas en la pared cuyas hojas casi tocan la superficie de las mesas. La terraza está prácticamente vacía, sólo hay una mesa ocupada.

—Perfecto. Muchísimas gracias —dice Nora.

Me encanta que sea tan agradable con los empleados del sector de la hostelería. Eso me recuerda mi teoría de que todo el mundo debería trabajar de camarero al menos una vez en la vida. También me recuerda la rabieta que le dio a Dakota en el Steak'n Shake de Saginaw cuando le sirvieron la hamburguesa con cebolla cuando la había pedido sin. Sentí vergüenza, pero no dije nada cuando ella le chilló al encargado antes de pedir que descontasen su comida de la cuenta.

Después se sintió fatal.

Y no le quité la razón.

Me siento enfrente de Nora. La silla de metal chirría al acercarla a la mesa. La carta es pequeña, y sólo oferta algunas comidas. Contiene más cócteles que platos.

—Yo siempre pido lo mismo —dice ella.

Alarga el brazo por encima de la mesa y señala unos pimientos y coliflor no sé qué. Sólo reconozco unas pocas cosas de toda la carta. ¿Estará escrita en francés?

—Yo tomaré los pimientos *shishito*, la coliflor con puerro gratinada y *pommes frites*. Me encanta todo lo que tienen. —Se ríe y se coloca el pelo detrás de la oreja—. Siempre pido demasiada comida.

—Yo... yo tomaré... —Veo la palabra *hamburguesa* y la señalo—. Me temo que no sé qué es nada de lo que aparece en la carta.

Entonces me río en un intento de disimular la vergüenza que siento.

Nora apoya su menú en la mesa y acerca la silla hacia adelante. La suya no hace el espantoso chirrido que ha hecho la mía.

La anfitriona vuelve a la mesa con una jarra de agua en las manos. Dentro de la jarra hay unas rodajas de pepino y hielo. ¿Qué sitio es éste? ¿Puedo permitirme comer aquí? Desde luego, ya no estoy en Saginaw.

Nora da las gracias de nuevo a la chica, y ésta nos dice que una tal Irene vendrá enseguida a atendernos. Cuanto más miro a mi alrededor, más me gusta la terraza. Las hojas verdes descienden desde unos cestos de mimbre que penden de casi todas partes.

—¿Qué cosas no conoces? —pregunta Nora, y toca mi carta.

La ojeo. Palabras como *croque-monsieur* y *pommes frites* se ríen de mí desde las páginas.

—Básicamente, lo único que conozco es la hamburguesa —admito.

Nora es chef. Es probable que esté pensando que soy un idiota. Aunque, si es así, no lo demuestra. Su rostro está relajado y sus labios son generosos y rosados. Me mira a los ojos y se pasa la lengua por los labios. Aparto la vista con rapidez, antes de olvidar hasta mi propio nombre.

—La mayoría de estos platos son cosas bastante sencillas. Los restaurantes usan palabras sofisticadas para poder cobrarnos veinte dólares por un sándwich mixto. Que es esto de aquí. —Da unos toquecitos en lo de la *croque* no sé qué—. Y esto. —Me mira de nuevo—. *Pommes frites* son simplemente patatas fritas.

O tengo un montón de hambre o la lección culinaria de Nora es tremendamente sexi. Es muy lista, demasiado lista para mí, creo.

—Deberías pedirte la hamburguesa. Yo voy a pedir un par de cosas que quiero que pruebes, pero no las leas en la carta porque suenan fatal. —Sonríe cuando advierte mi expresión de preocupación—. No voy a pedirte nada demasiado raro —dice, y vuelve a tocarme la punta de la nariz con el dedo.

¿Por qué hace eso siempre? Y ¿por qué me parece tan adorable?

Irene, nuestra guapa camarera con pintalabios oscuro y acento español, nos toma el pedido. Nora me hace el favor de pedir toda nuestra comida. Su voz adquiere una entonación preciosa cuando lo hace, y yo permanezco embrujado y en silencio hasta que la chica se marcha y Nora inicia una nueva conversación.

—¿Has estado en Francia? —pregunta mientras observa la decoración de temática francesa de las paredes.

Niego con la cabeza. «¿Que si he estado en Francia?» Lo ha preguntado como si tal cosa, como si me estuviera preguntando si he estado en el supermercado de la esquina.

—No, no he estado. ¿Y tú? —digo con voz temblorosa.

¿Por qué no puedo ser una persona tranquila y normal, aunque sólo sea por un rato?

—Yo sí. He ido dos veces de vacaciones con mi familia. Pero sólo he visto las típicas cosas turísticas. Quiero ir a ver la Francia auténtica. Quiero ir a donde van los franceses, no a donde pagas treinta dólares por una estatua de la torre Eiffel que brilla en la oscuridad. Quiero comer creps de verdad y tener que esforzarme por hablar francés. Quiero tomarme un café que no necesite un paquete de azúcar.

Coge aire y se tapa la boca.

—Hablo demasiado —dice.

Bebe un trago de mi agua e intento pensar en algo inteligente que decir.

No se me ocurre nada, así que le hago otra pregunta:

—¿Viaja mucho tu familia?

Sé muy poco sobre su familia. Sé que sus padres viven en la misma calle que mi madre y Ken, y que su padre es cirujano y quería que ella lo fuera también. No habla mucho de eso y, cuando lo hace, sólo me da minúsculas pistas que yo tengo que descifrar.

—Sí. Ahora mi hermana está embarazada, así que no vamos a hacer el viaje que hacemos normalmente en Navidad, pero solemos viajar una o dos veces al año. Al último no fui por...

Nora se detiene por un momento. Tiene la sensación de haber hablado de más. Salta a la vista.

—Pero ahora que Stausey está embarazada y que dará a luz antes de Navidad, mi padre cree que es mejor quedarse aquí.

Denoto cierta frustración en su tono, pero tampoco sé a qué se debe.

¿No fue por...?

¿Una hermana embarazada?

—¿Cuántos años tiene tu hermana? —pregunto con tiento.

—Treinta. Es cinco años mayor que yo. Es su primer hijo con su marido, Todd. Ese niño va a ser el más mimado del mundo. —Ahora su sonrisa es cálida; salta a la vista que le gusta la idea de ser tía—. Y hablando de bebés... —Pasa el dedo por la condensación que se ha formado en su vaso—. Pronto vas a tener una hermanita. ¿Cómo está tu madre?

A Nora se le da tan bien desviar las conversaciones que, para cuando me he dado cuenta de que lo ha hecho, ya estamos terminando de comer. Al final tenía razón respecto a la comida. Todo estaba exquisito. La cazuela de coliflor y puerro es lo que más me ha gustado, aunque no estoy muy seguro de qué es el puerro.

Me siento culpable cuando engullo mi hamburguesa sabiendo que Nora no come carne. La verdad es que no lo he pensado cuando la he pedido, y no me he acordado hasta que le he ofrecido un bocado de la suculenta carne roja. De todas formas, estaba demasiado buena como para no comérsela, pero me he asegurado de no hablar con la boca llena.

—Tienes que probar esta última cosa y ya te dejo en paz —me dice Nora cuando me acabo el plato.

No me gusta cómo suena eso de que me deje en paz.

—Sólo por el momento —aclara, y reprimo una sonrisa.

Hunde la cuchara en un cuenco con una corteza de queso quemado por los bordes.

—Cierra los ojos —dice, y obedezco.

Algo blando y caliente toca mis labios, y abro la boca.

—Mantén los ojos cerrados —me ordena.

Huelo a cebolla mientras uso los dientes para extraer la comida de la cuchara. Mastico el bocado húmedo y, a pesar de la textura, el sabor me gusta.

—Sólo es sopa de cebolla, nada especial. ¿Te gusta? —La voz de Nora suena todavía mejor con los ojos cerrados.

Asiento y abro la boca para recibir más. Mantengo los ojos cerrados mientras ella me da otro bocado. No pienso en el resto de las mesas que nos rodean. Ni siquiera se me pasa por la cabeza que la camarera podría venir en cualquier momento. En estos instantes, en lo único que puedo pensar es en la capacidad de Nora de hacer que comer sopa de cebolla sea sexi. En serio, si ella tocara un árbol, me atraería el árbol.

Los segundos, o puede que los minutos, pasan sin interrupciones.

—¿Has viajado a alguna parte, Landon?

Sacudo la cabeza y abro los ojos.

—De pequeño fui a Florida una vez. Mi tía Reese y su marido me llevaron a Disney World. Pero el segundo día sufrí una intoxicación alimentaria, así que estuve enfermo todo el tiempo. Acabé viendo películas de Disney metido en la cama del hotel.

A mi tía Reese le di tanta pena que incluso me compró cosas de la tienda de regalos y decoró mi habitación. En las mesillas de noche había dos peluches de Mickey Mouse, y cubrió una mesa con una toalla de playa con la imagen del castillo de Cenicienta.

—Qué mala pata —dice Nora.

Creo recordar que antes de cerrar los ojos no estaba sentada tan cerca. Tiene los codos apoyados en la mesa y está tan inclinada hacia adelante que ni siquiera tendría que inclinarme yo para tocarle la cara.

Qué guapa es.

—Si pudieras ir a cualquier sitio, ¿adónde irías?

Justo antes de que le conteste, Irene vuelve a nuestra mesa y se lleva los platos que tenemos delante.

—¿Os apetece algo más? ¿Queréis ver la carta de postres? —pregunta.

—Yo tomaré un expreso —dice Nora—. ¿Quieres uno?

—¿Vale?...

Irene me sonríe.

—Dos expresos. Muy bien.

—Es algo que hacen en Europa. A veces se toman un café después de comer —me explica Nora.

—Me gusta mucho lo lista que eres —señalo, y ella me sonríe desde el otro lado de la mesa.

Se echa hacia atrás y se aleja de mí.

—A mí también me gusta mucho lo listo que eres tú.

—Yo ni siquiera entendía la carta —le recuerdo entre risas.

Ella baja la vista y me mira a los ojos.

—Pero tú sabes muchas cosas que yo no sé. Eres un buen estudiante y has leído diez veces más libros que yo. Que no entiendas una carta sofisticada ni hayas visto mundo no significa que no seas listo.

No esperaba que la conversación se pusiera tan seria, pero con esas últimas palabras noto que Nora está enfadada. Tiene los labios y el ceño fruncidos.

—¿He dicho algo inconveniente? —le pregunto.

—No —contesta.

Levanto la vista hacia el cesto de hojas y, en cierto modo, espero que se me caiga en la cabeza para que esta conversación concluya.

—Bueno, sí. Siempre estás menospreciándote. No sé si eres consciente de ello, pero cada vez que te hago un cumplido intentas buscar algo negativo. ¿Quién te dijo que no eras lo bastante bueno? Eso es lo que quiero saber. —Baja la voz—. Para poder tener una charlita con quien fuera que lo hiciera.

Irene deja los dos cafés expreso en la mesa, junto con la cuenta. Nora y yo intentamos cogerla al mismo tiempo.

—Deja que te invite —le pido, medio esperando que me lo discuta.

Me sorprende al no hacerlo.

Mientras nos tomamos el café casi en silencio, pienso en el hecho de que en realidad nadie me ha dicho nunca lo que acaba de decir ella. No, que yo recuerde. No soy el chico más seguro de sí mismo del mundo, pero no me había dado cuenta de lo mucho que me infravaloro, y no sé cómo solucionarlo.

Cuando nos marchamos del bistró, Nora hace una foto de la fachada del edificio. No le pregunto el porqué, ni ella me lo explica.

—Bueno, me parece que tendríamos que saltarnos lo de la heladería —dice dándose unas palmaditas en el estómago.

Tiene la camisa vaquera abotonada hasta arriba, y ahora que hemos vuelto a la luz exterior, vislumbro el contorno de un sujetador negro debajo.

De repente, su teléfono suena, y mira la pantalla. Su rostro se ensombrece.

—Mierda. Tengo que irme.

«¿Ahora? ¿En medio de mi tour de "Bienvenido a Brooklyn"?»

—¿Ahora? —pregunto, y doy un paso hacia ella y cojo sus manos entre las mías.

Temo que las aparte, pero no lo hace. Sus manos son cálidas.

Enderezo la espalda y la miro.

—¿Tienes que irte ahora?

Asiente.

—Tengo que ir a Scarsdale. No debería estar mucho tiempo fuera.

—¿Qué hay en Scarsdale? ¿Es ahí donde vives ahora? Nunca me has contado qué ocurrió al final con Dakota y Maggy.

Nora cuadra los hombros y entrelaza sus dedos con los míos.

—Y tú nunca me has contado por qué rompisteis.

Está cambiando de tema otra vez.

—No quiero hablar de Dakota —digo.

Hay al menos un centenar de cosas que preferiría estar haciendo que hablar de Dakota ahora mismo, después de una tarde juntos tan maravillosa.

Nora se pone de puntillas. Sus labios están a tan sólo unos centímetros de mi oreja.

—Y yo no quiero hablar de Scarsdale — usurra.

Se inclina hacia mí, y me derrito al ser   el calor de su cuerpo contra el mío.

—Quiero conocerte. Permítemelo —digo con suavidad.

Ella eleva su rostro hacia el mío y olvido que estamos en una calle muy transitada.

—Lo estoy intentando.

Sus dulces labios rozan los míos.

—Iré a tu casa dentro de unas horas, ¿vale? —dice con delicadeza, con los labios pegados todavía a los míos.

Incapaz de decir nada, asiento, y ella desaparece.

DIEZ

Aún siento los labios de Nora en los míos mientras vuelvo a mi apartamento y sigo oliendo el perfume a coco en su cabello. Me confunde, es frustrante y adictiva. En el ascensor, considero seriamente dar media vuelta y coger el metro. Sabría llegar a Scarsdale ahora que he estado allí.

¿Se enfadaría si lo hiciera?

Sí, estoy seguro de que sí.

Mi apartamento está vacío cuando llego. Sé que Tessa está en el trabajo, pero creía que al menos encontraría a Hardin. En fin, me alegro de poder tener un rato a solas para pensar en Nora, en quién es y qué oculta.

¿Se podría considerar la comida de hoy una cita? La he pagado yo, ella me ha dado de comer. Nora me ha dado de comer y el recuerdo me quema por dentro. Necesito distraerme; si me siento aquí pensando en Nora dándome de comer, en Nora besándome..., me volveré loco.

Voy a la cocina, cojo un Gatorade y me siento en el sofá. Hardin ha dejado su archivador tirado en la mesa. Lo muevo y, al hacerlo, caen un par de páginas. Cojo una sin molestarme en descifrar su caligrafía rasposa. ¿Qué es todo esto? Me puede la curiosidad y, sin darme cuenta, me pon-

107

go a ojearlo. Parece una especie de diario que, sin duda, no debería estar leyendo.

A partir de aquel día, las palabras le sangraban de las venas. Por más presión que aplicara sobre la herida, era imparable. Las palabras sangraban de él, manchando página tras página con los recuerdos de ella.

Dejo de leer y meto la página en el archivador. No sé lo que es, pero seguro que Hardin lo prefiere así.

He estado viendo episodios de *Arrested Development* en Netflix y mirando el reloj de la tele desde que he llegado.

El apartamento está en silencio. Por mucho que intente centrarme en cosas al azar, el tiempo no pasa. Es una de esas fuerzas inevitables que los humanos no podemos controlar. De las pocas cosas, en realidad. Estamos obsesionados con el tiempo y con manipularlo. Algunas de las historias más increíbles tratan sobre la idea del tiempo. La premisa es que, si alguien tuviera una máquina del tiempo, podría alterar el pasado y el futuro. Podrían hacerse ricos y famosos e incluso dominar el mundo. Ahora mismo, si tuviera una, no intentaría cambiar toda mi vida, ni el mundo, sino que simplemente lo adelantaría unas pocas horas para poder ver a Nora.

Si es que sigue pensando en venir, claro.

Jason Bateman está en pantalla, tratando de mantener unida a su disfuncional familia mientras yo intento no pensar en Nora. Hoy ha estado más abierta que de costumbre. Me ha hablado de su hermana, Stausey, y de los viajes a Europa con su familia. Es raro pensar en su familia en Europa, tomando el sol y comiendo cosas extrañas y bebiendo cafés solos en tazas del tamaño de un dedal mientras yo correteaba por el jardín y jugaba con Carter y con Dakota, comía patatas fritas Mike-sell's y bebía agua del grifo. A veces me compraba un refresco Montain Dew y me parecía una exquisitez. Su realidad no tenía nada que ver con la mía.

Tocan a la puerta y me levanto de un brinco. Cuando abro, veo que es Nora en todo su esplendor, con bolsas de la compra en ambas manos. Desde que me ha dejado en la puerta de Juliette, se ha cambiado de ropa, lleva una camiseta negra y se ha quitado parte del maquillaje. La camiseta es tan larga que no sé si lleva un pantalón corto debajo... Aunque, si no lo lleva, tampoco voy a quejarme.

Se ha hecho una trenza que le cae por el hombro. Lleva sandalias negras, dos tiras de cuero que le envuelven el empeine. La hebilla me recuerda a la de los trajes de peregrino.

Las palabras salen de mi boca sin que pueda detenerlas:

—Eres preciosa.

Dicho está, y no parece que le hayan ofendido. Baja la mirada y sonríe. Por primera vez desde que la conocí, su sonrisa no esconde nada. Es natural, como hablar o caminar, y es preciosa, y la quiero.

Bueno, no es que la quiera, apenas la conozco, pero tiene una sonrisa que haría que cualquier hombre creyera estar enamorado de ella.

—Hola, Landon —dice entrando en el apartamento.

La energía de mi casa cambia con cada paso que da. Todo brilla más. Hasta el techo parece más alto cuando ella está aquí.

En vez de compartir mis pensamientos, le respondo con un simple «Hola».

Los dos entramos en la cocina sin decir nada y la ayudo con las bolsas. Me quita una y la pone en la encimera, junto a los fogones, a unos metros de mí. Empiezo a sacar las cosas de las bolsas de papel marrón. Una cebolla, una botella de aceite de oliva...

—¿Qué es todo esto? ¿Te ha pedido Tessa que te pases por la tienda? —pregunto.

Saco una bola de queso. Queso de cabra, para ser exactos.

—No, voy a hacer cupcakes. —Nora abre la nevera y guarda una botella de leche en el estante superior.

Me acerco a la cara el embalaje siguiente. Mermelada de higo.

—¿Con higos? —Señalo la cebolla que hay en la encimera—. ¿Y una cebolla?

Asiente, cierra la nevera y se me acerca.

—Sí y sí.

No me parece que vaya a salir nada comestible, pero lo que ella diga.

Me fascina cómo se mueve por mi cocina, con qué seguridad, más a gusto que un arbusto. Cuando alza el brazo para abrir uno de los armarios, un pantalón corto vaquero y oscuro asoma por debajo de la camiseta negra gigante. Sí que lleva algo debajo. Por mí..., bien.

No ha dicho nada en un rato. Ha encendido el horno, ha engrasado con mantequilla mi bandeja para cupcakes sin decir ni una palabra.

Parece que voy a tener que ser yo quien inicie la conversación. Está de pie, frente al fogón, con la bandeja para cupcakes a la espera encima de los quemadores.

—¿Qué tal Scarsdale? —pregunto.

Se vuelve para que pueda verle la cara.

—Era Scarsdale —responde—. ¿Qué tal Brooklyn?

—Es Brooklyn —digo con una sonrisa.

Nora se vuelve hacia los fogones de nuevo, pero baja los hombros un poco y se ríe en silencio.

No sé qué más decir. Quiero hablar de muchas cosas, pero es complicado mantener una conversación y andar por la cuerda floja a la vez. Pienso en la última ocasión que estuvimos en esta cocina, con sus manos en mis bíceps y su cuerpo contra el mío. El sabor de su boca mientras gemía en la mía. Recuerdo la curva de sus generosas caderas y cómo las movía contra las mías.

—¿Va todo bien? —me pregunta, y me azota otra oleada de recuerdos.

Pienso en la primera vez que me tocó. Fue muy lanzada, con un dedo me acarició el vientre desnudo. El silencio en la cocina es tan denso que apenas puedo respirar.

Digo que sí con la cabeza, mintiendo.

Me siento a la mesa y Nora me rodea para sacar el cartón de huevos de la nevera. El horno emite un pitido para informar de que ha alcanzado la temperatura que necesita para preparar sus misteriosos cupcakes.

Nora suspira, y quiero gritar porque deseo decirle mil cosas y no hay manera de hacerlo. Quiero tocarla, pero me falta valor.

—¿Estás seguro? —inquiere ella en voz baja, la espalda recta—. Porque es raro que estés tan callado, y a mí me parece que algo te pasa.

No digo nada. No sé qué decir por miedo a que se vaya.

—Si hablo, desaparecerás. ¿Lo recuerdas? —Lo digo con un nerviosismo que preferiría omitir.

Nora se vuelve y me mira. Se limpia las manos en un paño de cocina y se acerca a la mesa, a la que estoy sentado.

—¿Qué te hace pensar eso?

Esta mujer está loca.

—Es lo que dijiste. Me dijiste que, si intentaba arreglarte, desaparecerías. Es frustrante. —Hago una pausa para asegurarme de que me está mirando—. Es frustrante querer estar contigo pero sentir que estoy caminando descalzo sobre ascuas. No sé de qué hablar contigo ni qué decirte. Sé que no estás lista para dejarme entrar en tu vida, pero al menos tendrás que entreabrir la puerta porque me tienes aquí fuera, a la expectativa, esperando que consideres darme una oportunidad.

Nora estudia mi expresión. Su mirada va de mi boca a mis ojos y de vuelta a mi boca. Parece que se ablanda y enarca las cejas en vez de fruncir el ceño.

—Landon —dice sentándose a mi lado—, no era mi intención. No quiero que tengas que ocultar lo que sientes o que te dé miedo que vaya a desaparecer.

Paso el dedo por la pegatina imitación de madera que recubre la mesa y que empieza a despegarse. Otra chapuza de IKEA, sólo que esta vez agradezco que me sirva de distracción.

—Mírame, Landon. —Los dedos de Nora están tibios cuando me tocan la barbilla y me alzan la cara—. Vamos a jugar a una cosa, ¿de acuerdo? —dice acercando la silla. Quiero que sus dedos regresen a mi piel. Vuelve a hablar antes de que acceda—: La única regla de este juego es que tenemos que decir la verdad, ¿entendido?

Me gusta cómo suena, pero parece demasiado fácil.

—¿Toda la verdad?

—Y nada más que la verdad —concluye.

—¿Con ayuda de Dios? —digo, y me regala esa sonrisa que me hace pensar que estoy loco por ella.

—¿Hasta que la muerte nos separe? —apostilla, y ambos nos echamos a reír—. Creo que eso se dice en las bodas. —Su risa es natural, como su belleza—. Uy —añade con una sonrisa traviesa.

Intento parar de reír, y añado:

—Me gusta el planteamiento del juego. Y ¿cuál es el premio?

Nora se relame y se muerde el carnoso labio inferior. Observo cómo lo hace durante un segundo.

—La verdad —dice.

Nada me apetece más que acariciar esos labios. Con los míos, con la lengua. Incluso con el dedo. Sólo quiero tocarla, lo necesito.

Necesito tocarla tanto como respirar.

—¿La verdad de quién? ¿La tuya o la mía? —pregunto, sabiendo que no son la misma.

—La de ambos —dice muy segura.

La miro fijamente.

—¿Cuándo empezamos?

Se le está deshaciendo la trenza, los mechones se escapan del recogido. Se pasa los dedos por el pelo como si pudiera leerme el pensamiento.

—Ahora. Empiezo yo.

Asiento. Por mí, perfecto.

Respira hondo y se quita la goma del pelo de un tirón. Se peina con los dedos las ondas oscuras, deshaciendo los nudos.

113

—Cuando estábamos en la estación de Scarsdale, dijiste que me echabas de menos. ¿Era verdad o no?

No vacilo:

—Verdad.

Sonríe. Observo cómo sus dedos vuelven a trenzar el pelo.

—Me toca —digo, y sigo rascando la pegatina del borde de la mesa—. ¿Me has echado de menos?

Asiente. Esto se parece mucho al juego de «Real o no» de Katniss y Peeta.

Me quedo mirando a Nora, esperando a que lo diga. No lo hace.

—Las palabras no son reales hasta que uno las pronuncia —le digo.

Me devuelve la mirada.

—No. —Y cuando lo dice me duele el pecho. Levanta la mano—. Me refería a lo que acabas de decir. Las palabras son reales cuando las escribimos. El que uno se tome tiempo para hacerlas permanentes es lo que las hace reales.

Niego con la cabeza en desacuerdo.

—Aunque estén escritas, se pueden borrar —replico—. Pero si las dices, permanecen para siempre.

Nora se echa atrás y apoya la espalda en la silla.

—Las palabras sólo existen hasta que uno deja de sentir lo que dijo.

La observo con atención antes de responder con cautela:

—Prometo no decir nada que no sienta.

Mi mano busca la suya, pero ella la aparta.

Titubea y luego dice:

—Y yo prometo no decir nada que quiera borrar luego.

ONCE

Nora señala la mantequilla y el cartón de huevos que ha dejado en la encimera.

—¿Quieres ayudarme a hacer cupcakes?

—Si la ayuda que esperas recibir es apoyo emocional, entonces sí, te ayudaré encantado.

Mi respuesta le hace gracia, y me encanta cómo su risa suave llena la pequeña cocina. Soy un inútil en los fogones, mi madre es testigo. Nora se pone de puntillas para sacar más ingredientes de los armarios. Me pregunto por qué lo ha guardado todo si sabía que iba a necesitarlo luego. Las mujeres son muy raras.

—Juguemos otra vez —sugiere.

Me levanto y me acerco a ella. Está ocupada midiendo un polvo blanco con una taza. ¿Será harina?

El hecho de que quiera jugar a decir la verdad significa que está dispuesta a compartir más verdades. Me alegro. Nunca he estado más desesperado por conseguir información sobre una chica. Habla poco, pero siento muchas cosas por ella. ¿Cómo es posible? Hace que me cuestione todo lo que sé acerca de las relaciones. Con Dakota las cosas eran muy sencillas. Tardé meses, años, en darme cuenta de que lo que sentía por ella iba más allá de la amistad. Dakota

115

fue la primera en confesarme lo que sentía, lo que hizo que compartir lo que yo sentía por ella me fuera más fácil.

—Yo tengo otro juego —digo, sin saber exactamente de qué va éste.

Nora se vuelve hacia mí y se relame. Es como si supiera lo sexi que es y lo utilizara en mi contra. Esta mujer me va a volver más loco de lo que ya estoy.

—Mi juego... —Busco en las páginas del trastero que tengo por cerebro—. Mi juego consiste en que te voy a hacer tres preguntas. Tienes que contestar a dos como mínimo y puedes pasar de una. Luego será tu turno y me tocará a mí responder.

Nora enarca una ceja y se reclina contra la encimera.

—¿Y el premio?

La miro y espero que las palabras no delaten mi entusiasmo:

—La verdad, igual que antes.

Ella asiente y me mira fijamente, pensativa.

—No te has cambiado —dice señalando mi camiseta manchada de café.

Bajo la vista a mi atuendo y me pregunto por qué no me he cambiado al llegar a casa. He tenido tiempo. Me he pasado tres horas tirado en el sofá. Podría haberme cambiado.

Un momento... La miro y meneo la cabeza.

—No intentes cambiar de tema. —Doy un paso hacia ella. Me conozco sus artimañas, y esta vez no voy a dejar que me distraiga—. ¿Te da miedo un simple juego? —Bajo la voz y noto cómo se mueven los músculos de su cuello al tragar.

Tiene una nube de pecas en el escote que asciende por

la base del cuello, justo por encima del cuello de la camiseta. Sigo la curva del mismo hasta su cara. Me mira directamente a los ojos y esta vez no aparto la mirada. Quiero controlar el juego.

—Nora. —Doy otro paso hacia ella. La electricidad recorre mi cuerpo, me yergue el espinazo y le da firmeza a mi voz—. ¿Te da miedo?

Ella vuelve a tragar saliva. Tiene las pupilas dilatadas y las manos a la espalda, sujetándose a la encimera. El corazón le late a toda velocidad, y juraría que puedo oír cómo la sangre le corre por las venas. Con los dedos, le rozo la piel del hombro y desciendo hasta el pecho, hasta donde reside su corazón, y luego asciendo por su cuello. Respira profundamente, su pecho sube y baja con mi caricia. Se me acelera el pulso, igual que a ella. Me pregunto si lo nota en la punta de mis dedos.

Pongo fin a la distancia que nos separa y su cuerpo se acerca a mí. La tengo muy cerca. Su mirada no abandona la mía y quiero besarla durante el resto de mi vida.

Parpadea y se me para el corazón.

«¿Lo he dicho en voz alta? Por favor, por favor, dime que no lo he dicho en voz alta.»

—Yo primero. —Parpadea otra vez y se aleja de mí.

Qué alivio. No confío en poder cerrar el pico cuando la tengo cerca.

Abre uno de los armarios de abajo y saca un cuenco grande.

—¿Cuánto tiempo piensas quedarte a vivir aquí, en Nueva York? ¿Cuál es la última canción que has escuchado? ¿Dónde está tu padre biológico? —La primera tanda de Nora es contundente, como poco.

No quiero hablar de mi padre, pero no puedo esperar que se abra a mí si yo no voy a hacer lo mismo.

—No lo sé, he pensado en volver a Washington, pero empieza a gustarme esto. La última canción que he escuchado es... —Hago una pausa para hacer memoria—. *As You Are*, de The Weeknd. Y mi padre está muerto.

A Nora le cambia el semblante, y tengo la impresión de que pensaba que iba a pasar de la última pregunta. Ella lo habría hecho. Yo quería hacerlo.

—Me toca —digo antes de que me dé el pésame—. ¿Cuánto llevan tus padres casados? ¿Cuál es el último libro que has leído? ¿Cuánto duró tu última relación?

Me mira y aparto la mirada. Sé qué pregunta no va a contestar.

Respira hondo y finge estar muy concentrada cocinando. Coge aire y habla:

—Mis padres llevan casi treinta y dos años casados. Celebran su aniversario dentro de poco. El último libro que he leído es *Marrow*, que era espeluznante, pero estaba muy bien, y paso de la última pregunta.

Asiento y pienso en sus respuestas. Ojalá me hubiera equivocado, pero no voy a quejarme. Al menos, por ahora.

Nora no pierde el tiempo antes de reclamar su turno.

—¿Qué te gusta más: los deportes o leer? ¿Cuál es tu recuerdo favorito de la infancia?, y ¿cómo murió tu padre?

De pie, a corta distancia de ella, me reclino en la encimera.

—Leer. Aunque está ahí, ahí con los deportes. Es difícil elegir un solo recuerdo de mi infancia. —Repaso los más felices que me vienen a la mente—. Lo primero que se me ocurre es cuando mi tía y su marido me llevaban a ver el béisbol cuando era niño. Íbamos mucho, y cada partido me gustaba más que el anterior. Mi padre murió de causas naturales.

—Nadie muere de causas naturales en la vida real —dice Nora.

El olor a cebolla invade mis sentidos y me alejo un poco. Nora las pica como los chefs de la tele. Mola mucho.

—Mi padre sí. Tuvo un infarto poco antes de nacer yo.

Ella me mira en silencio y remueve con un cucharón la masa espesa.

—Me toca —digo—. ¿Cómo se conocieron tus padres? Si no fueras chef de repostería, ¿qué te gustaría ser? ¿Por qué te echó Dakota del apartamento? —Esto último lo dejo caer con mucho tacto, creo yo.

Nora reparte con una cuchara la masa en la bandeja de hornear cupcakes.

—Mis padres se conocieron durante un viaje de negocios de mi padre a Colombia. Trabaja con varias ONG y tenía un equipo en Bogotá que preparaba cirujanos en un hospital de allí. Mi padre es de Kuwait, pero en aquella época ya vivía en el estado de Washington. Mi madre trabajaba en la cafetería del hospital y mi padre se enamoró de ella.

La miro y examino sus rasgos. La mezcla de etnias no podría haber salido mejor.

Continúa:

—Si no fuera chef de repostería, tendría una furgoneta de comidas, como las que hay aparcadas en las calles de Williamsburg. Dakota me echó del apartamento porque sentía que le hacía sombra. Me dijo que me alejara de ti y no le hice caso. —Sonríe—. Así que ahora soy una sintecho.

Frunzo el ceño, frustrado.

—No tiene gracia que te hayan echado del apartamento.

Nora pone los ojos en blanco y se acerca al horno, bandeja en mano. Me adelanto para abrirle la puerta. Ella deja la bandeja en la rejilla del medio y cierra la puerta.

Se vuelve hacia mí.

—Me toca —dice—. ¿Con cuánta gente te has acostado? ¿Cómo conociste a Dakota? ¿Con qué frecuencia piensas en follarme?

No puedo describir el sonido que emito al oír la última pregunta. Se me tensa el cuerpo y la sangre me zumba en las venas, directa a la polla. Intento pensar en otra cosa, pero las imágenes mentales de Nora montándome son difíciles de resistir.

—Sólo me he acostado con una persona, seguro que adivinas quién es. Conocí a Dakota de pequeño, era la vecina de al lado... Y paso de la última pregunta.

Ella me mira de reojo. Enfadada, no con intención de arrancarme la ropa.

—Hummm... —ronronea y se lleva el índice a los labios.

Me aclaro la garganta y rezo para que los vaqueros escondan lo que estoy pensando.

—Me toca. —Noto el cambio en mi propia voz. Se ha vuelto grave de deseo y de anhelo, y lo único que quiero hacer es ponerla contra la encimera, quitarle la camiseta y saborear su piel. Le pregunto lo primero que me viene a la cabeza—: ¿Cómo conociste a tu último novio? ¿Te molesta que sólo me haya acostado con Dakota? ¿Con qué frecuencia piensas en follarme?

Nora desvía la mirada, lleva el cuenco al fregadero y abre el grifo.

—Lo conocí por mis padres. Mi padre hace negocios con el suyo. Sí, me molesta más de lo que te imaginas. Y pienso en follarte prácticamente cada minuto de cada día.

Me atraganto y no puedo respirar. Tengo mariposas en el estómago, mil polillas rabiosas que revolotean en mi interior. No sé qué decirle a Nora, la mujer de veinticinco años que, por alguna razón, quiere follarme. Sus palabras llegan a todas las terminaciones nerviosas de mi cuerpo y no sé si es demasiado para mí. En mi cabeza, ya está desnuda, abierta de piernas en mi cama, esperándome.

«Ahhh», me desea. Y piensa en follarme. Y no tiene problema en decírmelo. Me he metido en un jardín y me tiemblan los dedos de las ganas que tengo de tocarla.

—Ah —digo mientras aprieto los puños para no tocarla.

Ella no me mira, y no me fío de lo que mi cuerpo haría si se diera la vuelta. Friega el cuenco y lo seca con un paño de cocina.

—Me toca —dice—. ¿Confías en mí? ¿Cuál es tu serie favorita? Y... —Ladea la cabeza, la echa hacia atrás y hacia adelante, pensativa—. Si Dakota apareciera ahora mismo y te suplicara que volvieras con ella, ¿lo harías?

«¿Para qué me habré inventado este estúpido jueguecito?»

En vez de rajarme, me armo de valor y preparo la batería de respuestas.

—Sí, no sé si debería, pero confío en ti. Mi serie favorita es *Arrested Development*, y, no, creo que no volvería con ella.

Nora por fin se vuelve. Tras mirarme un instante a los ojos, baja la vista.

—¿Crees que no o no volverías con ella? No pareces tenerlo muy claro.

Cojo un trapo de la encimera para tener las manos ocupadas.

—No volvería con ella.

Nora asiente y se queda quieta, con la espalda contra la encimera, junto a la nevera. Paso a la siguiente tanda de preguntas, guardando a propósito las distancias.

—¿Confías en mí? —Le he robado la pregunta, se da cuenta y me pone los ojos en blanco—. ¿Tu última relación acabó bien o mal? Y, por último, ¿sientes algo por mí, más allá de la atracción física?

Ella juguetea con su trenza. Lleva las uñas pintadas de negro y harina en los nudillos. Tiene las uñas largas, con forma de almendra. Le da un tirón a un mechón rebelde que se escapa de la trenza.

—Confío en ti. No hay nadie en el mundo en quien confíe como confío en ti, y eso me asusta porque apenas te conozco..., y tú no me conoces en absoluto —empieza a decir.

Quiero interrumpir y asegurarla que la conozco mejor de lo que cree. Quiero decirle que voy a conocerla mejor de lo que imagina posible. Voy a conocerla mejor de lo que se conoce a sí misma, y estoy dispuesto a jugar hasta que llegue ese día.

Sobre el papel, no sabía describirla. Podría hacer una lista, pero no la pintaría con los tonos brillantes que merece. Cada vez que estoy con ella descubro nuevas profundidades, y no es un viaje fácil, hay que derribar una barrera tras otra, pero voy a llegar a su alma. Estudiaré cada una de sus páginas hasta que sea capaz de recitarlas de memoria.

—Mi última relación acabó mal. Peor que mal, la verdad. Paso de la última pregunta. —Nora sigue jugueteando con la trenza y se balancea sobre los talones.

Agacho la vista y vuelve a moverse. Está inquieta, igual que yo.

—Quiero seguir preguntando. Luego te toca doble turno, ¿te parece? —sugiero.

Asiente y permanece callada.

Doy un paso hacia ella. Parece muy pequeña, en mi cocina, con las mejillas ruborizadas y la mirada gacha. Sigue siendo la guerrera que conocí, pero le faltan las armas.

—¿Sientes algo por mí, además de atracción? —repito la pregunta, y doy otro paso hacia ella.

Se tira de la trenza, pero no se mueve. Asiente con la cabeza inconscientemente y me coloco delante de su cuerpo.

Alza la vista y le acaricio la barbilla con la punta del índice y del pulgar. Suspira ante mi caricia.

—Siguiente pregunta. —Bajo la cabeza lo justo para que mi cara esté sobre la suya.

Ella espera pacientemente, sus ojos clavados en los míos. A través de sus pestañas veo la parte superior de sus mejillas cuando parpadea. Mantengo los dedos en su barbilla para que no pueda desviar la mirada.

—¿Te asusta lo que sientes por mí? —Es una pregunta de peso, y siento cómo cae sobre Nora.

Asiente.

Cubro su mejilla con la mano y desciendo por su piel hasta llegar al cuello. Me acerco más, tanto que puedo oír el paso del aire entre sus labios. Desde aquí veo muchas cosas. La preocupación en su mirada, la tensión en su boca. Intento que no me tiemble la mano cuando cojo la suya y paso la otra por detrás de ella y me sujeto a la encimera. Es embriagadora, tan dulce y adictiva que no puedo dejar de mirarla. La tengo acorralada contra la encimera.

Me sube fuego por la columna vertebral y por el pecho.

—¿Cuál era la última pregunta? —susurra, y me bebo su aliento.

Mi mano desciende por su brazo y la acaricio con la levedad justa para hacerle cosquillas. Se le pone la carne de gallina y se estremece.

—¿Quieres que te bese?

DOCE

Nora

Sé que, si asiento, puede pasar cualquier cosa. La boca de Landon cubrirá la mía y dejaremos de hablar. No puedo permitir que eso ocurra. No es que no me apetezca, porque vaya si me apetece.

—Paso —digo en su boca.

Baja un poco la mirada y detesto cómo le cambia la expresión. Es la que vi en Scarsdale cuando lo dejé en la puerta de Juliette. Landon no debería conocer la tristeza, él no.

—Paso de la pregunta porque, si no, nunca hablaremos como lo estamos haciendo ahora —añado. Cada palabra me quema la garganta como si estuviera bebiendo lejía. Quiero sus manos en mi cuerpo más de lo que nunca seré lo bastante idiota para admitir.

Me he dicho una y mil veces que he de alejarme de este chico.

«Es demasiado joven para ti, Nora. Es demasiado joven para ti.»

Miro la sombra que le crece en la barbilla. Ayer iba recién afeitado. No me puedo creer que me esté fijando en eso, pero no puedo evitarlo. Es más densa en la barbilla.

Ahora no parece tan joven, frente a mí, mirándome fijamente. Su mirada no es tan joven como su cuerpo. Tiene algo de anciana, de sabia. No sé lo que es, pero algo le ha hecho más daño que la ruptura con Dakota.

—¿Pasas de la última pregunta? —Sus labios dibujan una tímida sonrisa y su abrazo se estrecha más. Sigue aferrado al borde de la encimera, pero la distancia de seguridad entre nosotros se acorta.

Asiento, y su sonrisa se torna más amplia. Sin apenas moverse, menea la cabeza.

Dios mío, es muy convincente.

Y demasiado amable.

«Es demasiado buena persona para ti, Nora.»

Se pasa de bueno.

Mierda, me he convertido en el tipo de mujer que siempre pensé que despreciaría. Detesto a esa clase de mujeres. Son lo peor.

Así es dicha mujer:

Fase uno: se sienta a charlar con las amigas y, en pijama, beben vino. «He salido con demasiados gilipollas. ¿Por qué todos los hombres son gilipollas?», dice llorando en su moscatel. «Se acabaron los gilipollas», promete, y brinda con la taza de café llena de vino.

Fase dos: queda a tomar café con las amigas. De repente le gusta el café solo porque así se lo toma su nuevo amor, que es dulce e inteligente porque no va a volver a salir con un gilipollas. «Es un encanto», les dice a las amigas. Y tiene razón, no es la clase de chico que se pasa la noche de viernes de copas y el sábado por la mañana de resaca. Es el chico que uno ve en los pasillos de Anthropology, sujetándole el café mientras ella se prueba todo lo que hay en la tienda.

Fase tres: se sienta con las amigas en un club, con un vestido negro nuevo, y se ha rizado el pelo por primera vez en un mes. Va maquillada a más no poder, pero no por su chico encantador, ni siquiera porque le apetece verse guapa. «Ya no sé si me gusta. Es un poco aburrido», se queja mientras le dedica una sonrisa a un tío bueno que hay junto a la barra.

Fase cuatro (la última): está sentada en el sofá, viendo episodios repetidos de *Anatomía de Grey*. A su lado, sus amigas con las tazas de vino. «Los hombres son gilipollas», dice ella porque el tío bueno del club le ha puesto los cuernos y ha vuelto a la fase uno.

Ahora mismo soy esa mujer.

—No es justo que pases de la pregunta. —Sus labios me rozan la oreja y me estremezco.

«Dios santo, este hombre...

»Este hombre es el mejor amigo de Tessa.»

He de obligarme a recordarlo. Es una de las muchas razones para poner fin a esto cuanto antes. Es su mejor mejor mejor amigo, y si lo estropeo nunca podré perdonármelo.

Tessa ya ha sufrido bastante este año por Hardin, que le ha arruinado la vida, y porque aún no la han admitido en la Universidad de Nueva York. Ha perdido a su padre y al amor de su vida, y he visto cómo se apoya en Landon. Si se lo quito, es que no lo merezco.

—La vida no es justa —digo flexionando las rodillas y huyendo de sus brazos.

No puedo pensar con claridad ni ser productiva cuando lo tengo tan cerca. Cada vez que piso el ascensor de este edificio, me digo que no puedo perder la cabeza, que no debo mirarlo fijamente ni preguntarle a Tessa por él.

Supe que me había metido en un lío cuando cada vez que venía a este apartamento rezaba para que él estuviera en casa. La decepción que sentía cuando no era así me daba un miedo atroz. Todavía me asusta.

—¿Qué tal la universidad? ¿Estás contento por tener una hermanita? Si pudieras ir a donde quisieras, ¿adónde irías? —le pregunto intentando cambiar el rumbo de la conversación antes de acabar de rodillas y en la cocina.

Me lanza una mirada asesina y me alejo un poco más de él.

—No está mal. Sí, muy contento. A España, para ver jugar al Real Madrid.

Es evidente que a Landon no le hacen ninguna gracia mis preguntas triviales y que no se me da bien mantener platónica nuestra relación. Va a la nevera y saca un Gatorade azul. Hago una mueca y me sonríe.

Lo abre sin quitarme ojo. Me observa con atención y sé que está tramando algo.

—Queda la ronda extra —anuncia.

No podía faltar.

—¿Ah, sí? —Trato de no sonreírle, pero no puedo evitarlo—. Cuenta.

Él apoya la espalda contra la encimera y yo me mantengo a una distancia prudencial. A un palmo. Me alejo medio metro más con la excusa de ir a por un vaso de agua.

A esta distancia no veo con tanta claridad cómo me mira. No puedo observar de cerca la masculina curva de sus hombros. No puedo obsesionarme con sus manos fuertes y sus dedos gruesos. Si me mantengo lejos, no notará las ganas que tengo de tocarlo.

No, *ganas* se queda corto. Cuando tienes ganas de algo, lo haces y se te pasa, y lo que yo quiero de él no acaba ahí.

Lo que siento por Landon tendrían que arrancármelo del cuerpo de cuajo para que se me pasara. Harían falta mil metros de vendas para taparme las heridas.

Landon le da un trago largo al Gatorade antes de contestar. Deja la botella en la encimera y me mira. Esta cocina es demasiado pequeña.

—Vale, pues esto funciona así —empieza a decir—. Tienes que responder a una de las preguntas de las que has pasado o pierdes.

—Hummm... —Lo pienso—. ¿Qué voy a perder exactamente?

Miro a Landon. El chico dulce, amable, cariñoso y sexi con la camiseta llena de manchas, el que ha encontrado la manera de metérseme entre ceja y ceja, e intento recordar cuáles eran las preguntas que no he contestado. He dejado sin contestar varias sobre mi última relación, pero ha sido por su bien.

Vale, ha sido por el mío propio, pero también por el suyo. No quiero que descubra esa parte de mí.

Tampoco he contestado cuando me ha preguntado qué sentía por él. A eso es mejor que no responda.

—Tú sólo has pasado de una pregunta —comento.

Asiente. Sabe de sobra que esta ronda extra está amañada para darle ventaja.

Sonríe y se lleva el refresco a la boca.

No debo olvidar que quiero que me conozca. Quiero que sepa que no voy a salir corriendo si hace la pregunta equivocada en el momento equivocado. Pero la verdad es que probablemente lo haga. Sería lo más fácil y, por una vez en mi vida, me gustaría ir a lo fácil. Estamos jugando con fuego y no quiero salir perdiendo.

—Contestaré a una —le digo.

Asiente.

—Pero la elijo yo.

—No abuses de tu suerte.

Vuelve a sonreír y mi primer impulso es gemir. Mi cuerpo me pide el suyo a gritos, y me lo imagino con todo lujo de detalles encima de mí, entrando en mí, con esa sonrisa estúpida pintada en su cara inocente.

—Las reglas son las reglas, señorita.

Su voz me tiene atontada. Su sonrisa ahora es más amplia, más atrevida. Me fascina cómo pasa de adolescente a hombre, sumiso un instante y mandón al minuto siguiente. Se acerca a mí y el chico adolescente desaparece un poco más. Busca mi mano y no la aparto. Me tiene hipnotizada.

Enderezo la espalda a medida que se acerca. Sus manos están frías cuando coge las mías. Me encanta lo pequeña que me hace sentir, a pesar de que medimos casi lo mismo. Antes tenía complejo de alta. Recuerdo cuando mi abuelita me dijo que a los hombres les gustaban las mujeres que les cabían en el bolsillo. Era una mujer diminuta, por eso la llamábamos *abuelita*. Todas las mujeres de la familia de mi madre son menudas, de hueso pequeño, caderas pequeñas y pies pequeños. Todas menos yo.

Con metro setenta y cuatro, soy más alta que mi madre y que mi abuela. Soy más alta que Stausey, y mis anchas caderas han sido tema de conversación en más de una comida familiar. Se dice que he heredado el tipo de la madre de mi abuela, que tenía que coserse ella misma los pantalones porque tenía un trasero enorme.

—¿Por qué te has quedado callada? —me pregunta Landon.

Me tiene acorralada de nuevo, pero me ha soltado la mano. Puedo tocarlo, una caricia de nada no le hará daño a nadie.

Acerco la mano a su cara y recorro la curva de su mejilla. Tiene los pómulos marcados y a veces me recuerda al típico juerguista. Landon es tan guapo como cualquier cabrón, pero con un corazón que no le cabe en el pecho.

Le digo que él tiene que contestar a la pregunta primero. Quiero saber con qué frecuencia piensa en hacerme suya. Con el dedo, le acaricio los labios carnosos y dibujo el contorno de su boca. Tiene la nariz respingona, y cierra los ojos cuando lo toco.

—¿Cada cuánto piensas en follarme? —repito.

Parpadea sin abrir los ojos.

—¿Tan a menudo como pienso yo en ti? —añado con un suspiro, aunque sé que me ha oído. Sigo acariciándolo, admirando su mandíbula firme—. Porque yo pienso en ti haciéndome mil cosas y me doy placer mientras pienso en ti y no me importa admitirlo.

Me acerco un poco más, y su pecho sube y baja.

Con toda esta tensión, vamos a quedarnos sin respiración.

—¿Tú también lo haces, Landon? ¿También piensas en cómo sería?

Le cojo la cara entre las manos y entreabre los ojos.

Le pesan los párpados, y su cuerpo me reclama. Coloca un muslo entre mis rodillas y levanta la pierna para que el muslo se pegue a mi pelvis. Mi vientre se contrae por completo de deseo.

—Sí —confiesa con voz grave—. Pienso en ti a todas horas. La última vez... —Mira la mesa de la cocina y luego me mira los labios. Está tan cerca que huelo el sabor dulce del refresco en su lengua.

—La última vez... —No puedo seguir. Me mareo cuando lo tengo tan cerca.

Landon abre un poco más los ojos y me coge de las caderas. Su boca está en la mía antes de que pueda despejar la niebla que me ofusca la mente.

TRECE

Las manos de Landon se enredan en mi pelo y me atraen hacia sí. Su boca es suave y sus caricias firmes y exigentes. Me tiene alucinada y la cabeza me da vueltas de lo mucho que lo deseo. Me levanta de las caderas y me sienta en la encimera. Tengo su cuerpo entre mis muslos y lo abrazo con las piernas. Ojalá la encimera fuera más baja para poder notar su polla contra mí.

«¿Cómo es que siempre acabamos así, metiéndonos mano y devorándonos como salvajes?»

—Nora —dice Landon en mi boca. Lo dice con tanta ternura que quiero gemir.

Me resisto, pero mi cuerpo escapa del control de mi mente.

Le rodeo el cuello con los brazos y lo atraigo hacia mí todo lo posible.

—No te resistas —dice como si supiera que mi mente está intentando apartarlo.

Asiento y separo mi boca de la suya. Llevo los labios a su oído.

—Quiero que me folles, Landon. —Arrastro los labios por su mejilla, hacia su barbilla.

Se estremece y tiro del bajo de su camiseta hasta que se

la quito por la cabeza. Su cuerpo me vuelve loca. No tiene el abdomen muy trabajado, se le marcan un poco los abdominales, son suaves y fuertes a la vez. El sendero de vello que desciende por su vientre reclama mi boca. Mis manos parecen muy pequeñas mientras mis dedos encuentran el botón de sus vaqueros y lo desabrochan rápidamente.

Lleva un bóxer negro y ajustado. ¿Por qué está tan bueno? ¿Por qué me hace perder la cabeza y que le arranque la ropa? He leído bastante novela romántica y siempre ponía los ojos en blanco por cómo el cuerpo masculino hacía que a las mujeres se les derritiera el cerebro por arte de magia. Y ahora, heme aquí, con un hombre sin camisa, en la cocina, incapaz de formar una sola idea coherente.

Tengo muchos pensamientos, pero todos impuros.

Mi boca desciende aún más y le chupo la suave curva de los músculos donde la cabeza se une al cuello. Gime y chupo más fuerte, me da igual si le dejo marca. Si le dejo marca, ¿significa que es mío? Si Dakota viera la huella de mis labios en Landon, ¿haría todo lo que estuviera en su mano por destruirme?

Es probable.

¿Me preocupa?

Ahora mismo, no.

Mis manos se deslizan por su pecho, hacia el elástico del bóxer. Está apretado, pero me abro paso y meto la mano. Está duro como una piedra. Por mí.

Landon deja escapar un largo suspiro y apoya la frente en mi hombro. Su pelo huele a pino y a jabón, es una mezcla estimulante. Le acaricio la nuca y lo abrazo mientras mi otra mano sube y baja despacio, calentándolo.

Me pesa en la mano, y sólo puedo pensar en que quiero

ver cómo le cambia la cara cuando esté a punto de correrse. Me encanta cómo cierra los ojos cuando se corre. He
pensado muchas muchas veces en cuando se corrió en los
calzoncillos mientras yo lo montaba.

—La realidad es mejor que la fantasía, ¿no te parece?
—digo, y apenas reconozco mi propia voz.

Él alza un poco la cabeza y sus manos van a mis caderas.
Noto sus dedos tirando de mi camiseta y lo ayudo a quitár-
mela. En cuanto ésta toca el suelo, tengo su boca a un centímetro de mi pecho. Landon me mira fijamente, pidién-
dome permiso.

Asiento y me llevo las manos a la espalda para desabrocharme el sujetador. Mis pechos quedan libres, y él pesta-
ñea expectante. Me hace sentir muy deseada. Hace que ol-
vide los años de insultos del pasado y los que me dedico yo
en el presente.

Sus manos ansiosas cogen mis pechos y noto que le
tiemblan cuando sus dedos trazan círculos en mis pezones,
que se endurecen. Gimo cuando me los pellizca con el índice y el pulgar. Landon no aparta la vista de mi pecho
mientras juega conmigo, explorando mi placer. Dejo de
cascársela, ambas sensaciones a la vez son más de lo que mi
cuerpo puede soportar.

—Eres... —el aliento de Landon me quema los pezones—, eres tan... No hay palabras para describir lo bonita
que eres.

Me baño en sus palabras y observo cómo se agacha más.
Sus labios envuelven un pezón y él lo chupa. Cuando gimo
su nombre, chupa más fuerte. Con la otra mano, me tiene
cogida la otra teta y la masajea en círculo. Mi cuerpo lo desea tanto que hasta me duele.

Ningún hombre me había tocado con tanta reserva. Las caricias de Landon son firmes y delicadas a la vez, posesivas y liberadoras. Nadie se ha tomado tiempo para admirarme como él lo está haciendo ahora. Tiene la polla fuera, tiesa, entre nosotros. Quiero disfrutar de cada segundo para poder pensar luego en él, cuando ya no sea mío y no pueda tocarlo.

Su boca se mueve a mi otra teta. Es demasiado esto de verlo y sentir la vibración de sus gemidos recorriendo mi piel a la vez.

—Quiero quitarte los pantalones —dice en voz baja.

Asiento (creo).

Me levanta de la encimera con facilidad. Cuando me desabrocha los pantalones vaqueros cortos ya no le tiemblan las manos. Tira de ellos, pero no bajan; lo ayudo y, cuando ya he sacado el culo, se caen al suelo.

Los dedos de Landon acarician el elástico de mis bragas y se arrodilla delante de mí. Lo peino con las manos. Lentamente, empieza a mover la cara contra mis bragas. Noto lo mojada que estoy. Y palpitante.

Él respira con fuerza y se me doblan las rodillas. ¿Cómo es posible que alguien tan dulce sea tan sensual? Landon es más impredecible de lo que yo creía.

Me acaricia el clítoris con la nariz, con tanta suavidad que gimo pidiendo más. Sus manos descienden por mi cuerpo y se llevan consigo mis bragas mientras recorren la longitud de mis piernas temblorosas.

Landon alza la vista, se nota que está nervioso. Normal, sólo ha estado con otra chica antes. No tiene la experiencia que tengo yo. Él es puro y yo estoy cubierta de porquería. Necesita que lo lleve de la mano.

—Te deseo. Confío en ti —le aseguro, y su mirada se tranquiliza—. Pruébame. —Le doy un suave tirón de pelo—. Sé que tu lengua quiere probarme, Landon.

Y, con eso, me rodea los gemelos con los brazos y me abre las piernas lo justo para poder meterse entre ellas.

Echo la cabeza hacia atrás en cuanto su lengua me roza. Lo mojada que estoy y su lengua cálida consiguen que necesite buscar a qué agarrarme para no caer. Es un placer que me deja tonta. El modo en que su lengua se desliza por mis nervios sensibles hace que me muerda el labio inferior, evitando emitir sonido alguno.

Se me tensa el vientre y un orgasmo asciende por mi columna vertebral. Estoy segura de que va a volverme loca, es demasiado.

Landon Gibson es la definición de *demasiado*.

Dibuja pequeños círculos con la lengua sin desviarse de allí donde lo necesito. Su nombre se escapa una y otra vez de mis labios, y sus fuertes brazos impiden que me caiga al suelo cuando mi cuerpo se derrite en su boca. Me corro en su lengua y no tengo fuerzas para mantenerme erguida. Me sujeta con fuerza, le suelto el pelo y clavo las uñas en la encimera.

Cuando he terminado, se levanta muy despacio. Tiene las mejillas rojas y la lengua rosa oscuro, un poco hinchada y empapada de mí.

—Quiero tocarte. Necesito tocarte —gimoteo ansiosa. Lo quiero ya.

La intensa mirada de Landon se clava en la mía.

—Vamos a la cama —me ordena. Es una voz que no conozco, tan imposible de desobedecer que asiento al instante y lo sigo a su habitación.

El recorrido por el pasillo se hace eterno, y entre mis muslos, impaciente, muero por él. Me zumban los oídos. La duda amenaza con azotar el pasillo y llevarme consigo. Lo estoy llevando demasiado lejos, lo sé, pero me veo tan incapaz de parar esto como de impedir el descarrilamiento de un tren.

La habitación de Landon es muy sencilla. La cama está contra la pared, con una colcha gris y dos cojines. Me quedo de pie en el umbral, desnuda, mientras intento centrarme en la decoración de su habitación y olvidar mis pensamientos. No sé qué hacer, no sé qué quiero hacer, pero quiero que sea él quien decida qué va a pasar. Me sentiré menos culpable cuando esto se vaya a pique sabiendo que él también llevaba el timón.

Landon se me acerca y cierra la puerta. Echa el pestillo y se me acelera el pulso.

Sin una palabra, me rodea la cintura con los brazos y me atrae hacia sí. Sólo lleva puesto el bóxer, y se la ha guardado antes de salir de la cocina. La noto contra mí y lo beso. Su lengua sabe a mí, y él gime cuando le doy un apretón por encima del bóxer.

—Túmbate. Ahora me toca a mí saborearte —le digo.

Le cuesta separarse de mí, su boca no quiere dejar la mía. Es todo ternura, y la recibo con los brazos abiertos.

Me impaciento, miro el cuerpo casi desnudo de Landon y no puedo resistir el deseo de ver todo lo demás. Lo empujo por los hombros y se dirige a la cama. Cojo la tela suave de los calzoncillos y se los bajo por las piernas. Se libra de ellos de un puntapié.

Coloco las manos en su pecho desnudo para indicarle que se acueste. Respira tan intensamente que busco su mirada antes de continuar. Intuye la pregunta que no llego a pronunciar. Asiente y se tumba en la cama. El pelo castaño cae sobre la almohada y me encaramo al colchón. Asciendo por su cuerpo, piel desnuda contra piel desnuda, para torturarlo un poco.

Mi boca encuentra la suya y lo beso con fuerza. Lo beso y lo beso hasta que sus hombros se relajan y siento que suspira. Restriego mi entrepierna húmeda contra su verga, gime y se sujeta con fuerza a la colcha.

Me restriego otra vez, me deslizo sobre él, humedeciéndolo entero. Quiero que se dé cuenta de las ganas que le tengo. Gruñe, pronuncia mi nombre y noto que una mano asciende por mi espalda. Sus dedos se enredan en mi pelo y me agacho para llevar la boca a su oído.

—Tírame del pelo —le digo. Él parpadea sorprendido y me aprieto más contra su cuerpo. Si me desplazo un milímetro, lo tendré dentro—. Tírame del pelo, Landon.

Su garganta se mueve al tragar y luego obedece. Mi cabeza sigue el rumbo del tirón y él menea las caderas debajo de mí. Me coge de la cintura con la otra mano para que permanezca en mi sitio. Su polla se aprieta contra mí, justo en el punto en el que necesito contacto.

Joder, este hombre va a acabar conmigo. Me tira de la trenza otra vez y observo la llamarada de deseo que le ilumina la mirada.

Me pone a prueba, tira más fuerte, y bajo la cabeza a su pecho. Lo beso ahí donde termina la clavícula.

—No hace falta que seas delicado conmigo. No cuando a ninguno de los dos nos apetece tanta delicadeza.

Lo beso en el cuello, justo debajo de la oreja.

—Me vuelves loco —me dice.

—Lo sé. —Lo beso en la boca.

Vuelve a tirarme del pelo y gimo sin interrumpir el beso.

—Nunca antes había sentido nada parecido —confiesa, su boca contra la mía—. Quiero hacerte cosas que jamás me había imaginado.

La sinceridad de su voz me parte el corazón.

—Conmigo puedes ser quien tú quieras, Landon. Puedes probar cosas nuevas.

Le muerdo el labio inferior y siento que mueve de nuevo las caderas. Me tira del pelo. Ya sabía yo que lo iba a pillar rápido.

Me encaramo a su cuerpo y voy repartiendo besos en mi descenso. Me suelta el pelo.

—No seas tímido. —Le doy un beso justo encima del ombligo. Contrae el abdomen—. Si quieres hacer algo, dímelo. Por ejemplo, ahora mismo, lo que yo quiero es meterme tu polla dura en la boca y que te corras en ella.

Sus caderas saltan al oír mis palabras y su mirada me quema.

—¿Te apetece? —le pregunto besándolo un poco más abajo.

Él asiente veloz, y sonrío. Sigo el sendero de vello con los labios y le doy un último beso en ese punto tan sensible entre el muslo y la polla, que palpita junto a mi cara. La cojo con una mano. Quiero verla bien y admirarla, igual que él me ha admirado a mí.

Beso la punta intentando tener paciencia, pero ésta se me acaba en cuanto lo oigo gemir. Me la meto toda en la boca y se corre al instante. Mi nombre nunca ha sonado tan bien como cuando él lo gime mientras me llena la boca.

Al terminar, busca mis hombros y tira de mí hacia arriba. Apoyo la cabeza en su pecho, que sube y baja al ritmo de su respiración. Me acaricia con la yema de los dedos, que me hacen cosquillas en el brazo, en la cadera, y vuelta a empezar.

Las manos de Landon son fuertes pero tiernas, y no recuerdo la última vez que me abrazaron así. Han pasado... por lo menos dos años. Ni siquiera cuando estaba con él me abrazaba así. En casa no abundaba la calma, y no me di cuenta de lo raro que era eso hasta que fue demasiado tarde. Los dedos de Landon aterrizan en mi pelo y me masajea la cabeza con suavidad. Cierro los ojos y lo disfruto.

La punzada de pérdida que me desgarraba por dentro durante años parece disiparse con cada caricia de este chico. Me encanta lo dulce que es, lo inocente que es su alma. Nunca había conocido a nadie como él y no puedo evitar querer más. Más tiempo, más besos, más caricias de sus dedos sobre mi piel. Dakota tiene suerte de haber estado con él tanto tiempo, de compartir tantos recuerdos con él. Nunca entenderé por qué pasó de él. Es algo que jamás comprenderé.

Un estrépito tremendo llega entonces desde la sala de estar y los dos nos sobresaltamos. Me levanto de la cama y busco algo con lo que taparme. Landon ya se ha puesto un pantalón de chándal gris y se está poniendo una camiseta de la NYU.

Otro estrépito. Landon me mira.

—Quédate aquí —dice, alarmado pero no asustado.

Cuando abre la puerta, sólo se oyen cristales que se rompen.

CATORCE

Landon

Cuando llego al pasillo, una retahíla de insultos vuela por los aires. Al principio no reconozco la voz, pero imagino de quién se trata.

Como Hardin me destroce la sala de estar, lo voy a poner de patitas en la calle. Tardo unos segundos en procesar lo que está ocurriendo cuando por fin veo la estancia. La mesa de mi abuela está en el suelo, con una pata rota, y el jarrón que había encima, hecho añicos alrededor de los pies de un extraño. Hardin está arrodillado, con el brazo alrededor del cuello del extraño y un hilillo de sangre en la comisura de los labios.

El hombre tiene la cara roja y un reguero de sangre le cae por la mejilla y por la boca. Tanta sangre le imprime mucho dramatismo a la escena. Al fijarme, veo que no se lo ve muy fuerte y que seguro que se está cagando de miedo porque piensa que Hardin va a matarlo.

Me detengo a pocos pasos de ellos. «¿Qué demonios pasa aquí? ¿Quién es ese tío?»

Examino de nuevo su rostro. Me suena, pero ¿de qué?

—Si no vas a matarlo, deberías soltarlo —le digo a Hardin. Si termina entre rejas, se acabó el fin de semana con Tessa.

Él baja la vista para ver bien a su nuevo amigo y luego me mira a mí.

—Vale —dice quitándole los brazos de encima al extraño.

Intentando recuperar el aliento, el extraño cae de lado y se lleva las manos al cuello.

—¿Qué sucede? —exijo saber. Sea lo que sea, ha pasado en un abrir y cerrar de ojos. Ni siquiera he oído entrar a Hardin.

Él se levanta y pone una de sus botas en la mano del extraño.

—No te muevas —le dice.

El intruso se sujeta la nariz con una mano mientras apoya la otra en el suelo, abierta.

Hardin no le quita ojo.

—Cuando he llegado lo he pillado con la oreja pegada a la puerta. No sé qué coño esperaba oír. Creo que iba a entrar a robar o algo así. Te lo digo yo.

—Y ¿por qué lo has metido en casa? —Observo lo que queda de la mesa de mi abuela.

Hardin me mira como si le hubiera preguntado por qué el cielo es verde fluorescente.

—¿Para que no se escapara? —dice poniendo los ojos en blanco.

El hombre intenta sentarse y él le aplasta la mano bajo el peso de su bota.

—Te he dicho que no te muevas. —Hardin se aparta el pelo de la frente con una mano sin hacer el menor caso de los gritos de dolor del desconocido.

—¿Qué estabas haciendo? —le pregunto al extraño.

Hardin saca el móvil, imagino que para llamar a la policía. Es como estar dentro de una película.

—Si llama a la policía, irás derecho a la cárcel —le digo.

El hombre mueve el brazo cuando él se aleja. Se coge la mano aplastada y se arrodilla. Hardin se acerca de nuevo, y el otro promete que no va a moverse y apoya la espalda en mi pared. Cuanto más lo miro, más me suena su cara.

—Sólo estaba buscando el apartamento de un amigo —aclara—. Eso es todo.

No sé si creerlo. Entraron en mi apartamento hace unas semanas, así que no me fío. Cuando veo el abrigo negro, los ojos oscuros y la chaqueta gris, se me refresca la memoria. Lo he visto antes en el pasillo.

—Creo que dice la verdad. Lo he visto antes por aquí —le explico a Hardin.

El hombre se pone de pie y Hardin se guarda el móvil en el bolsillo.

La puerta de mi habitación se abre y aparece Nora vestida con unos calzoncillos míos y una camiseta interior blanca a través de la cual se le transparentan los pezones. Hardin y el intruso la miran y me dan ganas de matar.

—Vuelve a la habitación —le digo. Espero que me obedezca. Detesto que la vean con tan poca ropa encima.

—Pero ¿qué pasa aquí? —Mira a Hardin y al desconocido—. ¿Cliff? —pregunta, y su mirada se torna dura y de sospecha—. ¿Qué diablos haces tú aquí?

—¿Lo conoces? —le pregunto mirando a uno y a otra.

—¿Lo conoce? —me pregunta Hardin, sabiendo que no tengo ni la más remota idea de lo que está pasando.

Nora me mira, pero no contesta.

—Estaba buscando el apartamento de un amigo. Es nuevo en el edificio —dice Cliff.

Nora se lo queda mirando mientras yo observo cómo se comunican sin mediar palabra.

«¿Quién coño es este tío?»

—Puede irse, no pasa nada —dice Nora a continuación, señalando la puerta. Está muy tranquila, como si no sucediera nada. Tanta calma me desconcierta.

Cliff se frota el cuello de pie en el umbral. Desaparece por el corredor sin decir nada.

Hardin se vuelve hacia Nora y levanta las manos.

—¿Lo has dejado irse sin más? ¿Sin saber qué cojones estaba haciendo aquí?

Ella mira fijamente a Hardin.

—Pues sí. Ya te ha dicho lo que estaba haciendo.

Pone los brazos en jarras y me planteo si debo acercarme y darle un tirón al bajo de los calzoncillos que lleva puestos para taparle un poco las sinuosas curvas de su cuerpo.

Acabamos de vivir una escena de *Fast and Furious* en la sala de estar y sólo puedo pensar en las curvas del trasero de Nora. Estoy fatal.

—¡Te ha soltado una trola! —grita Hardin.

Nora se le acerca.

—Para empezar, no vuelvas a gritarme —masculla desafiante—. Y, segundo, no sabes si estaba mintiendo o no. No lo conoces.

Hardin ladea la cabeza.

—Tienes razón. Pero tú sí. ¿Por qué no nos cuentas de qué?

—Chicos —digo metiéndome en medio—. Hardin, ya se ha ido. Nora, a mi habitación.

146

Me siento como el padre de dos niños con mal carácter. Ella se vuelve y abre la boca, pero la cierra sin decir nada y echa a andar hacia el pasillo. Esperaba que al menos uno de los dos opusiera resistencia.

—Más te vale enterarte de quién coño era ese tío —me exige Hardin.

Ya empezamos.

—Calla y trae la escoba —le digo señalando el armario que hay antes de entrar en la cocina—. Lo averiguaré, pero primero recoge los cristales.

Él me dirige una mirada asesina.

—Va en serio. No me preocupo sólo por ti. Tessa vive aquí, y si le pasa algo...

El horno emite un pitido y me acuerdo de los cupcakes de Nora. Se me habían olvidado por completo. ¿Sólo han pasado veinte minutos desde que nos hemos metido en mi cuarto?

Entro en la cocina, cojo una manopla de horno y saco la bandeja. Las pequeñas bolas de masa huelen a gloria y están doradas a la perfección. Se me hace la boca agua y las dejo encima de los fogones antes de volver a la sala de estar con Hardin.

Tengo miles de preguntas en la cabeza. ¿El intruso es el último novio de Nora, ese del que no quiere hablar? ¿Era un simple ladrón, el que ya entró antes a robar? ¿Qué habría hecho de no haber nadie en casa o si Hardin no hubiera aparecido?

Debo recoger el desastre que han dejado tras la pelea para poder volver a mi cuarto a hablar con Nora. Hardin se ha puesto a barrer sin rechistar. Cojo la mesa de mi abuela por un lateral y la coloco en su sitio. Voy a tener que arreglarla antes de que mi madre vuelva a visitarme. Le partiría el corazón verla en este estado.

—Lo sé —es mi respuesta al reproche silencioso de Hardin.

Voy a averiguar quién era el intruso y si Nora cree que de verdad estaba buscando el apartamento de un amigo.

Hardin no para de quejarse mientras barre los cristales rotos. Justo antes de abrir la puerta de mi cuarto, su voz me sigue por el pasillo:

—No le cuentes nada a Tessa. Ya tiene bastante con lo que tiene.

El que calla otorga, y yo me callo. Entro en mi habitación. Nora está sentada en la cama. Todavía lleva mi ropa puesta. Me apoyo contra la puerta para cerrarla. Para mayor seguridad, echo el pestillo. Me acerco a ella, tiene el móvil en la mano y, cuando me mira, sus ojos están fijos en los míos pero no hay conexión. Ha vuelto a cerrarse.

Intento no sonar brusco cuando hablo.

—Sabes que tenemos que hablar acerca de quién era ese tipo.

Ella agacha la mirada y se revuelve. Se sienta sobre sus piernas.

—¿Es necesario?

No voy a cambiar de tema.

—Sí, lo es.

Me acerco a la cama y me siento a su lado, con el oído puesto en la sala de estar. Silencio. O Hardin se ha ido, o está espiando, escuchando nuestra conversación desde el pasillo, igual que el tal Cliff.

—¿Es tu exnovio? —pregunto.

Ella se revuelve otra vez y niega con la cabeza.

—No, no lo es.

Me acerco más a ella y le cojo las manos.

—Entonces ¿quién era? Esto es serio, Nora. —Estrecho sus manos entre las mías—. El tipo estaba escuchando detrás de la puerta. ¿Lo conoces lo bastante bien para creer que es un simple malentendido? ¿De verdad? —pregunto. La miro a los ojos y le suplico, sin palabras, que diga la verdad.

Me gustaría creer que la hora que hemos pasado juntos nos ha hecho confiar más el uno en el otro. Necesito que confíe en mí lo suficiente para decirme la verdad. Hay una voz en mi cabeza que no la cree, pero mi boca no dice nada.

—Sí —es todo cuanto dice.

Me rasco la sombra que crece en mi barbilla y ella se levanta de la cama.

—¿Adónde vas? —inquiero.

Me contesta desde el umbral.

—Voy a por mi ropa de trabajo y vuelvo. Mañana entro temprano a trabajar.

Me levanto de la cama, pero no me acerco a ella.

—Te acompaño.

Niega con la cabeza.

—Volveré, te lo prometo. Volveré y pasaré la noche contigo, en tu cama —dice con voz temblorosa, insegura.

Se acerca y me coge las manos. La atraigo hacia mí.

—Volveré. —Nora me besa en los labios. Le devuelvo el beso y le rodeo la cintura con los brazos mientras se funde conmigo.

No digo nada, me encanta cuando nuestras lenguas bailan. Me encantan sus besos, lentos y concienzudos. Llenos de cautelosa pasión. Sus dedos se hunden en la tela de mi camiseta.

A los pocos segundos se libera de mi abrazo.

—Volveré dentro de un rato. —Me da un beso en la mejilla—. No tardaré. —Lo dice con tanta seguridad que siento que estoy en trance.

Asiento y dejo caer los brazos.

—Tu ropa está en la cocina —le recuerdo.

Me ruborizo cuando se muerde el labio inferior.

—Voy a cambiarme en el baño —dice mirándome—. ¿No te gusta cómo me queda tu ropa? —pregunta con mirada traviesa.

—Demasiado —confieso.

—Volveré a tu lado —promete, aunque suena a mal presagio.

Cuando sale de mi habitación, me tumbo en la cama y cierro los ojos. ¿En qué lío me he metido con esta mujer?

QUINCE

Nora

La acera está dura bajo mis pies, y cada paso me trae otro recuerdo de Landon. La arruga que se forma en sus ojos cuando sonríe con timidez. El tacto de sus manos sobre mi piel.

Buena la he liado. ¿Por qué siempre tengo que liarla?

Estas últimas semanas he sentido cosas que no recordaba cómo sentir. He sido feliz. Parece muy sencillo eso de ser feliz, pero para alguien como yo es todo un logro. El vivir por los demás, el vivir en una cárcel de preocupación y deferencia, me ha hecho olvidar lo que es ser simplemente feliz.

—¡Eh! —grita una voz de mujer detrás de mí. Es una voz familiar que hace que se me erice el vello de la nuca.

Me vuelvo y confirmo que es Dakota, que está junto al escaparate de una tienda de manualidades. Lleva el pelo rizado recogido y va vestida como si fuera a un funeral. La falda negra le llega hasta la rodilla y la chaqueta le está grande. Es raro verla así, estoy acostumbrada a que vaya con ropa deportiva o de baile.

No tengo tiempo para ella, hoy no. No puedo malgastar energía en ella.

—Tengo prisa —le digo cuando se acerca. Miro hacia el edificio de Landon para asegurarme de que no me ha seguido. Eso le gustaría a la parte más idiota de mi corazón, pero sé que no acabaría bien.

—Yo también —dice Dakota—. Tenemos que hablar.

Niego con la cabeza y sigo andando. Podemos prescindir de la charla.

—No tenemos nada que decirnos, Dakota.

—Sabes que eso no es verdad —replica con un leve tono de amenaza.

Me vuelvo sobre mis talones para mirarla a la cara. Llevo las manos al cielo frustrada.

—¿Qué pasa? ¿De qué quieres hablar?

—Sales del apartamento de Landon. Creía que habíamos llegado a un acuerdo.

Pongo los ojos en blanco y echo atrás la cabeza. No puede hablar en serio. Soy demasiado mayor para jugar a estas tonterías con una mocosa inmadura que quiere decidir sobre un juguete que ya ha tirado a la basura.

—¿Estás de broma? Somos adultos, Dakota. Tengo veinticinco años. Estoy mayor para estos jueguecitos. Landon tiene edad para tomar sus propias decisiones en la vida y en el amor. —Esa última palabra me deja un sabor raro en la boca.

Debería haber seguido andando, pero no he podido evitarlo.

—¿Amor? —Se atraganta—. ¿Amor? ¿Crees que Landon está enamorado de ti?

Meneo la cabeza. No, no lo creo. Sé que no me quiere. No llegaremos muy lejos antes de que me explote todo en la cara.

—Mejor, porque no te quiere. No puedes aparecer en su vida y camelártelo. Es demasiado bueno para ti. —Dakota se lleva una mano a la cadera.

Doy un paso hacia ella, intentando mantener la cara de póquer.

—Lo mismo me da.

Si cree que me da igual, a lo mejor me deja en paz.

Sus labios forman una sonrisa muy falsa. Dakota es delgada y bajita, pero a veces me da miedo. Como la noche que llegó al apartamento apestando a licor y con mirada de loca. No paraba de pedirme el móvil para llamar a su hermano, repitiendo sin cesar que necesitaba verlo. Nunca tuvo suficiente confianza conmigo para contarme cómo murió, pero esa noche yo tenía más claro que ella que su hermano no iba a coger el teléfono. Estaba poseída. En otro planeta. No dejaba de llorar en la cocina, escondida debajo de la mesa. Me gritó cuando intenté darle un vaso de agua y lo lanzó por los aires. Ni pestañeó cuando se hizo añicos contra la pared.

Al día siguiente, la levanté del suelo y Maggy me ayudó a meterla en la cama. Desde entonces sé que no está bien de la cabeza.

Me mira con ojos de fiera.

—Bien. Porque a él también le das igual. Le gusta arreglarlo todo, ya sean cosas o personas. —Me estudia detenidamente, intentando engullirme con la mirada—. Y te ha visto...

—Entendido. Ahora déjame en paz.

No tengo tiempo para que me suelte la lista de todas las cosas que hago mal.

Echo a andar, pero me coge del brazo y me hace retroceder de un tirón. Respiro hondo, me la quito de encima y sigo andando. Con qué gusto le daría una buena bofetada, pero mantengo las manos apretadas para evitarlo.

Me sigue.

—¿Por qué lo hiciste? Al menos podrías decirme por qué fingiste ser mi amiga para acercarte a mi novio.

—Te estás confundiendo, yo no...

—¡Vaya que no! Deja de mentirme, Nora. ¿Landon sabe que lo sabes desde el principio?

Aprieto los dientes.

—Cállate.

Es mucho más complicado. Es demasiado complicado para hablarlo en la calle. Pues claro que no lo sabe. Le dejé creer que Dakota no hablaba de lo que sentía por él, que ni siquiera lo mencionaba. No sabe nada de nada. Me siento muy cerca de él a pesar de que no sabe nada.

Ella continúa caminando a mi lado, pero ya casi he llegado a la parada de metro. No me seguirá hasta Scarsdale, no es tan valiente.

—Creo que, si supiera lo calculadora que eres, saldría huyendo. No le gustan ni las embusteras ni las acosadoras. Y estoy segura de que no sabe lo que hay en Scarsdale. —Las palabras de Dakota son como latigazos, y el aire me los graba a fuego mientras caminamos—. Confié en ti, Sophia. Creía que éramos amigas. Te dejamos vivir con nosotras.

Le lanzo una mirada asesina. No me gustan las amenazas, cosa que Dakota no tardará en descubrir si sigue hablándome así.

—Puse un anuncio en internet y acabé viviendo con vosotras. No os debo ningún favor.

Dakota se echa el asa del bolso al hombro.

¿Por qué aún estoy discutiendo con ella?

—Sí, y cuando nos conocimos vi cómo te quedabas mirando la foto. Sabías quién era desde el principio. —Dakota parpadea y mira el edificio que hay a continuación—. Todas las preguntas que me hiciste sobre él, sobre nuestra relación... Te traté bien, Sophia. Y Maggy también.

Maggy, que se pasaba dos horas maquillándose en nuestro diminuto cuarto de baño mientras hablaba conmigo, era la más simpática de las dos. Aun así, desde que llegué al apartamento, noté la división entre las tres. Ellas contra mí.

—¿Qué quieres, Dakota? —le pregunto, harta.

Empiezo a bajar lentamente la escalera de la estación, con ella pisándome los talones.

Se me pasa por la cabeza que podría empujarme escaleras abajo.

—Quiero saber qué está pasando entre vosotros y quiero pedirte, suplicarte, que lo dejes en paz. Landon es todo lo que tengo. —Sus palabras pululan a mi alrededor, me envuelven desde atrás. Ojalá hubiera más gente en el metro de Brooklyn para poder perderme entre la multitud y desaparecer.

Espero hasta que llegamos al final de la escalera para responder. Dakota quiere que me aleje de Landon, lo cual es imposible. No podría hacerlo, aunque quisiera.

No para de hablar.

—¿Es que no tienes ya bastante? Con tu familia rica, tus mansiones por todo el país, el dinero que recibes todos los meses de...

—A ver, Dakota —empiezo.

No tiene ni idea de lo que dice. Que mi familia sea rica no tiene nada que ver con que yo desee a Landon. El hecho de que los compare dice mucho de lo que significa para ella. Lo ve como un objeto, algo equiparable a la riqueza.

—No sé qué decirte. Rompiste con él hace meses y has estado saliendo...

Dakota menea la cabeza.

—Estaba hecha un lío, ahora lo veo claro. Necesitaba atención, y Landon no estaba aquí. Me sentía sola, y Maggy me dijo que debería estar soltera el primer año de facultad. Todo el mundo lo dice. Todas las películas lo dicen.

No entiendo ese rollo de estar soltero cuando uno es universitario. Sí, ser independiente es muy importante, y en la universidad es cuando uno descubre quién es y qué quiere. Pero si ya tienes a un chico increíble, ¿vas a estropearlo para ir de fiesta y liarte con tíos que no conoces?

—¿Quieres que me quite de en medio para poder volver con él? —pregunto al fin.

—Si es que quiere volver conmigo, sí. Era mío desde el principio, desde antes de conocerte. Desde antes de que vieras su foto.

—Yo lo conocía de antes. Nuestros padres se conocen, ¿recuerdas? —digo en mi defensa. A Dakota se le da bien hacerme creer que estoy más loca de lo que estoy en realidad.

Ella asiente, despacio.

—Lo recuerdo. Pero también recuerdo la de horas que nos hemos pasado hablando de él, la de veces que te he dicho lo mucho que lo quiero y lo mucho que lo echaba de menos... Y también recuerdo cuando me dijiste que me acostara con Aiden.

—Estaba intentando ayudarte, como amiga. ¡No para-

bas de decir que querías vivir la vida en la gran ciudad!
—Intento no levantar la voz, pero no lo consigo—. No parabas de repetir lo bueno que estaba Aiden y que querías acostarte con él. —La miro de reojo—. Lo tenías muy claro, sólo te di el empujoncito que necesitabas para que no te sintieras lo peor mientras te lo follabas.

Las fosas nasales de Dakota se abren y se cierran un instante, y casi me da miedo.

—¿Me tomas el pelo? ¿Crees que lo tenía claro? ¿Quién eres tú para juzgarme, señoritinga? —dice exagerando la palabra.

Tengo todo el cuerpo cubierto de latigazos. Cada palabra me hace sentir un poco más como un monstruo. Es como si me echara sal en las heridas, así es como me siento cuando la oigo decir que ama a Landon y que todo es culpa mía. Puede que tenga razón. O peor, mucho peor.

—¿Te importa dejar de andar para que podamos hablar, por favor? —dice con dulzura, casi con tristeza.

Me vuelvo hacia ella.

—¿Qué quieres? ¿Que me mantenga a cien metros de él? Tessa es mi amiga y vive con él. Y Landon es feliz conmigo. Déjalo ser feliz, Dakota.

Le tiembla el labio y traga saliva.

—¿Cómo sabes que es feliz?

Vaya pregunta con trampa.

«Porque lo noto...», quiero decirle, pero me callo.

—¿Cómo sabes que es feliz, Nora? —pregunta. Anda, ahora vuelve a llamarme Nora.

Las lágrimas me escuecen en los ojos.

—Porque lo sé. Igual me equivoco, no lo conozco tan bien como tú.

Me mira a los ojos.

—No, no lo conoces.

Suspiro y miro a mi alrededor. Un hombre y una mujer esperan el metro cogidos de la mano. Tienen sesenta años como poco y, cuando él se agacha y le da a la mujer un beso en la coronilla, me da un vuelco el corazón.

«¿Cómo es posible que me pese tanto el corazón si lo tengo vacío?»

Dakota frunce el ceño.

—Yo no tengo a nadie, Nora. Creía que te tenía a ti, pero las amigas de verdad no hacen lo que tú me has hecho.

Tiene razón. Nunca he sido su amiga. Nunca he querido serlo. Sólo lo quería a él. Debería sentirme culpable, pero me cuesta porque sé cómo lo trata: como a un perrito faldero. No es un puto perrito faldero. Es mucho más que eso. Más de lo que merecemos cualquiera de las dos.

—Lo siento —le digo, y en parte es verdad—. No quería hacerte daño, simplemente ha pasado.

Dakota se me queda mirando, y una lágrima le resbala por la mejilla antes de que pueda enjugársela. Sé que la mata que la vea tan vulnerable, así que decido ser buena persona y hacer como que no he visto nada.

—Lo que tenemos Landon y yo es real, Nora. Nos hemos querido desde que éramos unos críos. Ha estado a mi lado en todo momento: durante los abusos de mi padre, la muerte de mi hermano... Hemos sufrido juntos lo que no te imaginas ni podrás llegar a comprender nunca. Es mi persona, Nora. Es mi persona, la única, y sé que no lo he tratado como se merece. He sido una idiota y ahora lo veo claro. Soy consciente de que he de hacer todo lo que esté en mi mano para asegurarme de que sabe lo mucho que lo quiero, lo mucho que lo valoro.

Sus palabras me producen escalofríos. Voy a vomitar, lo sé. El ácido me quema la garganta. No puedo seguir escuchando cómo habla así de él. Es algo físico, no puedo soportar que pronuncie su nombre o que me explique lo profunda que es su conexión.

Permanezco en silencio, incapaz de ofrecerle ni una palabra.

Vuelve a empezar, y desearía poder apretar un botón y dejar de oírla.

—Para ti es una pieza de un juego. Te estás divirtiendo con él y él se está divirtiendo contigo. Es sólo diversión, sólo eso —dice muy convencida—. Pero, para mí, es mi media naranja. Es la única persona con la que puedo contar en este mundo. Me quedan años y años a su lado y, aunque crees que puedes competir con eso, lo cierto es que no puedes. —Hace una pausa y añade—: No quiero hacerte daño.

No sé por qué, pero la creo.

Aunque eso no hace que duela menos.

—He perdido a mi madre, a mi hermano, mi padre se va a morir cualquier día de éstos. No puedo perder también a Landon. —Su voz se rompe en mil sollozos y se tapa la cara con las manos. La gente se nos queda mirando al pasar.

¿Cuándo me he convertido en una persona tan horrible?

—Nora, por favor, dame otra oportunidad para ser la persona que Landon necesita que yo sea. —Se limpia la nariz con la mano y me mira. Le tiemblan los hombros, no puede controlar los sollozos y yo no puedo evitar que me dé pena.

¿Quién soy yo para aparecer en sus vidas y separarlos? Puede que Dakota sea odiosa, pero tiene una parte tierna que me atrae. No la odio, nunca lo he hecho. Pero sabía que no se merecía a Landon. Sin embargo, ahora que la tengo aquí, sollozando, temblorosa, ¿quién soy yo para ser juez y jurado?

Tiene razón, no conozco a Landon.

Ella sí.

No lo quiero.

Ella sí.

No lo merezco.

Y puede que ella sí.

—Está bien. —Le quito las manos de la cara.

Se seca las lágrimas y me mira. No sé qué más decirle.

—Desapareceré —le prometo, y me voy. Me pierdo en un mar de extraños antes de que pueda detenerme.

DIECISÉIS

Landon

Han pasado dos horas desde que Nora se ha ido del apartamento a coger su ropa de trabajo. Bueno, ésa es la excusa que me ha dado, pero soy consciente del momento en que lo ha dicho: un extraño aparece en mi apartamento y resulta que Nora sabe quién es, y luego dice que tiene que irse, cuando podría simplemente haber madrugado un poco más e ir mañana a por su ropa.

Vaya día. Me ha mostrado una parte de ella que no conocía. No sólo es arrebatadoramente sexi, sino que además ha conseguido acallar todas las voces en mi cabeza con el sonido de su voz. He estado a gusto y, por ridículo que suene, me sentía seguro de mí mismo y de tener poca experiencia mientras me guiaba y me decía que con ella puedo ser quien yo quiera. Es extraño eso de poder ser una versión nueva y distinta de mí mismo. Con ella puedo ser más que un buen chico, puedo ser más que el mejor amigo. No tengo que resolver los problemas de nadie y aparcar los míos cuando estoy con ella.

Me duele la cabeza, y la sala de estar vuelve a parecerse a lo que era. Hardin me ha estado dando la vara un rato antes de irse y volver a los veinte minutos con un cerrojo más para la puerta. Por suerte ha pillado a Ellen justo cuando se iba y ella, con toda amabilidad, ha reabierto la tienda para que Hardin pudiera comprar el candado. No creo que él hubiera podido dormir sin uno, y tratándose de Hardin me lo imaginaba entrando a la fuerza a por uno. Pienso en lo que ha dicho sobre Tessa y en lo nerviosa que se puso la otra vez que entraron en el piso, así que voy al armario, saco mi pequeña caja de herramientas e instalo el nuevo cerrojo.

Ken me regaló la caja de herramientas cuando decidí venirme a vivir a Nueva York. No es nada especial, pero para él era importante, así que es importante para mí. Se lo vi en la cara el día que me dio la pequeña caja rota, y noté cómo le cambiaba la voz al explicarme para qué servía cada una de las herramientas. No le dije que me estaba contando lo que ya sabía.

No le dije que me he pasado toda la vida arreglando cosas. Soy un experto. Dejé que me lo describiera todo al detalle. Incluso le hice preguntas del tipo: «¿Cuál es la diferencia entre un destornillador de estrella y uno de punta plana?».

Me dio la impresión de que necesitaba de momentos como ése con su hijastro para compensar el tiempo perdido con su hijo.

Cuando el cerrojo está perfecto y en su sitio, me siento en el sofá y enciendo el televisor. ¿Qué puedo ver para distraerme y no mirar el reloj? Voy a Netflix a ver qué hay.

A ver...

A ver...

Nada me parece lo bastante entretenido para dejar de pensar en Nora. Leo las películas que Netflix me recomienda y maldigo la ironía.

Julie y Julia y *Chocolat* encabezan la lista: dos películas sobre comida, qué casualidad. La selección me hace pensar en Nora vestida con la ropa de trabajo y luego sin ella. Es posible que me recomienden las películas en función de lo que Tessa y ella han estado viendo, pero decido que es una señal. Sigo mirando. Nora debería protagonizar una película sobre una mujer hermosa, inteligente y misteriosa. Una mujer que es capaz de hornear un paraíso comestible. Si nuestras vidas fueran una película, me sería mucho más fácil descubrir sus secretos.

Pienso en las películas que solía ver con mi madre en el canal Lifetime. Detesto tener que reconocer que algunas estaban muy bien. Siempre tenían unas tramas demenciales, del tipo niñeras psicópatas que intentaban robarle el marido a su jefa, o maridos que resultaban ser unos estafadores, o unos asesinos. Si Nora fuera la protagonista de una de esas películas, interpretaría a una espía o a una asesina a sueldo. Ordeno mentalmente las piezas que tengo del rompecabezas.

Podría ser cualquiera de las dos cosas, con esos inexplicables viajes a Scarsdale. Por lo que dice Google, Scarsdale es una zona de gente mayor con dinero. Su familia vive en Washington, así que no es a ellos a quienes visita. Mi móvil vibra encima de la mesa, lo cojo y leo el nombre que aparece en la pantalla.

Dakota.

¿Por qué me llama?

Y, lo que es más importante, ¿por qué no quiero contestar?

Me siento culpable. No debería evitarla. No se lo merece. Pero no puedo seguir en medio como el jueves porque al final meteré la pata.

En mi mente, oigo decir a Nora: «Volveré a tu lado». Pienso en el brillo travieso de sus ojos cuando me desafía y en cómo suena mi nombre cuando sale de su boca. Me llevo el móvil al pecho y dejo que salte el contestador mientras me invento tramas para la película que protagonizaría Nora.

La noche en que la seguí se cambió de ropa antes de salir del tren. Por llamarla de alguna manera, la voy a llamar *la Noche de Scarsdale*. Se cambió la camisa y se soltó el pelo. Incluso se peinó con los dedos los mechones rebeldes que le caían por los hombros. Se atusó la ondulante melena y pensé que debería protagonizar un anuncio de champú.

Pero basta de pensar en ondas sinuosas... He de concentrarme en mi teoría de la conspiración en la que está sumida esa chica. Alzo las manos y cierro el puño. Cuento con los dedos. Uno: trayectos en metro a una hora de aquí. ¿Qué más? Hummm...

Dos: recibe misteriosas llamadas telefónicas estando conmigo y, acto seguido, se va del apartamento. Desaparece. Me lo ha hecho más de una vez, y tendría que ser imbécil para no verlo, así que levanto el tercer dedo. Si llego a cinco, tendré que pedir que me metan en el programa de protección de testigos para que no me encuentre.

Hablando de protección de testigos, ¿será eso? Es verdad que responde a dos nombres...

¿Y si el exnovio era de la mafia o algo así?

¿Y si tiene novio? Y, de tenerlo, ¿será un mafioso?

No sé por qué siempre pienso que todo el mundo es un mafioso. Definitivamente, he visto demasiadas películas. De hecho, vi *El padrino* cuando era adolescente. Más de una vez.

Es curioso, pero no soy de esos que no son capaces de vivir en sociedad y le echan la culpa a haber visto determinada película a una edad decisiva. La otra noche Tessa me hizo ver una en la que una chica estaba sentada con su madre y le decía que le había fallado por haberla dejado ver *Cenicienta* cuando era pequeña. Eso mismo me pasó a mí: vi *El padrino* y los melodramas de Lifetime con mi madre y ahora estoy convencido de que mi novia es una asesina a sueldo o una exmafiosa.

¿Y si Nora tiene un hijo secreto? Es mayor que yo, y su voz tiene ese tono tranquilizador que tienen las madres. No me resulta difícil imaginarla de madre.

A lo mejor lo que oculta es aún más serio, por ejemplo, que en realidad le chifla el Gatorade.

Preferiría descubrir que es una asesina a sueldo que enterarme de que ha estado despotricando en falso contra mi refresco favorito.

Me estoy poniendo demasiado creativo. Necesito tener algo que hacer.

Cuanto antes.

Dejo el mando en la mesa y me levanto. ¿Y si la llamo? ¿Cumplirá lo prometido y volverá?

Me lo ha prometido mirándome a la cara. ¿Soy un ingenuo por pensar que sé cuándo me está mintiendo? ¿Puedo fiarme de que es capaz de cumplir una promesa?

«Prometo no decir nada que quiera borrar luego.»

Hemos hecho un trato. Está vigente desde entonces, y espero que cumpla con su parte.

Si vuelve, me prometo confiar en ella. Si cumple su promesa, yo cumpliré la mía. Me aseguraré de darle tiempo para que se abra a mí. Sus pétalos merecen tener un tiempo para florecer.

Me entretengo yendo a la cocina y abriendo la nevera.

Debería haber llamado a Tessa para ver qué tal le va. Parecía estar bien la última vez que la vi. Igual que Hardin, salvo que casi estrangula a un extraño en la sala de estar. Miro mi cocina y recuerdo el sabor de Nora en mi lengua, tan dulce que inunda de nuevo mis sentidos, y cojo un cupcake mientras sueño despierto. El modo en que sus dedos se clavaban en la encimera cuando la degusté con la lengua se me ha quedado grabado en la memoria para siempre.

Sus gemidos al correrse despiertan un deseo animal y primitivo en mí. Lo único que podía pensar en aquel momento, incluso en este momento, es en ella. Se está convirtiendo en una obsesión, y no creo que pudiera impedirlo, aunque quisiera. Hace poco rato, la ropa de Nora estaba desperdigada en mi cocina. Hace dos horas y quince minutos, para ser exactos. Debió de recogerla para cambiarse antes de salir. Mi ropa le quedaba bien. Mejor que bien.

Demasiado bien.

Le queda todo bien. Tiene uno de esos cuerpos que hacen que las camisetas grandes y los vaqueros recortados parezcan más sexis que la lencería.

Muerdo el cupcake y me rugen las tripas. No recuerdo haber comido. Lo único que recuerdo es a Nora, Nora, Nora. ¿Cómo puedo saber más de ella? Le doy otro mordisco al cupcake de cebolla y vuelvo a la sala de estar a por el portátil.

Cuando me siento en el sofá, veo que tengo otra llamada perdida de Dakota. Borro la notificación para que no me distraiga y enciendo el portátil. No estoy seguro de qué estoy buscando aquí, pero lo primero que se me ocurre es ir a Facebook. Facebook es la primera parada para fisgonear online. Tecleo su nombre en el buscador. Nora... Uy, ¿cómo se apellida?

Joder, si no sé ni cómo se apellida.

Me paso la mano por el pelo y cojo el móvil. Llamo a mi madre y pongo el altavoz.

Contesta a la tercera.

—Estaba pensando en ti —dice, y la oigo sonreír a través de sus palabras.

Me echo a reír.

—Para bien, espero.

—Pues claro. Estamos comiendo en South Fork, nos hemos encontrado a los padres de Sophia y justo estábamos hablando de ti. Qué casualidad —dice con ternura, e intento que mi voz suene igual que la suya, a pesar de que me estoy poniendo nervioso.

Miro la pantalla del portátil y la sala de estar. Sus padres están allí, ahora mismo, con mis padres. ¿Qué probabilidades hay?

Otra señal.

—Salúdalos de mi parte —tartamudeo.

Puede que así salga a colación su apellido. No puedo preguntárselo a mi madre con ellos delante.

—Landon os envía recuerdos —dice mi madre, y oigo voces de fondo. Pasan unos segundos—. Me han dicho que Sophia ha vuelto a Scarsdale. No lo sabía, cielo —añade entonces, y me da la impresión de que era algo que esperaba que yo le contara.

Si fuera cierto, se lo habría contado.

¿Por qué piensan los padres de Nora que se ha mudado?, y ¿qué quiere decir eso de que ha vuelto a Scarsdale? Como vuelva a oír hablar de Scarsdale, me va a dar algo.

A lo mejor puedo sonsacarles información a sus padres. Me ayudaría a resolver el misterio que es Nora.

—¿Cuánto tiempo ha vivido allí? —le pregunto a mi madre, y oigo cómo ella se lo pregunta a su vez.

—No mucho. Sólo unos meses antes de trasladarse a Brooklyn —me contesta—. Dicen que un saludo para ti también y que esperan que estés disfrutando de la ciudad. Están acostumbrados a no tener a los hijos en casa —me pincha—. Yo no.

—Dales a los... —hago un pausa esperando que mi madre rellene el hueco.

—Les daré a los Rahal las gracias de tu parte y te llamaré otra vez dentro de un rato si te parece bien.

«Bingo.»

Tecleo «Nora Rahal» en el buscador y aparecen un par de páginas, pero ninguna es la suya.

—¿Landon?

—Genial, sí. Gracias, mamá. Os quiero. —Cuelgo y dejo caer el móvil en el sofá, a mi lado.

Tecleo el nombre de la hermana de Nora y espero haberlo deletreado bien. No hay ninguna Stausey Rahal, pero Stausey Tahan sí que tiene perfil. Hago clic y aparece la cara de Stausey. Sé que es ella nada más verla: ojos verde pardo y pómulos altos. Es un poco más esbelta que Nora y tiene la cara más delgada y los labios más finos. Navego por el perfil y no tardo en descubrir por las fotos y los comentarios que está casada con un cirujano, Ameen Tahan, que tiene un currículum que asusta. Miro to'ıs las fotos de Stausey con su marido, sosteniendo placa diplomas con su nombre escrito.

Y yo trabajo en una cafetería.

Qué bien voy a encajar en la familia.

Sigo mirando fotos y encuentro un álbum titulado «Bandol» de hace dos años. Lo abro y aparecen unas cincuenta fotos. La hermana de Nora debería actualizar los ajustes de privacidad. Cualquier loco podría acceder a su información personal en cuestión de segundos. Y más con las fotos que tiene. La primera que me llama la atención es de Stausey con un diminuto biquini rojo con su marido, que tiene unos abdominales en los que se puede rallar queso. Se están besando bajo las estrellas.

Quiero fotos de Nora. Veo un biquini amarillo y amplío la foto. Es Nora con un biquini amarillo que apenas contiene sus voluptuosas caderas. Hay un hombre de pie a su lado, tiene una buena mata de pelo negro. Ella se ríe y él le rodea la cintura con el brazo. Por sus hombros, sé que es una postura posesiva, y la fuerte mandíbula me transmite un ego como una catedral. En serio, el tío podría cortar un filete con ese maxilar. Me paso la mano por la barbilla. ¿A lo mejor yo, con la mía, puedo cortar mantequilla a punto de pomada?

Me quedo mirando la foto tanto tiempo que me duele.

«¿Quién es el tipo ese?»

Miro si están etiquetados, pero no hay suerte. Nervioso, paso a la siguiente foto. Nora con los pies en el océano y un cuaderno en el regazo. Lleva el mismo biquini amarillo, pero en esta foto no sale el otro hombre. Tiene el pelo recogido en dos trenzas y está mucho más morena.

Dios, pero qué guapa es.

Alguien llama a la puerta y me sobresalto. Nora. Por favor, que sea Nora.

Me sudan las manos y me las seco en el pantalón de chándal antes de abrir.

Y, para mi sorpresa, es Nora, vestida con un pantalón negro y una camisa roja con mucho escote. Lleva los labios pintados de rojo brillante y se ha puesto delineador negro en los ojos.

—Hola —saluda.

Sus labios son tan... tan...

No puedo ni pensar, sólo siento un alivio tremendo al verla en la entrada de casa.

—Hola. —Le sujeto la puerta para que pase y, al hacerlo, me roza con el hombro.

Ya dentro, me coge de la camiseta y sus labios encuentran los míos.

DIECISIETE

Landon

Los labios de Nora son más que bienvenidos, aunque no pensaba que fuera lo primero que iba a hacer cuando la he visto aparecer. Sin embargo, aquí está, empujándome contra la puerta, su aliento ardiente en mis labios. Sus manos no se andan con rodeos y su cuerpo se aprieta contra el mío mientras yo intento recobrar el aliento.

La cojo de las caderas y sus dientes tiran con suavidad de mi labio inferior. Una de mis manos va hacia su pecho y con los dedos le rozo el pezón. No lleva sujetador.

Cuando se aparta, voy a buscarla. Tengo la espalda contra la puerta y ella se aleja de mí. Las manchas de carmín iluminan su boca carnosa y, por instinto, me relamo para recordar su sabor.

—Yo... —empieza a decir.

Se interrumpe, buscando las palabras. Y finalmente no añade nada más.

No creo querer oír lo que tiene que decir. Se le da bien inventarse excusas para explicar por qué no deberíamos hacer lo que estamos haciendo, y ahora mismo quiero ignorar lo que está bien y lo que está mal. Sólo quiero atraerla hacia mí por la cintura. Tiene los pechos llenos y el escote profundo de la blusa, del mismo rojo brillante que sus labios, apenas puede contenerlos.

—¿Qué llevas puesto? —Su blusa me tiene alucinado.

Nora ladea la cabeza y me mira. Baja la vista, se mira la ropa y luego a mí.

—¿Ropa?

Tengo tendencia a hablar sin pensar y debería empezar a controlarme. Para tratar de olvidar la metedura de pata, cojo a Nora del brazo y la acerco a mí. No hace nada para evitar que la estreche.

—Te he echado de menos este rato que no has estado aquí —digo sin apartar mis labios de los suyos.

Su cuerpo es como las noches de verano en Michigan, húmedo y lánguido, con las luciérnagas revoloteando en el jardín. Yo solía meter las luciérnagas en un tarro, aunque luego las soltaba. Nora me recuerda a una luciérnaga, sorprendente y brillante. No está hecha para que la metan en un frasco. Nunca se dejaría atrapar en un tarro.

Emite un sonido similar a un suspiro y su mano acaricia mi vientre, hacia abajo. Levanta el bajo de la camiseta. Cuando sus uñas se deslizan por mi piel desnuda, el recuerdo de la primera vez que me tocó me devuelve en llamas a la vida. Entonces sus dedos también descendieron por mi estómago, y debería haberla cogido de la coleta y haberle plantado un beso en la boca. Debería haber probado sus labios y sentido cómo su cuerpo se fundía con el mío tal y como lo está haciendo ahora. Pero no lo hice y, aun así, aquí estamos.

Su mano sigue descendiendo y roza mi excitación. Está conectada con mi cuerpo y lo controla de un modo absolutamente visceral. Su lengua juega con la mía y yo tiro de la tela suave y sedosa de su blusa para dejar sus pechos al descubierto.

Nora me coge la polla y noto esa punzada familiar en el fondo del estómago. Gimo y la estrecho con más fuerza. Casi me duele, pero el placer supera el dolor, e intento desabrocharme los pantalones. Ella me ayuda y me los baja por las piernas.

—¿Estamos solos? —pregunta con voz grave.

No puedo evitar que se me escape una risita mientras miro mis pantalones, que me cuelgan de los tobillos.

—¿Ahora lo preguntas?

Ella se muerde el labio, se ríe y se arrodilla. No le tiemblan las manos cuando me retira el bóxer, y envidio lo cómoda que parece sentirse con su sexualidad. Tiene el pulso firme mientras me desnuda, y sus labios no vacilan cuando mi lengua se desliza sobre ellos. Por mi parte, estoy hecho un manojo de nervios, me tiemblan las manos y suelto unos gemidos incómodos. No soy sexi ni queriendo.

Tal vez si finjo ser otro, pueda ser sexi. Podría ser como los tíos de las novelas románticas, que hacen que a las chicas se les derritan las bragas sólo con oír su voz. Las manos de Nora suben y bajan por mi polla y no puedo concentrarme en ser sexi porque sus manos son exquisitas. Más que exquisitas.

Miro a esta chica preciosa y misteriosa e intento no correrme tan rápido como la última vez, aunque me lo está poniendo muy difícil con esos labios rojos y esa mirada hambrienta. Me da un beso húmedo en la punta, gruño y me agarro al marco de la puerta para no caerme.

—Mmm —dice besándomela otra vez—. Qué bien sabes.

La punzada asciende por mi estómago y por mi pecho.

—Nora... —Su nombre es algodón de azúcar que se deshace en mi boca.

Gimo de nuevo, me la suda no ser sexi.

Nora abre la boca y se la mete dentro. Está guapísima con mi polla en la boca. Sus ojos oscuros me miran, y es difícil pensar en otra cosa que no sea correrme en sus labios. Tengo que durar un poco más, por favor, por favor, tengo que aguantar un poco más.

Viendo cómo me saborea, recuerdo que ella sabe a gloria, mucho mejor que cualquier pastel de mi madre.

Vale, basta ya de pensar en mi madre. Pero es que necesito pensar en cosas que no sean sexis para durar un poco más. Su lengua tibia me acaricia la punta con dulzura, y me obligo a pensar en la universidad.

Tengo un examen la semana que viene.

Y el trabajo. Mañana trabajo.

Cuando desvío la mirada, ella se aparta y alza la vista.

—¿Qué pasa?

—¿Qué? —Parpadeo—. Nada.

Nora cambia de postura y se lleva las manos a las caderas sin dejar de mirarme fijamente.

—Embustero. —Luego añade, más dulce—: Cuéntamelo.

Respiro hondo. ¿Qué quiere que le diga? ¿«Lo siento, estaba intentando no correrme en cinco segundos, como hice la última vez»?

Ni muerto.

—Sólo estaba pensando.

Ladea la cabeza.

—¿En qué?

Una pizca de rojo tiñe sus mejillas, y no, no, no, no quiero que crea que estoy pensando mal de lo que estamos haciendo o que estoy pensando en otra cosa que no sean ella y el momento que estamos compartiendo.

—¿Estabas pensando? —repite bajando un poco la cabeza. Separa su cuerpo unos centímetros del mío y es como si nos separase un abismo que me parte el pecho.

Bajo la mano y le cojo la mejilla para obligarla a que me mire.

—Nada malo —le prometo—. Sólo es que estoy nervioso, de verdad, sólo eso. No sé por qué. —Dejo de balbucear antes de quedar como un tonto.

—¿Nervioso? ¿Por...?

—No lo sé. —Le acaricio la mejilla con el pulgar y ella cierra los ojos—. Estoy intentando llevarlo bien y eso, pero la última vez... —Hago una pausa—. La última vez fui un idiota.

Nora se levanta y se me cae la mano de su mejilla.

—¿Un idiota? ¿Por qué?

Me pongo como un tomate de la vergüenza.

—Porque me corrí muy pronto y...

Ella está de pie antes de que pueda acabar la frase.

—No vuelvas a insultarte delante de mí —pide muy seria—. Cuando dices que eres un idiota contradices lo que pienso de ti e insinúas que me acostaría con un idiota. —Mira a su alrededor y luego a mí. Tengo la impresión de que no ha terminado—. Y no tienes nada de lo que avergonzarte. Me lo pasé bien, y nunca es malo que a alguien le pongas tanto que no pueda esperar a correrse.

Me invade el alivio y relajo los hombros.

—Pero no es muy sexi.

Me lanza una mirada furibunda.

—No te corresponde a ti decir lo que a mí me parece sexi.

Tiene las manos en las caderas.

—Perdona —le digo.

—Y deja de pedir perdón por cosas que no tienen que ver contigo, Landon. No has hecho nada malo, y tienes la costumbre de disculparte sin motivo.

Tiro del bajo de la camiseta, tratando de cubrirme un poco mientras ella prosigue.

—Si no me parecieras sexi, no estaría aquí, de rodillas ante ti. No tienes que ser lo que creas que a mí me resulta sexi. Sólo tienes que estar aquí, conmigo. ¿Quieres estar aquí conmigo? —me pregunta.

Asiento.

—Con palabras, Landon.

Quiere palabras. «Las palabras no son reales hasta que uno las pronuncia.»

—Sí, sí —replico—. Más que nada en el mundo.

—Muy bien —dice Nora, y vuelve a ponerse de rodillas.

Soy yo quien debería arrodillarse ante ella.

Le cojo la mano y tiro para que se ponga de nuevo en pie. Veo confusión en su mirada.

—Ven a mi cama. Te quiero en mi cama.

—¿Era eso? —dice con una sonrisa traviesa.

Sin pensar, la cojo en brazos y echo a andar. Llevo los pantalones colgando de los tobillos, así que libero un pie de la pernera. Caminar sigue siendo difícil, pero prefiero pasar un año en Azkaban que dejar a Nora en el suelo o que se me caiga. Ella hunde la cara en mi cuello, y me encanta tenerla entre mis brazos.

Cuando llego al pasillo, me saco la otra pernera y ella se

ríe contra mi cuello. Intento abrir la puerta del dormitorio con una mano. Nora se da cuenta de que no puedo y la abre por mí.

Cuando cruzamos el umbral oigo cómo su pie choca contra la madera.

—¡Ay! —exclama.

«Mierda.»

—¡Perdona!

Doy dos pasos rápidos hacia adelante y la dejo en la cama mientras ella me quita los brazos del cuello.

—Creo que me he roto el pie —bromea masajeándose la marca roja del empeine.

No recuerdo haberla visto quitarse los zapatos; claro que se me escapan muchas cosas cuando estoy con ella.

—¿Ves? Eso es lo que me pone nervioso —señalo.

Me acerco a la cama y me siento a su lado.

Nora apoya la cabeza en mi hombro.

—Yo también te he echado de menos —asegura respondiendo a lo que le he dicho antes.

Permanezco un instante en silencio y luego pregunto:

—¿Adónde has ido?

Se vuelve hacia mí y niega con la cabeza. No contesta.

—¿Me estás poniendo los cuernos? —digo en broma.

Pero veo que a Nora se le pone rígida la espalda y la energía entre nosotros cambia. Sonríe, pero es una sonrisa más falsa que la de una muñeca de plástico.

—No sabía que estuviera en posición de ponerte los cuernos.

Se han vuelto las tornas. Ahora es ella la que está nerviosa, lo noto. Hay algo más, y de repente siento un dolor tremendo en su interior.

Alzo la vista y estudio su expresión.

—¿Te gustaría estarlo?

Le tiemblan los labios y abre la boca. La cierra.

Va a ser que no.

—No me mires así —susurra—. Estoy pensando.

—Siempre estás pensando —le digo ignorando los nervios que me atenazan el pecho de pensar que tal vez quiera tener algo más conmigo.

Tras unos instantes en silencio, su voz rompe la calma. Una voz trémula, casi irreconocible.

—Nada me gustaría más que ser tu...

No le doy tiempo a añadir nada más, a arrepentirse de nada. Me acerco a ella y tomo su boca con la mía. Le cojo las mejillas con las manos y las bajo hacia el cuello mientras mi lengua se abre paso a través de sus labios.

Gime en mi boca y me coloco frente a ella. Se abre de piernas para mí y mi cuerpo se posiciona entre sus muslos sin dejar de besarla apasionadamente. Es un beso largo, intenso, profundo. Mi boca se impacienta, mis manos se vuelven más atrevidas y siento como si me ardieran las entrañas. Me aparto para contemplar su rostro. Observo cada centímetro porque toda ella merece mi admiración. Podría pasarme mil años mirándola. Le acaricio el pelo y lo dejo caer donde el cuello se une al torso. Nora me mira con los brazos en los costados. En las comisuras de sus labios baila una sonrisa que no llega a serlo.

Estoy encima de ella, a pocos centímetros de su cara. Le acaricio la nariz con la mía, ella cierra los ojos y emite un pequeño sonido desde lo más profundo de la garganta.

—¿Aún estás pensando? —pregunta.

—Sólo pienso en una cosa.

Me mira fijamente, pero con cautela.

—¿En qué?

En lugar de responder, me inclino hacia adelante y la beso en los labios. Mi mano coge su larga melena y le paso un brazo por debajo de la espalda para levantarla y sentir su cuerpo contra el mío. No consigo acercarme lo suficiente, las ganas de tenerla más y más cerca son más fuertes que yo.

No recuerdo haberme sentido así nunca por nadie, estas ganas de querer estar lo bastante cerca para convertirnos en uno.

Con una mano sujetando su cuello, deslizo la otra hacia sus caderas y acaricio su piel suave. Sus gemidos llenan mis oídos, mi pequeño dormitorio, mi apartamento, mi manzana, mi ciudad, mi mundo.

Su cuerpo está hecho para esto. La hicieron para mí.

Su mano tibia coge la mía y la guía de su trasero hacia adelante, entre sus muslos. Sus pantalones negros son ajustados, y la tela fina. Cuando la toco, noto lo mojada que está a través de la tela. Dios, esta mujer es mi perdición.

—No pares, Landon, por favor.

Sus palabras son como la chispa que incendia un bosque, y ya no estoy en la habitación. Estoy fuera de mi cuerpo, observando desde el cielo, preguntándome cómo tengo la tremenda suerte de estar con ella así.

Mis dedos ascienden a la cinturilla de sus pantalones y los desabrocho a toda velocidad. Nora arquea la espalda para ayudarme y cometo el error de mirarla. De la blusa de seda roja con escote profundo del que sus pechos amenazan con rebosar, a sus bragas rojas. El corazón me palpita con tanta fuerza que parece que va a salírseme del pecho.

Reconozco su mirada y sigo sin creer ser merecedor de que sus bellos ojos se fijen en mí. Respira con fuerza, la boca entreabierta, y me observa fijamente. Lleva un dedo tembloroso a mi cara y dibuja el contorno de mis labios. Lo beso y ella gime sin dejar de acariciar mis labios húmedos. Envuelvo con los labios la yema de su dedo y lo muerdo con suavidad. Sus caderas se separan de la cama.

—Landon. —Suspira mi nombre, frágil como la ceniza.

—Nora —contesto, y me guía para que entre en ella mientras se baja por los muslos esas bragas rojas que me tienen loco.

—¿Tienes uno?

«¿Un...?»

—¿Un qué...?

—Un condón.

«Seré idiota.»

—Pues...

Seguro que tengo uno por alguna parte. ¿Dónde estará? Si yo fuera un condón, ¿dónde estaría?

Dentro de Nora, ahí estaría.

—Tomo la píldora —dice, sin saber si atreverse o no.

Salto de la cama y corro a la cómoda. Escarbo entre los calzoncillos y los calcetines y palpo un envoltorio de plástico.

—¡Bingo!

—¿Bingo? —repite ella con una risita infantil.

Mi maldita boca nunca espera a que le dé permiso para hablar. No intento defenderme, sino que me río con ella y me encaramo de nuevo entre sus piernas. Con mano firme, me ayuda y me guía hacia ella. Acerco mi cara a la suya y la beso en los labios, las mejillas, la barbilla, e incluso en los párpados cerrados.

Suspira y me abraza, tirando de mí para que entre en ella. Joder, es... Nunca antes he sentido nada parecido. Puede que sea simplemente perfecta para mí. Su cuerpo, quieto y suave debajo del mío, es todo curvas y piel bronceada. No le he quitado la blusa, pero tengo una buena vista de sus tetas. Nora me pilla mirándolas y tira de la prenda, cogiéndoselas ella sola y sacándoselas por el escote. Me agacho para llevarme uno de sus pezones suaves y morenos a la boca. Lo mordisqueo con delicadeza y me gano un profundo gemido.

Sus brazos vuelven a mi espalda, insistiendo para que entre en ella.

—¿Estás bien, Landon?

Entro despacio, disfrutando con la sensación exquisita de la acogida que me da su cuerpo. Asiento y llevo mi boca a la suya. Sigo moviéndome despacio, dentro y fuera. Fuera y dentro. Acariciándola con ternura, proclamando que es mía.

Me besa, hasta que lo único que siento es su corazón latiendo con fuerza contra mi pecho, su cuerpo fundiéndose contra el mío. Se le tensan las piernas, suspira y me suplica que no pare. No lo hago hasta que mi cuerpo se parte en dos y cae sobre el suyo hecho un manojo de gemidos y de respiraciones entrecortadas.

Me separo de su cuerpo ardiente y me tumbo junto a ella.

—Ha sido...

Intento recobrar el aliento.

—Perfecto —dice Nora acabando la frase por mí.

DIECIOCHO

La mitad del cuerpo de Nora descansa encima de mí, atravesado en el pecho. Su mejilla está apoyada justo debajo de mi esternón y sus dedos juegan con el vello de mi torso. Traza remolinos con el índice y yo la observo en silencio. El aire acondicionado emite un zumbido sordo de fondo y en mi mente se repiten los últimos minutos una y otra vez. Todavía tiene las mejillas teñidas de rosa vivo y está tan guapa y resplandeciente que duele mirarla. Se ha quitado la blusa y sólo lleva puestos sus ojazos, sus labios carnosos y el tatuaje del hombro.

—Nunca había tenido un amante tan tierno —dice sin mirarme a los ojos. Me mira el pecho sin dejar de acariciármelo.

«Y a mí nadie me había dicho nunca que fuera su amante», quiero contestarle, pero decido callarme.

—Y ¿eso es bueno?

Hago una mueca, pensando en látigos y cadenas y esas cosas que tanto parecen gustarle a la gente hoy en día. ¿Soy demasiado tierno? Dakota cree que sí, aunque ahora mismo tampoco me apetece pensar en ella...

Nora sonríe de oreja a oreja.

—Sí. Muy bueno —responde. Su voz se torna un suspiro, pese a que estamos solos—. Aunque... —me mira pensativa— algunas veces querré que seas más salvaje.

Me sorprende cómo me hacen sentir las palabras que acaba de pronunciar, y estoy en éxtasis porque ha dicho que quiere que volvamos a hacerlo. Mi cuerpo, que todavía se está recuperando, se muere por volver a estar dentro de ella. Aunque, ¿a qué se refiere? No estoy muy familiarizado con todo lo que el sexo puede ofrecer, y no sé si mi mente es capaz de distinguir entre ser salvaje y hacerle daño. Sé que hay un gran abismo entre el sexo convencional y el sexo salvaje, pero ¿dónde se sitúa Nora cuando habla de ser más salvaje?

—¿Cómo de salvaje?

Una de sus manos coge la mía y la guía hacia su pelo. Enrolla los dedos alrededor de un mechón oscuro y tira de él. Mi polla da un salto.

—Un poquito —dice, y me dedica una sonrisa deliciosa y traviesa.

Se frota contra mí. Es como si su cuerpo estuviera en sintonía con el mío.

—¿Crees que te gustaría? —pregunta con voz ronca.

Ladea la cabeza contra mi pecho y le da un lametón a mi pezón. Sus dientes lo rozan y le da pequeñas pasadas con la lengua hasta que se pone duro. La sensación va directa a mi entrepierna. Nadie me había tocado así antes, y mucho menos con la lengua. Mi corazón late con fuerza, con más fuerza de lo habitual. Estoy entre excitado y algo asustado. No porque no quiera probarlo, sino porque es algo nuevo para mí. Dicen que hay una línea muy fina entre la emoción y el miedo, y éste es justo el punto medio en el que me encuentro ahora mismo.

Asiento con retraso y me besa el pecho. Nora ronronea y dice:

—Me encanta tu cuerpo.

Lleva las manos a mi cuello. Sus dedos se deslizan por mi piel sudada y me ruborizo. Sus manos llegan a mis hombros y vuelven a bajar por mi pecho. Me cuesta un mundo no retorcerme debajo de ella.

—Eres uno de esos que no necesitan hacer ejercicio para tener un cuerpo de escándalo, ¿verdad? —Me dirige una sonrisa conspiradora—. No contestes a eso. Quiero pensar que tienes que ir al gimnasio dos veces al día para estar así de bien.

Sus dedos abandonan mi pecho y descienden por mi vientre. Sus uñas largas recorren los surcos de mis músculos.

Le planto una mano en las nalgas.

—Me encanta tu cuerpo —digo cogiendo todo lo que me cabe en la mano mientras ella ronronea. En serio, mi caricia la hace ronronear, y quiero volver a oírlo—. Tienes la clase de cuerpo que pone a los hombres de rodillas desde el principio de los tiempos.

Pienso en todas las bellezas de la Antigüedad y en lo hechizados que tenían a los hombres. Amo la historia, pero en este momento, desnudo a su lado, no me viene un solo nombre a la cabeza.

—Qué va —contesta—. Me gusta mi cuerpo —dice con convicción—, pero me ha costado toda la vida llegar a aceptarlo. Lo pasé fatal en la adolescencia cuando todas las chicas en la tele tenían la talla 34 y estaban retocadas a muerte. Incluso las chicas de mi colegio, que era privado, eran rubias, esbeltas con padres ricos. Ni en las revistas, ni en las películas ni en las aulas había chicas con un aspecto similar al mío.

Esta parte de ella, la adolescente insegura, me llega al corazón. Me recuerda a cuando estaba con Dakota, que tiene la piel más oscura que Nora y que sufrió los mismos problemas. Si la sociedad dicta que las mujeres deben tener cierto aspecto, ése y no otro, ¿qué pasa con las chicas como Nora, con sangre mestiza? ¿A quién pueden admirar?

Intento imaginarla como una adolescente feliz y sonrío.

—¿Cómo eras de adolescente? Me habría gustado conocerte.

Se ríe en voz baja.

—No te habría gustado nada. Era una loca salvaje, demasiado loca y demasiado salvaje para ti.

¿Demasiado salvaje para mí? Una vez más, me recuerdan que no soy el rey de la fiesta. ¿Desde cuándo ser tranquilo es malo? ¿Por qué tanto las chicas como las mujeres tienen tantas ganas de drama y de locura? ¿Las carreras ilegales de coches, las discusiones explosivas y la angustia permanente son más divertidas que estar en el sofá abrazados viendo Netflix?

¿Cómo dicen ahora? ¿«Relájate con Netflix»?

Sí, eso mismo. ¿Por qué las mujeres no pueden ser felices con una noche de Netflix y de relax? Ahora todo lo bueno está en Netflix.

—No paraba de meterme en líos en el colegio y con mis padres —añade Nora—. Si te digo que se avergonzaban de mí, me quedo corta.

Observo detenidamente a esta mujer salvaje, feroz y apasionada. Arrastro los dedos por su espalda desnuda. Incluso su espalda es sexi. ¿Quién iba a imaginarse que una espalda podría ser tan sexi? Las suaves dunas de su columna vertebral se curvan antes del nacimiento de su culo redondo. Lo acaricio con las yemas de los dedos y le doy un buen pellizco.

—Cada cual llama la atención a su manera —digo.

Su mirada cambia, pequeñas tormentas se forman en el verde de sus ojos.

—No sé si eso era lo que yo quería.

La he ofendido.

Perfecto.

—No quería molestarte.

Dibujo pequeños círculos en su piel y rezo para que no se levante o se aleje de mí. Me gusta su cuerpo así, pegado al mío. Me gusta que me envuelva su calor.

Suspira y se relame.

—No te preocupes, es que... —Se queda mirando al techo, pensativa—. Si me paro a pensarlo, sí que quería atención. Mi hermana, Stausey, siempre ha sido el centro del universo para mis padres, y yo sólo era una mota en el abismo, ni siquiera brillaba lo suficiente para llegar a ser una estrella.

¿No llegaba ni a estrella? La miro bien y no se me escapa la nota de anhelo en su voz. Memorizo su cara, las pecas de su frente y la pequeña cicatriz de la barbilla. Es tan tenue que ni me había dado cuenta de que la tuviera. La acaricio con el pulgar y me pregunto cómo se la hizo. Mis ojos ascienden hasta los suyos y luego se dirigen hacia su boca.

Pienso en su risa cristalina, en lo feroz que es, en la seguridad que tiene en sí misma. Es una estrella. Si las personas fueran estrellas, ella sería la estrella Polar.

—Y ¿qué hay de ti? —Se acurruca más pegada a mí—. ¿Cómo eras de adolescente? ¿Un rebelde sin causa?

187

—Ni de lejos. Leía mucho y me gustaba pasar el rato con mis amigos.

Me encanta sentir los dedos de Nora en mi piel.

—¿Tenías muchos amigos?

—No. Sólo dos.

—En tu colegio eran idiotas si no se daban cuenta de lo buen amigo que eres —dice con toda la certidumbre del mundo.

Me echo a reír.

—Es una forma de verlo.

Los dedos de Nora trepan por mi cuello hasta mi mejilla.

—No hay otra. Si yo te hubiera tenido de amigo en el instituto, mi vida habría sido mucho más fácil. Lo que me recuerda... —me mira mientras me acaricia la barba— que has sido un gran apoyo para Tessa estos meses. Me alegro mucho de que te tenga en su vida.

Desvío la mirada al oír el cumplido y ella me coge de la barbilla para que la mire.

—Lo digo en serio. No hay muchos como tú. No creo que seas consciente de lo especial que eres. Sé que suena cursi, sobado y un poco raro, pero *especial* se queda corto para lo que eres.

Tengo las mejillas incandescentes.

—Haría casi cualquier cosa por Tessa.

—Lo sé. —Esta vez es Nora quien desvía la mirada—. Dime, ¿qué clase de libros te gusta leer?

Volvemos a hablar de superficialidades. Me parece bien. Hay un límite para el sexo y el número de cumplidos que soy capaz de gestionar en una hora.

—Fantasía. Me encanta *El señor de los anillos* y los de

Harry Potter. También me gustan las distopías. En realidad, me gusta todo.

—Odio las distopías —dice ella con un gruñido.

Le doy un empujoncito con el hombro y le sonrío.

—Pero ¿qué dices?

Ella pone los ojos en blanco y se apoya en los hombros. Se recoge el pelo detrás de la oreja y se pasa la lengua por los labios.

—Te diré por qué. En casi todas ellas hay una chica, una guerrera, que tiene unos quince años y un montón de amigos fantásticos, y juntos son lo bastante fuertes para salvar el mundo, claro está. A los quince años yo no tenía la menor idea de quién era, y te garantizo que no era capaz de salvar el mundo.

—No estoy de acuerdo. Estoy seguro de que podrías haber salvado el mundo.

Asiente.

—Ahora sí, pero ¿cuando era adolescente? Estaba hecha un lío, me sentía una debilucha y tomaba muy malas decisiones a menudo. ¿Dónde hay libros así?

Tanto su pasión como su ferocidad hacen que me guste todavía más.

—No lo sé. Quizá deberías escribir tú uno.

Me sonríe y se me atraganta el aliento.

—Sí, debería. Seguro que se vendería como churros.

No me cabe la menor duda. Me encantaría leer cualquier cosa escrita por ella. A menudo, muy a menudo, he pensado en escribir. Pero no sé si mi vida ha sido lo suficientemente emocionante. Al tiempo.

—¿Tienes hambre? —Nora se sienta y la sigo con la mirada.

Por Dios, qué buena que está. No me puedo creer que acabe de acostarme con ella.

—Siempre tengo hambre.

Me coge de la mano y se levanta.

—Ven, voy a preparar algo de comer.

—Preferiría hacer otra cosa —digo sintiéndome muy osado.

Nora enarca las cejas sorprendida.

—La noche es joven. Hay tiempo para todo —responde con sonrisa pícara mientras me saca de la cama a regañadientes.

DIECINUEVE

Nos vestimos a medias, ella sin sujetador, con una de mis camisetas de la WCU y mi bóxer, y yo con un fino pantalón de algodón, porque cuando intento ponerme una camiseta gris, Nora me la quita de las manos y la tira a la otra punta del cuarto.

Menea la cabeza, me coge de la mano y salimos de la habitación. Nora me sujeta la mano con firmeza. Siempre las tiene calientes. Y, así, cogidos de la mano llegamos a la cocina. Va directa a la nevera. Yo me apoyo en la encimera y la dejo hacer.

Su cabeza aparece por detrás de la puerta abierta del frigorífico.

—¿Te gusta el repollo? —me pregunta.

Me echo hacia atrás.

—¿A quién le gusta el repollo? —replico.

Los rollitos de repollo que hacía mi madre apestaban toda la casa por lo menos durante dos días enteros. Era lo peor.

Una sonrisa aterradora le cruza el semblante.

—¿Lo has probado hace poco?

Niego con la cabeza.

Ella asiente y cierra la nevera.

191

—¿Quieres probarlo como lo preparo yo? Si no te gusta, te haré una pizza.

Se me ocurren treinta cosas que preferiría hacer antes que comer repollo. Veintinueve de ellas incluyen a Nora desnuda... Treinta, si contamos comer repollo directamente de su cuerpo desnudo.

Me pregunto si me costaría mucho convencerla.

Nora se acerca con un repollo enorme en la mano. Me hago atrás con una sonrisa y ella sigue avanzando con una sonrisa aún más amplia que la mía.

—Te propongo un trato —dice escondiendo el repollo detrás de su espalda—. Si pruebas dos bocados, te haré galletas.

Se relame, y no le digo que, con una boca como ésa, haría muchas muchas cosas por ella.

—Hum... —Me llevo los dedos a la barbilla, fingiendo que estoy sopesando pros y contras. Me encanta burlarme de ella y ver cómo me mira cuando lo hago. El brillo de sus ojos y la sonrisa descarada que se dibuja en su cara me ofrecen justo la gratificación que estaba buscando—. Y ¿me darás tú las galletas? —pregunto.

Nora asiente con una sonrisa.

—Y el repollo.

Me acerco a ella, me pego a su cuerpo hasta que la tengo contra la nevera y le acerco los labios al oído.

—Trato hecho, señorita.

Cuando se aparta, está sin aliento.

Minutos más tarde, el horno se está precalentando, y Nora ya tiene cortadas un montón de hojas de repollo. Decido intentar juntar las piezas del rompecabezas que es esta mujer.

Empiezo con preguntas sencillas.

—¿Te criaste en Washington?

Ella niega con la cabeza.

—No, cuando era pequeña vivía en California. Luego nos mudamos a Las Vegas y después a Washington.

—Dios.

Recuerdo que cuando nos trasladamos de Michigan a Washington fue como si pusieran mi pequeño mundo patas arriba. Me pasé dos meses echando de menos mi casa, el colegio y a mi novia. Bueno, a Dakota siempre la he echado de menos... Hasta ahora. De repente, me siento culpable. A veces todavía la echo de menos.

Nunca he estado ni en California ni en Las Vegas.

—¿Cómo es Las Vegas? ¿Fue allí donde te volviste una salvaje? —bromeo.

Como respuesta, me pide que le pase el aceite de oliva, y me dirijo al armario correspondiente a buscarlo. No sabía que tuviéramos aceite de oliva.

Cuando lo encuentro, alarga la mano para que se lo dé. Lo sujeto en alto.

—¿Fue en Las Vegas donde hiciste la salvaje? —pregunto otra vez, con la botella de aceite en alto, donde ella no puede alcanzarla.

Nora nos mira a la botella y a mí. Le hace gracia mi juego y está de buen humor.

—Sí y no. Tenía dieciséis años. —Se me acerca y me roza con el cuerpo al intentar coger la botella de nuevo.

—Quiero saber más del sí.

Se pega a mí un poco más, sus pechos duros contra la parte superior de mi abdomen. Empieza a costarme mantener la botella en alto. Siento que sus dedos me acarician por encima de los pantalones y, cuando me envuelve con

193

ellos la polla, no puedo controlar el gemido que escapa de entre mis labios.

Nora mueve la mano arriba y abajo, abajo y arriba, por encima de la tela. Veo borroso y la cabeza me da vueltas. Ella acerca la cara a mi cuello y me lo acaricia con su suave aliento.

—Ya es mío —dice, y tardo un segundo en comprender a qué se refiere.

Me quedo mirando la botella de aceite de oliva que tiene en la mano.

—¡Tramposa! —La cojo de los brazos y la atraigo hacia mí—. No es justo.

Su pelo huele a coco y parece seda en mis labios. Le doy otro beso en la cabeza y se derrite en mis brazos. La estrecho con más fuerza y, con el pulgar, le levanto la barbilla para verle los ojos.

—Nunca he dicho que jugara limpio —bromea con una sonrisa peligrosa.

Bajo la cabeza para besarla en los labios, pero se zafa de mí y huye de mi abrazo. De vuelta al fogón, la muy diablesa gira la cabeza y me guiña un ojo. ¡Me ha guiñado un ojo! Me encanta lo mala que es.

Intento no tocarla mientras habla. Me cuenta cosas de sus padres, de su mansión en Las Vegas, del verano que pasó aprendiendo a tocar el piano. Clases de piano, una piscina enorme y el sol de Nevada..., parece el paraíso.

Pinta las hojas de repollo con aceite de oliva y me explica anécdotas de las bromas que su hermana le gastaba y del invierno en el sur de California, donde el invierno realmente no existe. Habla de las palmeras y de lo espantoso que es el tráfico. Hizo una amiga, Pedra, y su hermana

Stausey conoció al que ahora es su marido, el hermano de Pedra, aquel invierno. Es el médico que vi en internet. Su sonrisa de anuncio de dentífrico y sus millones de diplomas me vienen a la mente. Nora recuerda aquel invierno con un deje de tristeza. Entonces me viene a la memoria el tipo que parecía el muñeco Ken en la foto de Facebook.

—¿Tenías novio? —le pregunto, fisgoneando.

Ella no me mira cuando me contesta.

—Algo así.

¿A qué viene tanto secretismo? Me vuelve loco. Me lleva de cabeza.

—¿Cómo era?

Sé que no quiere hablar de él.

Pero yo sí.

Antes de contestar, Nora abre el horno y coloca la bandeja llena de hojas verdes. Programa los minutos en el reloj y da media vuelta.

—¿Seguro que quieres saberlo? —Su mirada inquisitiva escudriña la mía—. Si te lo digo, no hay vuelta atrás. Sólo quiero asegurarme de que eres consciente de eso antes de empezar.

¿Quiero saberlo? ¿Qué es exactamente lo que va a contarme?

Quiero saber todo lo posible sobre ella, pero ¿y si cuando me lo cuente resulta que preferiría no haber preguntado? ¿Y si la realidad es mucho peor que este mundo de fantasía en el que vivimos?

¿Puedo quedarme en él un poco más? ¿Qué hay de malo en no saber? Decido que eso de que la ignorancia es una bendición se inventó para momentos como éste.

Está de pie, con las manos cogidas, mirándome fija-

mente. Decido continuar viviendo en el país de la ignorancia un poquito más.

—¿Cuál es tu comida favorita? —le pregunto, y no hago
caso del escalofrío que me baja por la espalda al descubrir
su mirada de alivio.

Se la ve más aliviada de lo que debería.

VEINTE

Nora tenía razón. Su repollo estaba delicioso. Nada que ver con los rollitos apestosos de mi madre. Lo ha cocinado a la plancha, hoja a hoja, y lo ha servido en forma de tapa. Y así ha sido mucho, mucho mejor de lo que imaginaba. Se ha sentado en la encimera y me ha dado un bocado tras otro. Sabían a ajo y a sal, y como me daba un beso en los labios después de cada mordisco, me he comido la bandeja entera.

—Ya te he dicho que estaba buena —señala echando un poco de lavavajillas en la bandeja del horno donde ha cocinado.

Me quedo mirando cómo friega los platos y me pregunto si debería ofrecerme a ayudar.

Sería lo suyo.

—¿Te ayudo?

Ella se vuelve, medio sorprendida, medio sonriente, como si le hubiera ofrecido un perrito blanco con tirabuzones.

—A ver si lo entiendo —dice relamiéndose y acercándose a mí—. Tienes la lengua de un santo, el cuerpo de un dios, el cerebro de un filósofo... ¿Y también ayudas a fregar los platos?

Le parece la mar de divertido, y me encanta lo confiado

de su sonrisa, ha bajado la guardia. También me encanta cómo le cuelga mi bóxer de las caderas. La camiseta no le está gigante, sino apretada en el pecho y holgada en los brazos. Ahora olerá a ella. No volveré a lavarla. Bueno, en algún momento tendré que hacerlo, pero no será pronto. Tampoco hago la colada tan a menudo.

Me pongo detrás de ella mientras finge fregar la misma bandeja que tiene en la mano desde hace dos minutos. ¿Con qué estará soñando despierta? ¿Con que la ayude a fregar? ¿Basta con eso para ganarse su corazón?

Al final, respondo:

—Así es, señorita.

Sus dedos largos sostienen el estropajo, que sumerge de nuevo en agua jabonosa.

—¿Vuelvo a ser una señorita?

Ladea ligeramente la cabeza, dejando el cuello al descubierto. No sé si me está tentando a propósito o si su cuerpo me llama sin que ella se dé ni cuenta. De cualquier modo, soy un cabrón con suerte.

—Soy mayor que tú —me reta.

Me echo a reír y observo cómo se le pone la carne de gallina. ¿Es por mí? Joder, creo que sí. Le rodeo la cintura con los brazos y ella se reclina en mí. Su cuello desnudo me llama por mi nombre. Lo beso, justo por encima de la curva de la garganta.

—Soy más grande que tú.

Vuelvo a besarle el cuello. Mi lengua se desliza por su piel tibia y ella jadea, sin aliento. Mis manos bajan a sus caderas y les doy un apretón.

—¿Más grande? —dice en voz baja y ronca. Se echa hacia atrás, su culo contra mí.

—Sí.

Mis manos viajan a sus pechos y los toman con suavidad, acariciándolos con delicadeza. Cuando encuentro sus pezones, cubiertos tan sólo por la fina capa de algodón de mi camiseta, los pellizco y se endurecen bajo mis pulgares. Los retuerzo y los pellizco con más fuerza. Sus gemidos se transforman en gimoteos y sus jadeos anhelantes me hacen palpitar de deseo.

Sus manos siguen debajo del agua, y aprovecho para acariciarle el vientre. Me detengo, no sé si debo ir más lejos. Como si me leyera el pensamiento, Nora gira la cabeza y alza la vista para mirarme.

—Conmigo puedes ser quien tú quieras, ¿recuerdas?

Con ella puedo ser quien yo quiera. Sin presión, sin preocuparme de si debo parecer valiente o apabullado, fuerte o débil. No tengo que atravesar los campos de dudas de mi mente, no tengo que cuestionarme cada cosa que digo o hago. Puedo prescindir de todo eso. Con ella hay un silencio y una calma que ni sabía que fueran posibles.

Miro cómo se enjuaga las manos con el jabón.

—¿Qué quieres, Landon? Dímelo. —Nora mueve las caderas, restregándolas contra mí—. No tengas miedo. Yo te deseo. —Me la coge con una mano a través del fino pantalón—. Te necesito.

—Date la vuelta —gruño. Apenas reconozco mi voz.

Ella no lo piensa dos veces. Se vuelve al instante. No estoy acostumbrado a que me mire con ojos de cordero degollado, jadeante. Su timidez es una novedad, y me pone a cien.

—¿Quieres que te diga lo que quiero? —le pregunto, y mi voz suena mucho más clara de lo que sonaba en mi cabeza.

Por dentro estoy nervioso, inquieto. Tengo mariposas en el estómago de pensar que voy a tocarla. Pero me mantengo erguido, mirándola fijamente, y me cuesta creer lo afortunado que soy.

Asiente y me atraviesa con la mirada.

—Quiero que te sientes en esta silla —le pido.

Cojo la silla que tengo más cerca y aparto a Nora del fregadero. Le gotean las manos y me ha mojado los pantalones. Se sienta en la silla con las manos en el regazo.

—Levántate —ordeno.

Obedece. Tiro de los calzoncillos que lleva puestos y se los bajo hasta las rodillas. Le quito la camiseta y observo, fascinado, el modo en que sus pechos bronceados cuelgan henchidos y redondos, sus pezones duros, esperándome. Su cuerpo es digno de admiración, y me arrodillo para adorarla.

—Siéntate —digo cuando mis rodillas tocan el suelo.

Lo hace, y con la yema de los dedos asciendo de sus tobillos a lo alto de sus muslos. Ella se estremece y me observa, se le corta la respiración cada vez que nuestras miradas se encuentran. Le abro las piernas con delicadeza y bajo la cabeza para besarla en el pubis. Nora me pasa los dedos por el pelo, me acaricia la cabeza mientras le dedico toda mi devoción a su cuerpo. Mis dedos exploran su sexo y le meto uno dentro. Ella echa la cabeza atrás y abre la boca, en éxtasis.

Meto y saco los dedos muy despacio mientras le doy pequeños besos que apenas rozan su clítoris. Nora gime y jadea con el movimiento de mis dedos. Me encanta lo expresiva que es, le va genial a mi ego.

Tras unos segundos de tormento, pongo fin a su sufrimiento con un extenso lametón.

—Joder... —dice cuando le doy otro.

Sabe a azúcar bañado en miel, y yo siempre he sido un goloso.

Cuando sus piernas se tensan, le rodeo los muslos con los brazos y los levanto lo justo para que tenga dónde apoyarse mientras se corre. Aprieto la boca, con fuerza, contra su entrepierna.

Dice mi nombre.

Dice que soy muy dulce.

«Eres el mejor, Landon. Eres el mejor.»

Me deleito con su sabor mientras se corre y le sujeto las piernas mientras se recupera. Está desnuda, sentada en la silla, respirando con fuerza, y no quiero parar. Noto cómo palpita en mi lengua al ritmo del orgasmo que acaba de tener.

No he terminado. Me ha dicho que haga lo que quiera, que sea quien yo quiera. Y así es como quiero ser. Alguien que adora su cuerpo y siente placer con su placer.

Cuando se corre por tercera vez, su cuerpo parece un flan. Se echa hacia atrás feliz, saciada y satisfecha. Tiro de ella para que caiga en mis brazos. Se derrite en mí y le acaricio la espalda con ternura. Minutos después, creo que se ha quedado dormida.

—Te digo que hagas conmigo lo que quieras y haces que me corra tres veces —susurra hundiendo la cabeza en mi pecho.

Sus brazos se tensan a mi alrededor, y me siento inmensamente feliz acunándola en el suelo de la cocina.

Le acaricio la mejilla y le aparto el pelo de la cara.

—Eso era lo que quería hacer.

Se incorpora lo justo para mirarme y se recoloca, de modo que sus muslos quedan a ambos lados de mis caderas. Tengo sus tetas en la cara. Sus tetas desnudas, para más información. Debo echar mano de todo mi autocontrol para no chuparlas.

—¿Puedes ser mío para siempre? —dice con una sonrisa juguetona.

Decido chuparle las tetas. Nora me coge de la nuca y me hunde la cara entre ellas. «Podría quedarme a vivir aquí, enterrado en su belleza —pienso—. Creo que debería quedarme aquí sentado todo el día y toda la noche con la cabeza en su seno.» ¿La gente todavía dice *seno*? Imagino que no.

Se echa a reír cuando le muerdo.

—¿Eso es un «Sí»?

Asiento, restregando la cara contra su canalillo.

Me deja disfrutar unos minutos, luego me levanta del suelo y acabo fregando los platos mientras ella prepara la masa para las galletas que me he ganado por haberme comido el repollo. Si Nora promete darme de comer verduras todos los días, es posible que me convierta en herbívoro en menos que canta un gallo. Comería batidos de kale y cosas llenas de grumosos cereales a todas horas siempre y cuando estuvieran hechos por ella.

Termino de fregar los platos y me acerco a ella. Observo cómo forma bolas con la masa. Lleva pepitas blancas y algo que parece una baya.

—¿De qué son?

—De chocolate blanco y frambuesa.

Con las galletas en el horno, mi apartamento se llena de ese aroma dulce que ya me es tan familiar, y decido que Nora debería venir a diario. Eso me haría muy muy feliz.

¿Dónde vive? Casi se me había olvidado que vino a casa con sus cosas en la mano.

—¿Has vuelto al apartamento? —pregunto cuando se sienta en la encimera y me acomodo entre sus muslos.

—No —contesta.

Nada más. Sólo «No».

—¿Dónde estás viviendo? ¿Necesitas quedarte aquí un tiempo? —le pregunto.

—No. —Esta vez sonríe, y le doy un beso de esquimal—. Mi hermana llega mañana y voy a quedarme con ella; vive pasado el puente.

—¿En Manhattan? Está muy lejos del trabajo.

—No tanto.

—Puedes quedarte aquí.

Me pasa los brazos por la nuca y me atrae hacia ella.

—No, no puedo.

—¿Por...?

Nora menea la cabeza.

—Si tu hermana llega mañana, ¿no voy a poder verte?

Asiente.

—Me gustaría conocerla.

Se le tensa la espalda y niega con la cabeza.

—¿Conocer a mi hermana? Es una pésima idea. —Me sonríe, pero yo no sonrío. Está usando su cara bonita como escudo contra mi curiosidad.

«¿Una pésima idea? ¿Por qué es tan mala idea?» Si vamos a intentar conocernos mejor, ¿por qué no puedo conocer a su hermana? No es que le haya pedido que se case conmigo, sólo quiero conocer a parte de su familia.

—¿Por qué? —pregunto, esperando que no detecte la vacilación en mi voz.

Nora se aparta de mí y se reclina contra los armarios de la cocina.

—Mi hermana... Mi hermana no es alguien a quien te pueda presentar en cinco minutos, requiere de una superproducción. Tendríamos que planificarlo bien. No creo que sea buena idea. Ameen y ella no son la clase de gente a la que uno saluda y punto.

Mientras habla, se va poniendo nerviosa, nada que ver con cómo estaba hace unos minutos. ¿Qué le da tanto miedo? ¿Por qué le da tanta importancia al hecho de presentarme a su hermana?

Miro la cocina y el pasillo. Pienso en mi cuenta corriente y en mi pantalón de chándal. Recuerdo lo bien vestida que iba su hermana en todas las fotos de Facebook. El pelo perfecto y mucho maquillaje, dientes blanco nuclear y vestido blanco impoluto. En una de las imágenes llevaba las muñecas cubiertas de diamantes tan resplandecientes como sus dientes y uno de los galardones de su marido en la mano. Uno de tantos. Un galardón tras otro, tras otro y tras otro.

Esta vez, el que se aparta soy yo.

—Vale, pues nada de conocerlos.

No explico mi repentino cambio de parecer y ella tampoco me pide que se lo explique.

VEINTIUNO

Me encanta descubrir que mi cama es perfecta para dos. Tiene el tamaño justo para que Nora deba acurrucarse contra mí. Su cuerpo está caliente, como siempre, y tiene la cabeza apoyada en mi hombro. Me mira con sus ojos seductores, brillantes y provocadores. La felicidad le sienta muy bien.

Los golpes contra la pared que escuchamos son demasiado fuertes como para ignorarlos. Provienen de la habitación de Tessa y, aunque tratamos de pasar de ellos, son sólo una parte del ruido...

De repente, estoy de vuelta en casa de mi madre, en Washington, escuchando cómo tienen relaciones sexuales en la habitación al final del pasillo. Ni siquiera creo que intenten no hacer ruido.

—Hardin y Tessa son muy ruidosos. —Se ríe, y yo también me echo a reír.

—Esto no es nada. Espera a que se peleen. Los oirán en toda Jersey.

Lo he vivido miles de veces. No hacen paredes lo bastante gruesas para contener a esos dos.

—¿Son siempre tan ruidosos? —susurra.

—Sí. Pero, de verdad, que no es nada parecido a cuando se pelean.

205

—Ha encontrado la horma de su zapato. Tessa no es de las que se dejan pisar —dice Nora con admiración.

—Cierto.

No le digo la de lágrimas que le ha costado llegar a ser como es hoy. A veces he pensado que iba a tener que matarlos, porque son cabezotas a más no poder.

Suena mi móvil en la mesilla de noche y estiro el brazo para cogerlo. El nombre de Dakota aparece en la pantalla, como un grito en mi habitación a oscuras.

Nora se incorpora y lee las letras luminosas: «Dakota».

Me duele el pecho. Detesto esta parte de salir con alguien…, o lo que sea que esté haciendo.

—Contesta —dice.

Niego con la cabeza e ignoro la llamada.

Nora apoya la cabeza en el codo.

—¿Por qué no has contestado?

«¿Por qué? ¿Tal vez porque se me haría muy raro hablar con ella delante de ti? ¿Porque es mi ex y todo es raro entre nosotros y todavía peor entre tú y ella?»

—¿No te sentaría mal? —le pregunto, no muy seguro de qué hacer en esta situación.

Nora se sienta en la cama.

—Si sigue habiendo algo entre vosotros, sí. Pero si no hay motivo para que no escuche la conversación, pues no, no me sentaría mal. Las mentiras me molestan. La verdad, no.

«Tiene gracia viniendo de ti», quiero decirle. Nora no miente, pero es la reina de la omisión y de callarse las verdades.

—Creo que no tengo nada que ocultar, pero no quiero que sea raro. Sé que erais amigas…

Resopla.

—¡Nunca hemos sido amigas!

—Bueno, compañeras de piso. Eso siguen siendo aguas turbulentas. No sé qué pasó entre vosotras para que las cosas se pusieran feas, aparte de mí. ¿Fue sólo por mí?

—Sí.

Un «Sí» es todo lo que consigo. Esta mujer es frustrante...

—¿Por qué no quieres que conozca a tu hermana? —digo de sopetón. Si quiere evitar preguntas sobre Dakota y ella, cambiaré de tema.

La miro a los ojos y ella se lleva un mechón rebelde detrás de la oreja.

—¿Es porque todavía estoy en la universidad?

Se revuelve ofendida.

—No. ¿Qué clase de pregunta es ésa?

Una pregunta muy razonable, doña Viajo-por-el-mundo-entero-con-mi-familia-de-cirujanos.

—Una buena pregunta —respondo a su mirada enfadada.

—De buena no tiene nada —contraataca.

¿Cómo le digo que soy un espía de primera y que he encontrado a su hermana en Facebook? ¿Debería contárselo? Sí, debería, porque a ella siempre le exijo que sea sincera. Sería lo justo, y ella siempre intenta ser justa. De acuerdo, tengo que contárselo... Pero se va a enfadar.

¿De verdad hay que ser siempre justo y sincero? A veces es mejor omitir ciertas cosas, ¿no? Por ejemplo, si me pusiera una camisa espantosa y le preguntara a Nora si le parece que la camisa es fea, ¿debería decirme una mentira? Sí. Me imagino una de esas camisas que llevan los padres cuando van de vacaciones, esas con flores. Son un horror. Me he prometido no ser nunca un padre de ésos. Quiero ser un padre moderno, y si Nora me miente sobre las camisas, no podré serlo.

En fin, está claro que la omisión puede ser tan mala como la mentira.

—Encontré el Facebook de tu hermana y lo estuve mirando —digo—. Vi a su marido y todos los diplomas y los premios que tiene, tus vacaciones en la playa y tu biquini amarillo.

Nora palidece y permanece sentada y en silencio mientras hablo.

—Vi la casa tan grande que posee y el coche que su marido le compró y a un chico que te rodeaba con el brazo.

A Nora se le hace bola el aire en la garganta. La he dejado pasmada, y se me queda mirando con cara de susto unos segundos antes de decir:

—¿Por... por qué has hecho eso?

—No he hecho nada. Es Facebook. Es de dominio público —respondo defendiendo el haber estado fisgoneando en su vida con la excusa más pobre del universo.

Vaya mierda de respuesta. No se me ha ocurrido excusa peor para mi curiosidad enfermiza.

Nora niega con la cabeza y se aleja más de mí.

—¿Cuándo ha sido eso?

—Hoy mismo, mientras esperaba a que volvieras.

¿De verdad ha sido hoy? El tiempo y el espacio no me cuadran desde que conocí a esta mujer.

—¿Qué más has descubierto? —Le tiemblan un poco las manos.

Las miro y ella se las lleva al regazo para que se estén quietas.

—Nada. Parece que tú no tienes Facebook.

Asiente, pero sin mirarme.

Y me doy cuenta de una cosa: sí que tiene Facebook.

—¿Qué esperabas encontrar? —pregunta mirándose las manos, que se sujeta con fuerza en el regazo. Se ha alejado otro poco de mí.

No tan deprisa... La cojo por los brazos y tiro de ella hacia mí. No me detiene, pero se levanta y sus muslos enmarcan mi cintura.

¿Siempre es así esto de salir con alguien? ¿Siempre tiene uno esta opresión en el pecho y la sensación de que, pase lo que pase, hay algo acechando a la vuelta de la esquina, esperando para estropearte y arrebatarte los momentos más felices?

—¿Qué escondes? —le pregunto con una calma que no siento por dentro.

Nora menea la cabeza.

—¿Por qué das por sentado que escondo algo?

Pongo los ojos en blanco y un brazo por debajo de la cabeza para poder recostarme y verla mejor en mi regazo. Tengo la otra mano en su pierna. Siento que es lo único que nos mantiene conectados, una hebra deshilachada que nos mantiene juntos.

—Pues porque algo escondes. No quieres que conozca a tu hermana. Tienes una página secreta de Facebook. No quieres hablar de tu ex ni de cualquier otra relación, y te has cerrado en banda cada vez que he intentado comprender por qué me ocultas tantas cosas.

Nora respira hondo y me mira con una sonrisa superfalsa.

—¿Sabes qué? ¿Quieres conocer a mi hermana? Pues venga. Te la presento mañana cuando salga del trabajo. ¿A qué hora termina tu turno?

Asiento.

—A las dos.

Asiente.

—Entonces, decidido. Ahora deja de cotillear entre mis trapos sucios, a menos que quieras que exponga los tuyos.

Frunzo el ceño y la miro fijamente.

—¿Mis trapos sucios? Yo no tengo trapos sucios.

Ella se echa a reír.

—Claro que los tienes.

La cojo de las caderas y la empujo para que su culo quede justo en la parte más baja de mi abdomen. Le paso los brazos por la espalda y tiro de ella para que se recueste en mi pecho.

—Explícate. —Le doy un beso justo debajo de la oreja.

—Dakota y tú. Yo diría que es un tema del que se puede hablar largo y tendido. Me ocultas vuestra relación, o lo que queda de ella. No le coges el teléfono cuando estoy yo delante. Eso da que pensar de alguien que finge ser un santo.

Esta mujer está loca. Le vuelvo la mejilla para que no le quede más opción que besarme.

—No tengo nada que ocultarte, salvo que Dakota y yo somos amigos. Creo que ella quiere más, pero no puedo dárselo. —Con manos nerviosas, cojo la cara de Nora—. Te lo has quedado todo. No queda nada que pueda darle a ella. Soy todo tuyo.

Ella me besa la comisura de los labios y mi boca se vuelve voraz. Su lengua traza generosos círculos en la mía.

—Mmm, suena bien —dice en mi boca.

—Tú sí que suenas bien —mascullo, y me alegro de que no parezca que lo haya oído o que no le importe. Su boca es fuego en la mía.

VEINTIDÓS

Nora

Joder, qué bien se le da distraerme. Me aparto un poco para poder pensar. Unos centímetros separan nuestros cuerpos, pero mi boca sigue en la suya. Sus labios son de seda. Demasiado suaves para que pueda prestarle atención a nada más.

Necesito recobrar la compostura.

Abro los ojos mientras me besa, su mano abandona mi muslo, y recupero una pizca de control sobre mi cuerpo.

Miro a mi alrededor, intentando encontrar algo en lo que fijarme. Un póster de hockey cuelga de la pared, dos hileras de ojos brillantes y hombres fornidos que me comen con la mirada. Con el *stick* en la mano, me observan como si hubiera hecho algo que mereciera el desprecio de sus miradas de superioridad y de tío bueno.

¿Por qué coño tiene Landon semejante cosa encima de la cama? Algunas veces no puede disimular su edad, es como si la llevara escrita en la frente con pintura fluorescente para que yo la pudiera ver. Como ahora, que estoy aquí, en su cama, leyendo el calendario de partidos de un equipo de hockey. Está claro que no suele traer aquí a demasiadas chicas, cosa que hace que el póster me guste un poquito más.

Pero otras veces es un hombre hecho y derecho. Posee alma de adulto. Es mucho más sabio que otros chicos de su edad, y tiene un corazón enorme. Es cuidadoso, y cada una de sus caricias significa algo. Se entrega con cada mirada, con cada beso. No se limita a poner su boca sobre la mía, sino que vierte su alma en mí y se lleva un pedazo mío con cada aliento.

Y su cuerpo. Tiene el cuerpo de un hombre, sus brazos son como gruesas cuerdas trenzadas. Sus mejillas están cubiertas de vello, y en su amplia espalda carga con el peso de muchos. Es la persona más considerada que he conocido. Pero por mucho que intente justificarlo, sigue siendo cinco años más joven que yo. Cuando pienso en nuestras edades, cuando sólo veo los números, las cosas cambian. Él es un niño, y yo me siento mayor.

La atmósfera cambia, la energía entre nosotros vibra con más intensidad. Está en segundo de carrera... ¿Qué tengo yo en común con él?

Su boca desciende por mi cuello y su lengua dibuja dulces remolinos en mi piel.

Se me ocurren un par de cosas que tenemos en común...

Y luego está Dakota. Ha vuelto a llamarlo. ¿Qué voy a hacer con esa chica? No tengo fuerzas para meterme en un triángulo amoroso de patio de colegio. Soy demasiado mayor para eso. Ya he pasado por ahí. Ya me he peleado con las amigas por un chico y he llorado agarrada a una botella de vino barato. Llegué a la vida de Landon antes de que tuviera tiempo para olvidarla y lo empujé en otra dirección.

Una parte de mí no entiende qué es lo que ve en ella, más allá de su aspecto. Es muy guapa y tiene un cuerpo muy trabajado, pero por dentro es maleducada, melodramática, infantil y...

¿Qué estoy haciendo? ¿Qué hago aquí en su cama, con su boca en mi cuerpo, elaborando una lista de todas las razones por las que su ex es odiosa? ¿Tan bajo he caído?

Acaricio la espalda de Landon mientras él sigue lamiéndome el cuello. Nunca había estado tan contenta con un hombre, y estoy segura de que no he conocido a nadie a quien le haya ofrecido el control de mi cuerpo y lo haya utilizado para comérmelo hasta dejarme agotada y satisfecha en su regazo, sentados en el suelo.

Aun así, no ha tenido tiempo de salir con nadie. Ella es la única persona con la que ha tenido una cita. Está viviendo en su primer apartamento cuando yo ya he pagado la hipoteca del mío. No ha vivido la universidad, cuando yo me he despertado más de una vez con resaca en el césped de la casa de alguien. Nunca ha ido a una fiesta de universitarios. Nunca ha tenido un lío de una noche. Dakota es todo lo que sabe de mujeres.

Ha echado raíces con ella. Posee una parte de él que nunca podré arrebatarle, la parte de los recuerdos de todas las primeras veces, que nunca serán conmigo. Pero ¿las necesito? Él tampoco tiene mis primeras veces. Las compartí con otro. Entonces ¿por qué me molesta tanto? ¿Es porque mi ex no nos persigue, no me llama cuando estoy en la cama con Landon?

Mi mente trae un recuerdo al primer plano: la cara de Cliff cuando Hardin lo tenía cogido del cuello. El crujir de sus huesos contra el suelo bajo la bota de Hardin. Envió a Cliff a espiarme. Sé que fue él, aunque no he tenido valor para preguntárselo. Prefiero no confirmar mis sospechas.

Dakota me suplicó, en la puerta de este mismo edificio, que me alejara de Landon. Quiere otra oportunidad para poder arreglar la relación. Ojalá supiera qué los mantiene tan unidos. ¿Qué hay entre ellos, todavía en carne viva, sangrante e inaccesible?

¿Voy a ser lo bastante fuerte para aplicar presión en esa herida y tener el estómago de suturarla?

Depende de lo que compartan. Sé que hay una razón por la que no está listo para dejar a Dakota sola en el mundo, sólo que no sé cuál es. No es sólo que perdiera la virginidad con ella, hay algo más.

Pero no es justo que le exija que me lo cuente cuando yo no estoy lista para compartir con él mi pasado.

¿Por qué el universo ha consentido esto? ¿Por qué ha permitido que dos personas que siguen atrapadas en el limbo de sus relaciones anteriores se sientan tan atraídas la una por la otra?

No sé por qué dejé que este desastre fuera a más. Debería haberlo mantenido como un coqueteo divertido con el amigo de una amiga, pero no lo hice. Más que nada, porque se convirtió en una obsesión y porque no podía guardar las distancias. No tardó en ser lo único en lo que pensaba, de un modo imparable e incontrolable, más o menos como su boca en mis tetas en este momento.

Le acaricio la nuca, que sepa que puede ser todo lo avaricioso que quiera.

Sé que no es el mejor momento para pensar en todo esto, pero no hay otra. Le hice una promesa a Dakota a sabiendas de que no la iba a cumplir, pero eso no quita que me sienta culpable. No es una persona tan horrible cuando no está amenazando con irse de la lengua sobre mi vida o echándome de un apartamento que era tan mío como suyo. Puede ser divertida, e incluso es divertido estar con ella. Cuando la conocí, me invitó a ir a bailar con ella. Acababa de desembalar mis cosas y quería conocer a mis nuevas compañeras de piso, Maggy y ella.

Dakota se vistió para matar. Se puso un vestido rojo ajustado y unos zapatos negros brillantes. Se alisó el pelo, que le caía por los hombros. Estaba para darle un buen revolcón, y lista para comerse el mundo. Me dijo que acababa de pasar por una ruptura y que necesitaba despejarse la cabeza. Le sugerí que bailara con Aiden, el chico alto y rubio de su academia de baile. Si hubiera sabido la clase de ruptura que había «sufrido», nunca se lo habría propuesto.

Yo estaba acostumbrada a las típicas rupturas: que los novios de mis amigas les pusieran los cuernos, o que uno de los dos decidiera que necesitaba centrarse en su carrera. Ésas son la clase de rupturas que estoy acostumbrada a aliviar con una noche de juerga con las chicas.

De haber sabido que la otra mitad de su ruptura era Landon, no la habría animado a bailar con el rubio. Por aquel entonces, Landon no era más que una imagen diminuta recortada de una foto del baile de graduación del instituto. Era el chico que acababa de empezar la universidad y que vivía en la otra punta del país. No sumé dos y dos hasta que empecé a quedar con Tessa aquí, en Nueva York.

Para entonces ya había comenzado a prestarle atención a Landon, ya habíamos tenido nuestro momento en el baño. Dakota actúa como si yo hubiera ido detrás de él a propósito sólo para herirla. No soy tan mala persona. Podría haberme alejado de él cuando me di cuenta de que el compañero de piso perfecto de Tessa, el sumun de todo lo que siempre he querido en un hombre, era también el exnovio de mi compañera de piso.

Landon era el novio devoto y empollón de Michigan, el que la trataba como si fuera de cristal cuando follaban. Dakota nos contó miles de historias sobre él y el pánico que le daba probar cosas nuevas. Nos contó que una vez intentó que se lo hiciera a cuatro patas y él se corrió antes de haber empezado siquiera, cosa que, la verdad, es una vergüenza.

Miro a Landon, el Landon que es mío y sólo mío, al menos mientras tenga su cuerpo debajo. Sus manos se clavan en mis caderas. Su boca es muy posesiva. Me dice cosas que sus labios son demasiado tímidos para pronunciar. Me encanta lo mucho que él me llena. No sé cómo explicarlo, me hace sentir cuidada, satisfecha, importante, a salvo y llena de vida y de felicidad. No sé..., con él me siento en paz.

Le acaricio los abdominales con las uñas, lo justo para dejar unas marcas rojas. Son las líneas de un campo de batalla. «¡Es mío!», quiero gritarle a Dakota... Aunque ¿y si no lo fuera? Tal vez sea demasiado bueno para ninguna de las dos, y le haríamos un gran favor si las dos lo dejásemos en paz.

Aunque ella jamás lo haría, nunca se alejaría de su muleta el tiempo suficiente para que pudiera respirar, y me gusta pensar que yo le abro los pulmones. Quiero que sea libre cuando está conmigo, que pueda ser él mismo y anteponer sus necesidades por una vez en la vida. Dakota parece querer mantenerlo encerrado en un romance de la infancia que le aterra dejar atrás. Si supiera qué hay entre ellos, me sería más fácil navegar las aguas turbulentas.

Debería haber aprendido la lección, se ha enfrentado a mí mil veces por él. No va a desaparecer sin pelear, y yo estoy demasiado cansada para plantarle cara. Algo ha pasado entre ellos que convirtió a Landon en su caballero de brillante armadura y a ella en la damisela en apuros perfecta.

Y ¿qué hay de mí?

¿Dónde coño me deja eso a mí?

Yo no necesito a Landon por los motivos que ella lo necesita, pero eso no me hace menos merecedora de su afecto porque yo quiero ayudarlo a crecer y mantenerlo en lo más alto, es lo que él merece.

No comparto el pasado que ella comparte con él, pero puedo ofrecerle un buen futuro... Si me da la oportunidad de hacerlo.

Landon jadea y restriego las caderas contra él. Se le ha puesto dura. Dura como una piedra por mí. Sus manos acarician, pellizcan y miman cada centímetro de mi piel con una furia desesperada que me encanta descubrir. Le tiro del pelo y llevo los labios a su oído.

—Eres increíble, Landon. Demasiado bueno —lo animo, y jadea debajo de mí.

Me hace sentir como una reina, y para mí él no es ningún campesino, sino el rey al que adoro. Mi rey, y juntos reinaremos como iguales. No pienso ser la mujer florero de nadie, embutida en un vestido y unos tacones. No voy a ser como Stausey.

No estoy siendo justa. Ameen la quiere mucho, lo sé, y una parte de mí envidia la vida que tienen. No es que desee su vida, sólo quiero un compañero. No necesito una casa enorme con juegos de toallas iguales y porcelana fina. Sólo necesito a alguien que quiera pasar el tiempo conmigo. Preferiría tener a alguien que me escuchara cuando hablo mientras vemos una película a despertarme con un Mercedes envuelto en un lazo rojo en la puerta de casa.

Las manos de Landon vuelven a mis tetas y las rodea, dejando claro que son suyas. Prefiero esto a cualquier bien material. Me pasaría horas y días así con él. Pero se me acaba el tiempo. Tiempo es lo que no tengo.

Dakota, sí. Me lleva muchos años de ventaja. Hace que su relación con Landon sea más que un amor de la infancia. Podría soportarlo si se hubiera acabado. Es la historia más vieja del mundo: dos niños que son vecinos y que crecen juntos bebiendo limonada en los escalones de la casa de sus padres. La amistad se convierte en amor, y vivieron felices y todo eso. A mí también me pasó. Aunque me parece un estereotipo muy gastado, la verdad es que es muy cómodo y conveniente.

Yo me refiero a algo más profundo. Algo cambia cuando compartes una tragedia. Lo sé por experiencia. Recuerdo lo peor de mi relación con el hermano de Ameen, fue cuando me dijo que mi hermana era bonita. Me moría de celos, y eso que sólo tenía catorce años. Superé los celos y llegamos a ser amigos tras la ruptura. Bueno, la primera ruptura.

Desde entonces hemos creado unos cuantos problemas de adultos, y ahora que nuestros hermanos están casados, no hay manera de solucionarlos. Pese a la letra pequeña, nuestra relación acabó hace mucho.

Nuestros hermanos nos recuerdan lo perfectos que somos y que pasamos años comiendo sus quesos pijos y sus vinos caros, vinos que me doblaban la edad. Y ahora vamos a compartir un bebé, mi sobrinita. El ángel que mis padres esperan con ilusión para que restaure el puente en ruinas que une a las dos familias. Voy a ser tía. Él será tío. Pero no vamos a estar juntos. Si yo fuera ellos, no esperaría sentada.

Sé que mi hermana y mis padres me culpan por la relación hostil con los padres de él, pero sólo me culpan porque es más fácil que admitir la verdad.

¿En qué estaba pensando cuando le he dicho a Landon que iba a presentarle a mi hermana?

—¿En qué estás pensando? —Landon me besa el cuello y entre los pechos.

Este hombre es un caramelo, y no puedo decirle que estoy analizando nuestra relación y decidiendo nuestro futuro mientras me besa por todo el cuello y el pecho.

—En lo mucho que te deseo —contesto.

Tengo los labios en su barbilla, repartiendo pequeños besos, y luego van a por su boca. Levanto las caderas para que sepa lo que quiero y cómo lo quiero.

VEINTITRÉS

Landon

El Uber al apartamento de su hermana se me hace mucho más largo que los treinta y siete minutos que tarda en realidad. En mi aplicación dice que todavía faltan seis minutos para llegar al edificio de la Treinta y Cuatro Oeste. Iba a coger el metro, pero esto me parecía menos caótico. Al volver a casa del trabajo, tenía un mensaje de Nora con la dirección de su hermana. Me decía que nos veríamos allí a las ocho. No me ha dado más detalles. Sólo la dirección, la hora y una carita sonriente.

Esta mañana, antes de irse, Nora parecía tímida. Me ha dado un beso y me ha susurrado lo bien que se lo ha pasado conmigo. Hardin y Tessa estaban allí, así que no ha dicho nada más.

Tengo la impresión de que, por algún motivo, quería llegar a casa de su hermana antes que yo. Tal vez para hablar con ella en privado. No sabré dónde me estoy metiendo exactamente hasta que cruce el umbral del apartamento en Manhattan. Durante el trayecto, le escribo dos mensajes a Tessa, pero no me contesta. Estoy segura de que Hardin la tiene muy entretenida con otras cosas.

Miro el móvil una vez más y aprovecho para enviarles un mensaje a mamá y a Ken diciéndoles que estoy bien. No les menciono mis planes para la velada. No necesito meterlos en esto más de lo que ya los he metido, y tampoco quiero darles más tema de conversación del que ya tienen. Voy a conocer a la hermana de Nora, estoy seguro de que mi madre no tardará en enterarse.

—¿Es aquí? —pregunta mi conductor de pelo lacio.

Ha puesto el intermitente, y espero que esta vez la calle no sea de un solo sentido. Creo que está acostumbrado a conducir por Brooklyn, no por Manhattan. Hay mucho tráfico en esta intersección, estamos en algún punto entre la Quinta y la Sexta Avenida. Apenas he visto Manhattan desde que me vine a vivir a Nueva York. Ahora entiendo por qué la gente de aquí tampoco pasa mucho tiempo cerca de las atracciones turísticas.

Mi conductor repite la pregunta y apaga la radio. Por lo visto, le encanta, le chifla, le pierde Linkin Park. Creía que en el mundo no quedaba nadie que todavía escuchara el disco *Hybrid Theory*, pero este conductor de Uber me ha demostrado lo contrario. Salió a la venta cuando yo estaba en el colegio, pero cuando yo era joven tenía que gustarte Linkin Park para poder considerarte un tío guay. Cosa que yo no era. Y eso que lo intenté, incluso probé a llevar pantalones anchos, de los que dejaban ver los calzoncillos. Hasta me compré una cartera con cadena.

Gracias a Dios que por aquel entonces no había redes sociales. Si hubiera tenido Facebook o Twitter, quedarían muchas pruebas de mis días de querer ser grunge. A día de hoy, no soporto el perfume a limón porque me pasaba los veranos poniéndome agua oxigenada y limón en el pelo para aclararme las puntas. Tengo la impresión de que mi conductor también usaba agua oxigenada y limón.

Miro por la ventanilla y leo el letrero negro en letras mayúsculas frente al edificio a nuestra izquierda: 408 TREINTA Y CUATRO OESTE.

—Sí, eso creo —digo.

Vamos allá...

Salgo del coche y me aliso la camisa. He optado por un atuendo sencillo que no impone nada. Voy todo de negro. La camisa me queda un poco más ajustada de lo que me gustaría, pero eso me pasa por comprar la ropa por internet y no mirar bien la talla. Tampoco me queda a reventar, yo creo que voy bien.

O eso espero.

El portero me saluda cuando me acerco. Está junto a la puerta, sentado en un taburete. Su cara me suena, como si fuera un personaje de una película o de dibujos animados. Al aproximarme, me doy cuenta de lo bajito que es. Rechoncho y con la nariz redonda y cubierta de capilares rotos.

Paso la mano por los arbustos podados en forma de bola que hay frente a la entrada del edificio. Hasta el exterior parece caro. Cojo una pequeña flor rosa y la tiro de vuelta al macetero. ¿Por qué lo he hecho? ¿Es raro sentir el impulso de arrancar una flor de la tierra? No sé la de veces que lo habré hecho, sin pensar. ¿Soy una especie de sociópata al que le gusta arrancar flores de cuajo y arrojarlas de nuevo al macetero?

¿Le estoy dando demasiadas vueltas?

Es probable.

El portero y yo intercambiamos unas cuantas frases

cordiales y luego me pregunta a quién vengo a ver. Llama al apartamento de la hermana de Nora y yo admiro el interior del edificio, que me recuerda a un hospital. Paredes blancas y relucientes, superficies brillantes, y huele a desinfectante con esencia de pino y otros aromas artificiales. Está bien, pero como la única decoración consiste en flores de plástico, todavía se parece más a un hospital.

El portero me indica que vaya al piso treinta y algo y señala los ascensores. Estaba distraído y no lo he oído bien. Me da apuro pedirle que me lo repita, así que me asomo por el largo pasillo rezando para que Nora aparezca de repente y me lleve a casa de su hermana. Es la clase de edificio por la que uno no puede vagar sin rumbo sin que alguien llame a la policía.

Como por un milagro, las puertas se abren y veo que dentro está Nora, con el pelo negro perfecto y brillante cayéndole por los hombros como dos rectas resplandecientes. Es un pelo precioso. Ella es preciosa. Se ha pintado la raya de los ojos, negra, y sus cejas parecen también más oscuras, más definidas. Está distinta. No le queda mal, sólo es que nunca la había visto así.

Estoy acostumbrado a verla maquillada, el pintalabios rojo de ayer le sentaba de miedo, pero parece más mujer. La blusa negra y los pantalones están impecables, igual que su pelo negro y sus ojos oscuros. El verde destaca más ahora que las líneas negras contrastan con el color de sus pupilas. Va muy sexi. La blusa le cuelga de los hombros y el escote cae sobre su pecho en forma de corazón. Es casi inapropiado que vaya tan guapa cuando yo tengo que comportarme delante de su familia.

—Este ascensor es demasiado pequeño —le digo una

224

vez dentro. Ella me sonríe con timidez. Le cojo la mano y se la beso. Cuando se cierran las puertas, pulsa un botón con la otra mano y con cuidado la atraigo hacia mí—. ¿Qué tal el trabajo? —le pregunto dándole un último beso en el pelo.

Nora entreabre los labios y apoya su cuerpo en el mío, mientras que yo me recuesto en la pared.

—Bien. —Sus labios saben a almíbar—. ¿Me has echado de menos? —inquiere en voz baja.

—¿Es el cielo azul? —le digo. Incluso ladeo la cabeza y pongo mi mejor sonrisa de cachorro.

A ella se le ilumina la cara al instante y menea la cabeza. Se acaricia la barbilla con sus largas uñas y me devuelve la sonrisa.

—En realidad, creo que el cielo hoy estaba un poco gris. La cojo de la cintura, pero me esquiva justo a tiempo.

—Paciencia, pequeño.

Miro a lo lejos en el pasillo y, cuando ella se vuelve para seguir mi mirada, aprovecho para pillarla desprevenida, rodearla con los brazos y sujetarle las manos contra el pecho. Con la mano izquierda, le aparto el pelo del cuello y le beso la suave piel perfumada.

—Creo que deberías mirar otra vez. —La empujo contra la pared del pasillo. No hay nadie. Mejor—. El cielo estaba despejado.

Las yemas de mis dedos siguen la curva de sus pechos redondos. Es la mejor blusa que he visto; el pecho de Nora sube y baja, baja y sube en ella. Lleva una gargantilla negra, y me muero por meterla otra vez en el ascensor y apretar el botón de parada.

Nora se relame y mete las manos en los bolsillos traseros de mis vaqueros negros.

—Supongo que tienes razón, está despejado —dice.

Me muerde los labios, gruño y la empotro contra la pared. Se abre una puerta y me aparto de ella al instante al oír el traqueteo de unos tacones de aguja. Una mujer, a la que reconozco de inmediato, está mirándonos con unos ojos como platos mientras se tapa la boca con la mano. Es Stausey. Deja caer la mano en cuanto se encuentran nuestras miradas, pero parece incapaz de parpadear.

—Stausey... —dice Nora. Me alejo de ella y me aliso la camisa—. Te presento a Landon.

Me apresuro a cogerle la mano. Ella la levanta, y se la beso. Se acerca para besarme en las mejillas. No sé hacia qué lado volver la cara y, ¡zas!, sus labios acaban en los míos y ella se aparta horrorizada. Nora nos mira boquiabierta, pero parece que le hace gracia. Su hermana, que está muy embarazada, también sonríe y parece comprender que saludar con dos besos, a la europea, puede resultar muy confuso para la mayoría de los americanos y para los recién llegados a Nueva York.

—Encantado de conocerte.

Stausey me mira detenidamente, estudiando mi vestimenta, mi pelo, mis manos y mis zapatos. Se lleva las manos a su vestido y se arregla el lazo que le rodea la cintura. Debe de faltar muy poco para que dé a luz, y su cuerpo parece demasiado pequeño para esa tremenda... bola de bebé que lleva dentro.

—¿Qué tal el viaje? —pregunta acompañándonos hacia la puerta por la que acaba de salir.

—No ha estado mal.

Dentro, en el centro de la habitación contigua, veo a un hombre detrás de una barra. La sala de estar es gigantesca,

226

del tamaño de mi apartamento, y el espécimen de marido perfecto de Stausey está sirviendo vino tinto en una hilera de copas altas.

—Yo intento quedarme a este lado del puente cuando estamos en la ciudad. Brooklyn está muy lejos —suspira Stausey.

Sus tacones repiquetean contra el suelo mientras camina. Nora musita algo sobre Miranda y *Sexo en Nueva York*, y su hermana me ofrece una copa.

No sé qué decir, y la verdad es que podría usar la copa para llenarme de coraje. Acepto su oferta y sigo a la hermana de Nora a la barra.

VEINTICUATRO

—Es una botella de Château Moulin de Roquette de 2009, Landon. Es un burdeos —me explica la hermana de Nora con un toque de acento francés.

No sé de qué me habla, imagino que del vino. A mí me parecen todos iguales...

Asiento y le digo que suena genial. Por mí, como si fuera una botella de cinco dólares del supermercado.

El marido de Stausey sale de detrás de la barra y entonces me ofrece la mano. Su atuendo es mucho más informal que el de su mujer. Los vaqueros oscuros están gastados y va descalzo. Lleva una camiseta blanca, no una camisa y me da la impresión de que es mucho menos estirado de lo que imaginaba.

—Hola, chaval, encantado de conocerte —dice con una sonrisa. No podría tener los dientes más blancos—. Yo soy Ameen, pero puedes llamarme Todd. —Se encoge de hombros y mira a su mujer—. O Ameen.

—Sophia nos ha hablado mucho de ti. He oído que nuestros padres son vecinos. Qué pequeño es el mundo —dice Stausey mirando directamente a su hermana.

¿La llama Sophia? Tomo nota.

—Lo es —contesto sin saber qué más decir.

«El mundo es muy pequeño, Stausey, pero me parece que tú vives en lo más alto.»

Miro la estancia. Hay un piano de cola y muebles de estilo contemporáneo. Todo conjuntado: desde los cojines del sofá hasta el cuadro que hay junto a la entrada al pasillo.

—Vamos —dice Stausey cogiéndome de la mano—. La cena ya casi está.

Me conduce al comedor y me instala presidiendo la mesa.

—Landon, siéntate a mi lado —dice Nora señalando la silla que hay junto a donde ella se está sentando.

Asiento y voy a donde me dice. Stausey acaba sentada delante de mí, con Todd a su lado, frente a Nora.

—Todd es un gran cocinero —anuncia la anfitriona, y Nora me sirve más vino. La comida tiene una pinta estupenda: pollo asado con arroz y todos los tipos de hidratos del mundo. Stausey le da un beso en la mejilla a su marido y sonríe de pura admiración—, ¿verdad que sí?

Miro a Nora, que agacha la vista hacia su plato. Cuando alza la mirada hacia la mía, sonríe y se muerde el labio para contener la risa. Coge unas pinzas del centro de la mesa y se sirve de la segunda bandeja, que está hasta arriba de verduras.

—Landon... —empieza a decir Todd, que tiene la amabilidad de iniciar la conversación. Los demás parecemos incapaces de decir nada, aunque habría preferido que lo hiciera antes de que me llenara la boca de pollo—. Sophia dice que estudias en la NYU. ¿Te gusta? Tengo muchos amigos que estudiaron allí.

Nora le da otro bocado a su comida y yo mastico a toda velocidad para poder contestarle.

—Me encanta. Estoy estudiando Magisterio y Educación Infantil, y en segundo es cuando se pone interesante.

Stausey se atraganta con el pan, y yo bebo agua para aliviar el picor que siento en la garganta.

—¿Segundo? Creía que estabas en el último curso en la Universidad de Nueva York.

Parece ser que los acrónimos le parecen poco elegantes a Stausey.

—No, en segundo. Llevo unos cuantos créditos adelantados, pero me trasladé aquí desde Washington en cuanto acabé primero.

Nora me mira con una expresión que no sé leer, y Stausey se vuelve hacia ella con cara de no entender nada.

—Hum —murmura, y mira fijamente mi copa de vino.

Imagino que su marido y ella acaban de darse cuenta de que no he cumplido los veintiuno y, por tanto, no puedo beber de manera legal en su casa. No sólo han dejado entrar en su palacio a un universitario que vive en Brooklyn, sino que además han infringido la ley por él.

—Imagino que lo entendí mal —dice Stausey clavándole la mirada a su hermana pequeña—. En fin, ¿qué te parece Nueva York? Es una ciudad preciosa en la que es imposible aburrirse. Aunque a veces detesto que haya tanta gente. Vivimos a caballo entre el estado de Washington y la ciudad, aunque a mí esto me gusta más.

Nora me cuenta que su hermana siempre está mudándose, y Stausey dice que tiene suerte de que su marido sea tan buen cirujano y de que se le dé tan bien invertir en bienes inmobiliarios. Precioso. ¿Es ésta la parte en la que menciono que me sé de memoria todos los diálogos de *El señor de los anillos*? Los méritos de su marido no se parecen en absoluto a los míos. La verdad es que no tengo nada que aportar a la conversación.

—Me lo imagino. —He decidido decirle que sí a todo, será lo más sencillo.

La hermana de Nora habla de viñedos y privilegios y de una sinfonía que tienen que esperar un mes para escuchar en concierto. Asiento, y Nora añade un par de palabras aquí y allá. Stausey habla por los codos. Limpio el plato, me lo lleno otra vez y vuelvo a comérmelo todo. Cuando termino, Nora me pregunta si estoy lleno, y en cuanto le digo que sí, Stausey se levanta y regresa con una tarta. Tiene muy buena pinta, con cobertura de malvavisco, y bizcocho de chocolate y vainilla.

Le pregunto a Nora si es obra suya, y ella asiente.

—Es la mejor tarta que he probado —digo no una, sino dos veces.

—Sophia es la mejor repostera del mundo, ¿verdad? Yo creía que estaba loca por no haber estudiado Medicina. Es muy difícil acceder a esa carrera y ella lo había conseguido. Me parecía una locura que prefiriera aprender a hacer cupcakes. —El tono de Stausey es pasivo-agresivo como poco. Reparte hostias con una sonrisa tan melosa que uno casi ni se da cuenta.

Pero Nora lo nota, y le lanza una mirada asesina.

—A la familia le va muy bien sin otro cirujano más —replica. Nora ha terminado de comer y va por la tercera copa de vino. ¿O es la cuarta?

No quiero que la velada acabe en batalla. Quiero que todo el mundo esté a gusto y, por supuesto, quiero que su hermana y su marido se lleven una buena impresión de mí. El ambiente se está poniendo tenso, y vamos todos de puntillas por la cuerda floja. Un resbalón y nos caeremos al foso.

—Es una gran cocinera. —Sigo el ejemplo de Leonardo DiCaprio en *El gran Gatsby* y le dedico un brindis a mi chica. Nora me mira y se muerde el labio inferior—. Las cosas que hace son impresionantes. Mi compañera de piso, Tessa, trabaja con ella, y me ha dicho que es la primera chef de repostería a la que han ascendido tan rápido.

Sigo alabándola. Recuerdo que en el pasado no le impresionaba en absoluto que dijera que era repostera.

Todd es el primero en hablar.

—Es fantástico, Soph. Supe que eras una cocinera extraordinaria desde que eras pequeña. ¿Te acuerdas de cuando tenías aquel horno en miniatura y te pasabas el día haciendo pasteles? —Le da un trago al vino tinto y nos mira a Nora y a mí—. Una vez me convenció para que le pagara veinte dólares. ¡Veinte dólares por un pastel!

El cuñado de Nora la mira con orgullo. Eso está bien. Debe de ser buen tío para admitir que está impresionado con Nora, porque es para estarlo.

—Es muy pilla —bromeo clavándole el índice en el muslo.

Ella me coge de la mano por debajo de la mesa y entrelaza nuestros dedos.

—Mi hermano y ella se metían en toda clase de chanchullos —continúa Todd—. Una vez me pidieron que les comprara un carrito para poder vender comida.

Todd tiene el don de recordar momentos de Nora de los que a mí me encantaría formar parte.

Bebo un poco más de vino, aunque sé que no me atreveré a pedir más una vez que me haya bebido mi copa.

—¿Desde cuándo conoces a Nora? —le pregunto, pero es Stausey la que contesta.

—Desde que ella tenía diez años. Todd y yo éramos novios en el instituto. —Coge las manos de su marido y me mira.

Recuerdo que Nora me habló de la hermana pequeña de Ameen y de que se hicieron amigas. ¿Cómo se llamaba? ¿Pedra? Aunque no mencionó a ningún hermano. ¿La entendería mal?

—Sí, aunque nos ha costado mucho llegar hasta aquí —admite él, recordándole que no son perfectos, pese al hecho de que parece que Stausey necesita que piensen que lo es. No la conozco. No sé por qué la juzgo con tanta dureza. Si no hubiera visto su Facebook, ¿qué pensaría de ella?

—Stausey y mi hermano eran íntimos —dice, guiñándome un ojo.

Stausey besa la mejilla de su marido.

—Así es, pero desde el día que nos conocimos, Ameen y yo nos volvimos inseparables.

Nora me acaricia la mano con el pulgar, y desearía tenerla unos minutos para mí solo. Quiero preguntarle qué tal lo estoy haciendo y si se encuentra bien.

—¿Cuándo volvéis a Washington? —pregunto para que cualquiera de los dos me conteste.

Para mi sorpresa, no es Stausey. Ha estado mucho más callada estos últimos minutos que en toda la noche.

—El martes —dice Todd—. Stausey se quedará aquí y yo me voy a una conferencia. El martes volveré a por ella y cogeremos un vuelo nocturno a Washington. Tenemos una gala benéfica el miércoles por la noche. Nos espera una semana muy movidita.

Sonríe y parece un poco preocupado. Cada vez me cae mejor. Que para él lo de volver a recoger a su mujer desde otra ciudad parezca tan poca cosa como coger el metro me hace sonreír para mis adentros.

Nora me mira, pero no digo ni mu.

—¿Tienes tiempo libre para salir a comprar conmigo cosas para el bebé, Soph? —pregunta Stausey.

Se me hace raro que todos la llamen Sophia, y lo de Soph, ya ni te cuento. ¿Qué pasa si yo la llamo así? Y ¿cómo es que aquí todo el mundo tiene dos nombres? Nora-Sophia y Todd-Ameen. ¿Qué hago?, ¿les pido que me llamen Matthew? Es mi segundo nombre, y no me costaría mucho pedirles a mis amigos íntimos que me llamasen así. Me pregunto si eso confundiría a Nora del mismo modo que tanto cambio de nombre me tiene hecho un lío a mí.

Nora asiente y parece que le apetece mucho ir de compras. No sé si se lleva bien con su hermana, pero está claro que está encantada con la llegada del bebé.

VEINTICINCO

Después de treinta minutos de conversación intrascenden-
te, es hora de quitar la mesa. Las hermanas han desaparecido en la cocina y estoy sentado en el sofá con Todd y un
ejército de almohadones decorativos. Uno tiene un estam-
pado de zorros diminutos, distribuidos como si fueran to-
pos. Los demás son lisos. ¿Por qué hay tantos? ¿De verdad
hacen falta tantos? Apoyo el codo en el de los zorros para
comprobar si es cómodo y me hundo hasta el hombro.
Vale, son muy cómodos...

—¿Lo estás pasando bien? —me pregunta Todd.

Me da mucha envidia la sonrisa de príncipe de Disney
que tiene este tío. Conoce a Nora desde que era una niña,
es cirujano y además un marido que posee una segunda
residencia en Nueva York sólo por si le apetece visitar la
ciudad. Yo comparto una caja de cerillas con mi mejor
amiga y acabo de empezar a comprender que debo separar
la colada por colores. Nora está acostumbrada a pasar
tiempo con esta clase de gente. Gente que sabe lo que quiere y que está en la edad de tener hipoteca y acumular puntos para poder volar gratis.

Intento acomodarme en el sofá y me abrazo a uno de
los cojines.

—Le encantan los almohadones —dice señalando el que tengo en el regazo.

—Es cosa de mujeres, creo. Mi madre también es así.

¿«Mi madre»? ¿En serio? Estoy en el piso quince de un apartamento con vistas al centro de Manhattan... y ¿me pongo a hablar de mi madre?

Esta noche soy un pez fuera del agua. Pienso en la casa de mi madre, en la moqueta que siempre parecía estar sucia. Solía alquilar una de esas aspiradoras industriales y se pasaba horas limpiándola, pero los años de manchas se negaban a desaparecer.

¿Cómo habría sido tener a Nora en mi ciudad natal? ¿Habría sido demasiado luminosa para una ciudad encapotada del Medio Oeste? Miro la espaciosa sala de estar y cuento los candelabros que cuelgan del techo. Veo tres con el rabillo del ojo. Todas las piezas ornamentales están perfectamente colocadas en la repisa de la chimenea eléctrica. Una estatua de metal, una talla de madera con forma de pirámide...

—Van a tardar en salir de la cocina. —El cuñado de Nora se frota el cuello con una mano—. Me alegro de que vuelvan a hablarse. —Suspira y coge una botella de licor de un mueble que hay junto al sofá.

Está lleno de distintos tipos de bebidas y cocteleras. Hay una lima, un limón e incluso pajitas. Imagino que en eso consiste ser adulto, en llegar a tener un minibar en casa y una esposa que puede comprar todos los almohadones que le dé la gana.

¿Le pregunto por qué dejaron de hablarse? ¿O dará la impresión de que no me lo cuenta todo? Porque no me lo cuenta todo.

Decido hacerme el interesante.

—Sí, yo también.

Todd se sirve una copa; lo llama un *combinado*. Lo que no entiendo es el lenguaje de la gente rica, pero lo acompaño mientras me explica el origen de la ginebra que ha usado para elaborar su combinado. Me ofrece una, pero la rechazo.

—Stausey la adora. Sé que de primeras no siempre cae bien a todo el mundo. —Le da un buen trago a su copa—. Pero es que le preocupa su hermana pequeña. Duerme muy poco, y no es sólo porque el bebé ya es del tamaño de una sandía.

Todd sonríe, y me hace gracia la comparación. Es verdad que parece que su mujer está intentando pasar una sandía de contrabando debajo del vestido.

Sigo disimulando y fingiendo que sé más de lo que sé mientras hablamos. La alternativa es decirle a Todd que no tengo ni idea de lo que ocurre entre las hermanas.

—Estoy seguro de que Nora aprecia su preocupación, pero no le gusta que nadie le tenga lástima. Ya sabes cómo es —digo, aunque no tengo ni idea de cómo es.

—Tienes toda la razón. —Se recuesta en el respaldo del sofá y mira a su alrededor como si estuviera buscando algo.

Yo también miro la sala de estar y me quedo embobado con una foto de boda enorme en la que sale Nora. Lleva un vestido rosa muy bonito y el pelo rizado le cae por los hombros. Me suena la cara del chico que está a su lado, y también la del chico que está al lado del chico. Se ve que, con la presión de estar aquí, empiezo a imaginarme cosas.

—Verás, sé que acabamos de conocernos y que me estoy metiendo donde no me llaman, pero todos estamos deseando que seas una buena influencia para Nora. No nos había presentado a nadie desde el accidente, y empezábamos a pensar que no volvería a salir con nadie. Daba la impresión de que nunca iba a firmar los papeles.

«¿Accidente? ¿Papeles? ¿De qué demonios habla?»

—Humm. —Me aclaro la garganta. Tendría que haber aceptado esa copa—. Bueno es saberlo.

Me arde la garganta. Me inclino hacia adelante y miro en dirección al pasillo. ¿Dónde se ha metido Nora?

—Estamos de su parte. Por eso queremos que firme. Mi familia está en pie de guerra con el tema. —Se pasa las manos por el vello facial y sus ojos parecen cansados.

Se me han acabado las ideas. No puedo seguirle el juego porque está hablando de cosas muy concretas de las que no sé nada. No me puedo creer que Nora me haya traído aquí sin avisarme primero. Me dijo que no era buena idea que conociera a su hermana, pero no me esperaba nada parecido a esto: dramas familiares, papeles y un accidente misterioso.

—Hablaré con ella —digo voluntarioso, porque no sé qué otra cosa decir.

—¿De verdad? —Se le ilumina la cara—. Cualquier cosa es buena. Es que no entendemos por qué no los firma. Ya estaban separados antes de todo eso. No tendría que ser tan difícil y, para serte sincero —dice respirando hondo—, me gustaría tener este asunto resuelto antes de que nazca el bebé.

Ya, a mí también. Me encantaría tener la menor idea de qué demonios está pasando aquí.

—Lo entiendo. Veré qué puedo hacer. —Me levanto. Necesito encontrar a Nora antes de que me explote la cabeza—. ¿Dónde está el baño?

Me lo indica con el dedo.

—Todo recto y a la izquierda.

Le doy las gracias y las palabras me queman la garganta. Salgo de la habitación y lo dejo sentado en el sofá.

Me lavo la cara con agua fría. En las películas parece que siempre funciona, pero cuando me seco con una toalla que lleva bordadas las iniciales de la pareja todavía me encuentro más perdido que antes.

Esto es demasiado. Nora, el piso pijo y los secretos de pijos que guarda.

Echo una meada y me lavo las manos. Cuando me miro al espejo, estoy distinto. No sé si es la luz o el hecho de que tengo calvas en la barba lo que me hace parecer más joven.

Éste no es mi sitio, no son mi gente.

VEINTISÉIS

Cuando encuentro a Nora en la cocina, está metiendo unas patatas cortadas en dados en una bolsa de plástico. Stausey está sentada a una pequeña mesa redonda en un rincón de la habitación. Casi oigo cómo sus pies gritan suplicando ser liberados de sus sandalias de tacón. Los tiene muy hinchados.

—Nora, ¿puedo hablar contigo un momento? —pregunto.

La miro directamente con postura recta, haciendo caso omiso de Stausey. Lo que menos necesito en este instante es que estas dos intenten distraerme. Tengo que hablar con Nora. Tiene que explicarme en qué demonios acabo de meterme.

Me mira un segundo y continúa guardando la cena.

—Sí, dame unos minutos.

Debería asentir y marcharme. Debería comportarme con educación y no montar una escena. Las palabras se repiten en mi cabeza: «papeles», «accidente», «antes de que nazca el bebé».

Me quedo en la entrada de la cocina. Me arden las mejillas. Mis piernas quieren salir corriendo, pero no puedo hacerlo. Tengo que saber qué narices está pasando aquí.

—Es importante —insisto.

Nora me mira a los ojos y veo que está evaluando la situación. Una chispa de comprensión se refleja en su rostro, asiente y deja la bolsa sobre la encimera. Le dice a Stausey que volverá dentro de un momento y nos dirige a la azotea para hablar. Dice que ahí tendremos algo de intimidad.

—¿Qué pasa? —pregunta en cuanto salimos afuera.

Es una terraza compartida, pero ahora sólo estamos nosotros. Bien. Nora se acerca al sofá que está junto a la mesa más grande, y la sigo. Se sienta y yo hago lo propio en el sillón que está justo enfrente. No quiero acercarme demasiado a ella porque sé cómo puede acabar esto. Estoy convencido de que comenzará a cerrarse herméticamente en cuanto empiece a exigirle una explicación.

—Dime tú qué pasa. —Una vez que pronuncio mi demanda, la miro y espero.

Las vistas desde aquí son increíbles. Se ve el Empire State y, si no estuviese tan cabreado con Nora, disfrutaría de este momento neoyorquino. No he vivido muchos desde que llegué. Me he pasado la mayor parte del tiempo trabajando y deambulando por el campus entre clase y clase. Las luces brillan, la ciudad parece estar viva, y esto sería mucho mejor si las circunstancias fueran diferentes.

Nora se apoya en el respaldo del sofá.

—¿Quieres explicarme qué ha pasado, o tengo que adivinarlo? —pregunta con voz inmutable, o incluso fría.

—Ésa es una buena pregunta —empiezo a decir—. Es una muy buena pregunta, Nora. Resulta que Todd parece creer que yo puedo convencerte para que firmes unos papeles, me ha informado de que tu hermana y tú no os hablabais hasta hace poco tiempo, y además ha mencionado una especie de «accidente» que, al parecer, marcó un momento importante o algo así.

El rostro de Nora se oculta bajo las sombras de la noche y no puedo ver su expresión. Su cuerpo no se mueve ni un centímetro.

—¿Que ha hecho qué?

Si no la conociera mejor, pensaría que está sorprendida de verdad.

—No te hagas la tonta. Cuéntamelo, Nora. Me has traído a este apartamento sabiendo que desconocía tu relación con tu hermana. Así que, o me lo cuentas, o no me lo cuentas, pero no pienso participar en estos jueguecitos. O quieres que forme parte de tu vida, o no quieres.

Nora se revuelve y me mira boquiabierta. Parece realmente atónita, y no me puedo creer que tenga tanta cara. Ni que yo me haya atrevido a decirle lo que le he dicho. Retrocedo hasta el fondo del sillón sin apartar la vista de su dura mirada.

—Es evidente que quiero que formes parte de mi vida —dice.

Y ya está. No dice nada más.

¿Está de broma? No recuerdo cuándo fue la última vez que estuve tan enfadado. Me siento como una marioneta y estoy cansado de este tira y afloja con ella. Si no quiere abrirse conmigo, yo ya me he cansado de intentarlo.

—Si eso es verdad, demuéstramelo. Porque, hasta ahora, sólo me has enviado señales confusas, y estoy harto de intentar distinguir entre qué es verdad y qué no.

Nora se inclina hacia adelante y alarga las manos para coger las mías. Las aparto.

—Habla conmigo —le digo—. Si quieres tocarme, habla conmigo.

—¿Qué te ha dicho Todd? ¿Qué es lo que quieres saber? —inquiere, y es su manera de seguir sin decirme nada.

La frustración me obliga a levantarme.

—¿En serio? ¿Incluso ahora vas a intentar evadir mis preguntas?

—No me has hecho ninguna pregunta —replica.

Alzo las manos al aire.

—Déjate de juegos semánticos. Cuéntame qué cojones está pasando. ¿Por qué no te hablabas con Stausey? Estaba más que dispuesto a darte tiempo para que confiaras en mí, para que te abrieras a mí. Pero esto es demasiado. Todd está ahí actuando como si estuvieses escondiendo una puta bomba atómica debajo de la camisa, algo que, al parecer, se supone que yo sé, pero no lo sé.

Nora suspira, aunque permanece sentada en el sofá.

—Yo no diría tanto. Oye, no quiero meterte en los dramas de mi familia. Es un desastre, y lo ha sido durante un tiempo. Mis padres apenas me hablaban, y mi hermana se puso de su parte. No quería que nadie pensara que era incapaz de tener sus propias opiniones, así que los escogió a ellos, y ésa es su puta elección. Está equivocada, y punto. Todd no debería estar ahí contándote sus mierdas. Es el mejor de todos, desde luego, pero no confío en él. Ha dominado el arte de mantenerse en medio, entre sus padres y los míos.

Su explicación no hace más que enturbiarlo todo aún más. De repente, mi móvil empieza a sonar en mi bolsillo por tercera vez en la última hora. Lo saco, veo el nombre de Dakota en la pantalla y, de nuevo, rechazo la llamada.

—¿Quieres cogerlo de una puta vez? —me suelta Nora.

—No. Y ahora háblame de ese accidente. ¿Quién tuvo el accidente? ¿Tú?

Me aparto unos pasos de ella para respirar un poco de aire fresco. Apoyo las manos en la barandilla y me asomo y miro hacia abajo. Estas calles están mucho más concurridas que las de mi vecindario. Los cláxones de los taxis suenan más fuerte, y se oye música procedente de todas partes.

Nora señala el edificio circular que emite luces desde lo alto.

—El Madison Square Garden está justo ahí. Esta noche hay un concierto de Halsey.

Hablar de música me distrae de mi enfado. Es algo bonito y me alivia, aunque sea de forma temporal.

—¿Por qué no has ido? —le pregunto.

Sé lo mucho que le gusta.

—Porque estoy aquí. —Se levanta y se acerca a mí—. Y, ahora, deja de pelear conmigo y permite que te toque.

Me toca, y sus dedos acarician mi brazo cubierto.

—Landon...

Pronuncia mi nombre con tanta suavidad que soy incapaz de impedir que rodee mi cintura con los brazos y que entierre la cabeza en mi pecho.

VEINTISIETE

—¿Podemos quedarnos aquí un rato? —pregunta Nora con los labios pegados a mi cuello—. No estoy preparada para volver ahí dentro y enfrentarme a ninguno de los dos.

—Sí, podemos. Vamos a jugar a un juego —le digo menos animado que la última vez que jugamos a esto—. Yo haré mis preguntas primero.

No le doy opción a no participar. La guío hasta el sofá y miro de nuevo a mi alrededor para comprobar que seguimos estando solos. Se ha levantado algo de viento y su pelo ondea sobre su rostro. Me siento en el otro extremo del sofá y preparo mis preguntas. Esta vez no necesito mucho tiempo.

—¿Por qué os peleasteis tu hermana y tú? ¿Qué son esos papeles que todos quieren que firmes, y por qué me has traído aquí sabiendo que no tenía ni idea de nada? Y ¿cuánto tiempo hacía que sabías que estaba saliendo con Dakota?

Nora deja escapar un suspiro dramático, levanta las piernas y apoya los pies en la mesa que tenemos delante.

—Eso son cuatro preguntas. Pero, dadas las circunstancias, lo dejaré pasar. —Me mira—. Me peleé con mi hermana porque no me ha apoyado en los últimos tres años, y necesitaba alejarme de mi familia durante un tiempo. Voy a saltarme la siguiente. Y te he traído aquí porque quería hacerte feliz. Esperaba que, por una noche, mi hermana no fuera una capulla y que te quisieran tanto como te quiero yo. Lo sabía desde hacía un tiempo.

Nora se encoge de hombros y se inclina hacia adelante para descalzarse.

Deja las sandalias en el oscuro suelo de madera teñida, y veo cómo sus dedos recorren el cuello de su blusa. Seguimos estando solos aquí y, por un instante, nos imagino a los dos, en una azotea, bebiendo un magnífico vino tinto. Somos más viejos y cargamos con menos peso sobre nuestros hombros.

Ese momento termina cuando oigo el insufrible e insistente claxon de un taxi. Nunca entenderé por qué nadie puede pensar que pitando así va a conseguir nada. Echo de menos el lujo de tener coche y la libertad que eso conlleva.

—Me toca —dice Nora mientras apoya de nuevo los pies sobre la mesa.

Ojalá hubiese pedido otra copa de vino. No para mí, sino para ella.

—¿Por qué has venido aquí esta noche? ¿Qué hicisteis Dakota y tú que te ata tanto a ella? Y... —Se da unos golpecitos en la barbilla con sus uñas con forma de almendra—. Y si yo conociera a tu familia... —otra pausa— y ellos no me conocieran ya, ¿cómo me presentarías?

Y, dicho esto, ha llegado el turno de Nora de mirar al horizonte. La verdad es que es muy bonito desde aquí.

—He venido para saber un poco más de ti. Pensaba que lo conseguiría conociendo a tu hermana y a su marido. Pero no ha salido como esperaba...

Vacilo, pero entonces me doy cuenta de que tengo que contestar al resto de sus preguntas. Si queremos avanzar hacia una especie de relación, no debería saltarme ninguna de ellas. Hemos superado eso ya, ¿no?

«Dakota...» Dakota. Dakota. ¿Por dónde empiezo?

—A ver, para empezar, no tiene a nadie en el mundo, sólo a mí. Y ya está. Así que, pase lo que pase entre nosotros, y por mucho que actúe a veces de manera irracional, siempre cuidaré de ella. Sé que es probable que no lo entiendas —me acerco a Nora y estiro las piernas sobre la mesa, a unos treinta centímetros de distancia de las suyas—, pero ella es como si fuera de mi familia. No puedo dejarla del todo.

—¿Dejarla? —Frunce el ceño confundida, pero se aproxima.

—Me refiero a que no voy a eliminarla por completo de mi vida —le digo—. Y, en cuanto a la tercera respuesta —la miro para demostrarle que no pienso saltármela y sonrío abiertamente para ella—, si no conocieras a mi familia, diría: «Mamá, Ken, Hardin: ésta es mi amiga especial, Nora».

Hago unos gestos dramáticos con las manos en el aire, presentándola ante la imaginaria multitud de los Scott. Nora se echa a reír y se lleva el dedo a la boca. Se lo chupa, y no sé si lo hace adrede, pero desde luego tiene toda la pinta de querer desarmarme.

No bajo la guardia.

Bueno, no, si puedo evitarlo.

Aparto la vista de su tentadora boca y finjo que no estaba haciéndome sugerencias vulgares y sexis.

—¿Tu amiga especial? —repite, y su voz aguda y desenfadada atraviesa el aire otoñal.

El viento ha amainado un poco y su cabello descansa tranquilamente sobre sus hombros. Las puntas ya no están rectas, sino que han empezado a rizarse. Me inclino y toco sus mechones sueltos. Los acaricio con el pulgar, y Nora analiza mi rostro. Tiene el pelo muy suave. Toda ella es muy suave.

—Sí. Creo que es un título adecuado para una mujer tan cualificada —le digo mientras le coloco los mechones por detrás del hombro y le acaricio el omóplato con las puntas de los dedos.

—Y ¿qué cualificaciones son ésas? —pregunta, y su pecho asciende y desciende, agitado, con cada palabra.

Murmuro y continúo acariciando su piel. Es como un gatito que quiere que lo acaricien y le presten atención todo el día. De repente, me encantan los gatos, aunque no sé si podría soportar lo de las bolas de pelo y lo de que hagan caca dentro de casa. Bueno, da igual: sólo me gustan los gatitos con forma de Nora.

—Pues tienes éstas. —Paso los dedos sobre sus labios y hasta sus ojos—. Y éstas. —Le toco los labios.

Mis dedos descienden hasta sus pechos, me detengo sobre su pezón y empiezo a dibujar suaves círculos encima.

—Y ésta. —Coloco la mano sobre su corazón y siento cómo late bajo mi palma—. Ésta es mi favorita de todas. —Pego toda mi mano extendida sobre su pecho y, cuando lo hago, se abalanza sobre mí.

Empuja mis hombros contra el respaldo del sofá con las palmas de las manos. Mi exclamación de sorpresa se pierde en su nube. Se sienta sobre mi regazo, me besa las mejillas, el mentón, los labios, los ojos. Es tan suave entre mis brazos, tan cálida... Está sumida en un frenesí que no había visto nunca antes en ella. Sigo con mis bromas, y le recuerdo por qué es tan especial para este mundo.

—Además, has ido a la universidad —digo cuando sus labios rozan mi frente.

Ella se echa a reír y, cuando cubre con sus manos mis mejillas y me besa, he de abrir los ojos para asegurarme de que todo esto es real. Debajo de mis costillas, golpeando mi ya frágil corazón, tengo la dolorosa sensación de que lo peor todavía está por llegar entre nosotros. En mi mente, veo imágenes de nosotros que se vuelven más claras con cada día que pasa. Pero, cuando me centro en una, se desvanece rápidamente y, una tras otra, todas desaparecen. Nada parece ser permanente con ella; ¿por qué será?

—¿Algo más? —Aprieta las caderas contra mí.

Cuando detengo su movimiento, me mira con el ceño fruncido. Levanto sus caderas de manera que apenas me toca.

—No tan rápido. Estábamos en medio de un juego. —Me inclino hacia adelante y acerco el rostro a su pecho—. Casi lo consigues.

Le muerdo el pecho y ella grita y salta de mi regazo.

—Vale, vale —dice mientras recupera el aliento.

Su luz tiene un tono precioso bajo las parpadeantes luces de la ciudad. La luna se ve más de lo que creía posible en Manhattan. Todavía me cuesta asimilar la inmensa diferencia que hay entre Brooklyn y esta zona.

—¿A quién le toca? —pregunta Nora.

Desliza el trasero hasta el otro extremo del sofá y se vuelve para mirarme mientras cruza las piernas por debajo del cuerpo.

Bueno, si no se acuerda...

—A mí —digo.

—¡Mentiroso! —exclama con una sonrisa.

Me encojo de hombros haciéndome el inocente.

—¿Crees que podrías estar conmigo? ¿Crees que estamos locos por esto? —Menea el dedo entre ella y yo varias veces—. Y ¿cuál es tu peor defecto?

¿Mi peor defecto? ¿Podría estar con ella? ¿Estamos locos? ¿Estamos locos?

Ni siquiera doy a mis dudas la oportunidad de arruinarme este momento con Nora. Esto es entre nosotros, no hay más voces, sólo la suya.

—Estoy aquí, contigo —le digo.

Ella aparta la mirada, pero veo que se esfuerza por contener una sonrisa.

—Mi peor defecto es que aguanto demasiado de todos los que me rodean. A veces se me hace muy pesado. —Me siento culpable al admitirlo, pero quiero ser sincero con ella.

Me mira a los ojos durante un breve instante, y después vuelve a centrarse en las vistas.

—Y, sí. Creo que estamos locos.

—¿Locos en el buen o en el mal sentido?

Ambos tenemos razones para creer que el otro está un poco..., yo no diría loco. ¿Interesados? ¿Obsesionados? No sé muy bien cómo definir nuestro comportamiento. ¿Quizá es tan simple como dos personas que quieren conocer más sobre el otro? Yo la seguí desde su trabajo hasta un pueblo que estaba a una hora de distancia. Espié a su familia en Facebook, y ella sabía quién era yo antes de lo que me había hecho creer. Ambos tenemos esa vena «entrometida», y tal vez por eso nos entendamos mutuamente.

—¿Hay alguna diferencia? Normalmente siempre acaba igual, ¿no? —pregunto.

Ella inspira hondo, meditando.

—Sí, es verdad.

Ninguno de los dos nos miramos y continuamos el juego. Las preguntas se mantienen neutrales e impersonales. Son preguntas que podrías hacerle a cualquier amigo. «¿Cuál es tu estación favorita?» La suya, el verano. La mía, el invierno.

«¿Nieve o lluvia?» Yo elegí nieve, ella lluvia, y me habló sobre la fiesta de su decimotercer cumpleaños, a la que no acudió nadie, pero su hermana se la llevó hasta la azotea de su casa de campo y bailaron bajo el aguacero. Sus padres se enfadaron muchísimo cuando las niñas entraron en casa empapadas, arruinando el suelo recién fregado. Stausey asumió toda la culpa y dijo que creía que el gato se había escapado.

Su mención del gato me llevó a preguntarle por *Tali*, el gato de la familia que un día saltó sobre la espalda de su madre cuando estaba bajando la escalera. Nora jura que el gato lo hizo para vengarse por ella, ya que la habían castigado sin salir durante dos semanas. Le entra tanta risa que no puede terminar de contar la historia, y decido que lo que más me gusta del mundo es esto: me encanta el modo en que cuenta las historias, añadiendo todos y cada uno de los detalles. Además, te cuenta los antecedentes y los datos secundarios también. Tal vez debería ser escritora. Me cuenta cómo su hermana le hacía trenzas en el pelo y cómo le enseñó a pintarse los labios. Descubro que su madre empezó a cambiar con los años. Pasó de ser una empleada de una cafetería de Bogotá que no tenía qué llevarse a la boca a la esposa de la alta sociedad de uno de los cirujanos más prestigiosos del país.

A Nora no parece impresionarle el estilo de vida de su madre. No sé muy bien por qué.

—¿Qué más? Quiero saber las cosas importantes, no a qué se dedica. Quiero saber qué es lo que más te gusta de ella. Recuerdos y cosas así.

Los dedos de Nora me acarician el pecho, y enrosca el índice en el vello.

—¿Por qué haces siempre esas preguntas tan indiscretas?

—Sólo son indiscretas si de verdad no quieres que lo sepa —digo, y mi voz suena mucho más triste de lo que pretendía.

—Vale. Mi madre es..., bueno, ella es... —No encuentra las palabras—. Hacía el mejor arroz con leche del mundo.

—¿Es ése tu postre favorito?

—Es el único que me gusta.

Me quedo boquiabierto. ¿El único? Debo de haberla oído mal.

—¿El único?

—Sí. El único. —Su voz se transforma en un susurro—. Confesión: no me gustan mucho los dulces, soy más de salado.

—¿Qué? ¡Menudo fraude! —Sólo estoy fingiendo mi espanto—. ¡Pero si eres pastelera..., digo, chef de repostería!

—¿Y...? —La sonrisa de Nora se intensifica, y me gusta el modo en que sus ojos resplandecen bajo las luces de la ciudad.

—¿Cómo que «y...»? Esto es... Ya no sé ni quién eres. —Me echo a reír, y ella se refugia más en mi pecho.

—Y tú me cuestionas ahora, cuando admito que no me

gustan los dulces, pero no cuando te hablo sobre el desastre de mi vida. —Oigo la amargura en su voz, y la vergüenza que emana de cada palabra.

—Bueno, todo el mundo tiene épocas malas en algún momento. —Quiero aliviar el dolor que la aflige entre las costillas—. Pero no creo que pueda aceptar esto.

Empiezo a apartarme. Ella rodea mi brazo con el suyo, pero yo sigo apartándome.

—Esto es demasiado. —Finjo llorar.

Por un instante pienso que soy un tío raro, en la azotea de este apartamento tan pijo que no tiene nada que ver conmigo, pero el momento pasa y decido que me importa una mierda.

—¡Qué traición! —Entierro el rostro en las manos, y Nora se parte de risa.

—Ay, para —dice entre risitas mientras intenta retirarme las manos de la cara.

No la dejo. Se está riendo, y me encanta.

Sacudo la cabeza con desesperación, ocultando entre las manos mi enorme sonrisa.

—Creía que te conocía —digo fingiendo llorar, y ella no puede parar de reír mientras trata, una vez más, de apartarme las manos de la cara.

Cuando tira con más fuerza, dejo de resistirme. La agarro de la cintura y la tumbo sobre el sofá. Una expresión de sorpresa juguetona inunda su rostro y me mira con los ojos muy abiertos. El escote de su blusa está absurdamente bajo ahora que he arrugado su conjunto perfecto y la he atrapado debajo de mi cuerpo. Paso la nariz de un lado al otro de su pecho siguiendo la suave curva de la tela que cubre sus delicados senos.

—¿Qué voy a hacer contigo? —pregunto, y ella gime bajo mi ferviente tacto.

Lamo su piel y me aparto. Mantengo un brazo de distancia entre su cuerpo sobre el sofá y mi persona, y continúo apartado apoyado sobre las manos, como si estuviera haciendo flexiones.

—Se me ocurren unas cuantas cosas —dice a escasos centímetros de mi boca.

Si tuviera la certeza de que ninguno de los vecinos de su hermana iba a subir, mi boca ya estaría entre sus muslos.

VEINTIOCHO

Nora

—¿Crees que deberíamos entrar? —me pregunta después de otras dos rondas de juego.

La verdad es que me encanta este juego, y Landon todavía no se ha saltado ninguna pregunta. Piensa que no me doy cuenta.

Pero soy consciente de todo en lo que a él respecta. Ahora tengo la cabeza sobre su regazo, con sus dedos masajeándome con suavidad mi cuero cabelludo. Podría quedarme dormida. Cuando hace tanto tiempo que nadie te toca, se te olvida lo importante que es el contacto físico con otra persona. Es algo que necesitamos de manera innata desde nuestro primer día de vida hasta el último.

—Una ronda más —sugiero.

He reservado las preguntas que tenía previamente pensadas para el final.

Landon me acaricia la coronilla.

—Una más.

Cierro los ojos y me preparo para el cambio en la conversación.

—¿Me creíste cuando te dije que Dakota te había puesto los cuernos? ¿El hecho de que su hermano desapareciera te hizo sentir que tenías que protegerla? —Los dedos de Landon se detienen en mi cabeza. Me obligo a continuar—: Y...

—Su hermano no desapareció —dice. Coloca las manos bajo mis hombros y me levanta de su regazo.

Ya está. Éste es el gatillo de su pistola cargada.

—Eso es lo que yo tengo entendido —le explico con prudencia.

Ésa es la historia que Dakota me contó la noche que la sorprendí gritando su nombre en sueños. ¿Qué puede haber peor que eso?

Cuando lo miro, Landon tiene la vista fija en el lado contrario a mí. Me incorporo y miro hacia la puerta de la escalera que tenemos detrás.

—Entonces no sabes nada —dice con voz monótona.

—Pues cuéntamelo. Porque esto es un muro entre nosotros. Quieres respuestas a todas mis preguntas, pero no quieres darme nada a cambio. Qué conveniente. Esto es lo que te ata tanto a ella.

Niega con la cabeza y sigue sin mirarme.

—No puedo contarlo porque no es mi historia.

—Claro que lo es. Tú formabas parte de la historia, así que es tuya también. —Empiezo a frustrarme; sería más comprensiva si supiera qué pasó—. Landon, confía en mí. Sólo quiero que te abras.

No me pasa desapercibida la ironía de esa afirmación.

Él parece pillarlo. Se lo ve incómodo, y me siento como una zorra por presionarlo hasta ese punto. Yo tengo mis secretos sobre mi ex y esquivo todos los esfuerzos de Landon de llegar al meollo de lo que sucedió. Los compartiré con él algún día, pronto. Sólo necesito un poco más de tiempo para entender qué está pasando. Creía que tenía las cosas claras, pero Landon lo está nublando todo y me hace vacilar con respecto a mi futuro.

Empieza a hablar en voz baja y yo mantengo la boca cerrada y la mano cerca de la suya, por si quiere cogérmela.

—Carter lo estaba pasando mal en el instituto. Era el blanco de mucha gente de nuestro entorno, su padre incluido. Nuestro entorno era lo peor. Todas las familias desde Kentucky hasta West Virginia, con sus viejas costumbres y sus fanatismos. Era uno de esos vecindarios en los que, en las ventanas, en lugar de cortinas, se veían banderas confederadas. Las tasas de paro eran tremendamente altas y los adultos no tenían nada mejor que hacer que cotillear sobre lo que hacían los jóvenes. Se rumoreaba que Carter y su mejor amigo, Julian... —Hace una pausa, con la mirada perdida hacia adelante, y luego continúa—: Se decía que se besaban.

—Y ¿lo hacían? —Se me están formando mil nudos en el estómago y, por poco que quiera oír esto, sé que tengo que hacerlo.

Ojalá tuviese poderes mágicos como él y fuese capaz de aliviar parte de su dolor, como hace él conmigo.

—Sí. La mayoría de los adultos lo pasaban por alto, bromeaban sobre el hecho de que las ropas de Carter fuesen un poco demasiado ajustadas, o con que su voz fuese demasiado aguda para su gusto. Pero no eran más que bromas que ponían de manifiesto su ignorancia. Todo iba bien, hasta que un niño de nuestra calle dijo que Carter había intentado tocarlo. Entonces todo el mundo se volvió contra él.

Me quedo boquiabierta y se me hunde el corazón en el pecho. La conmoción me pilla por sorpresa y algo se agita en mi interior. Hacía tiempo que no era tan consciente de mí misma, de cómo me siento cuando pasan cosas a mi alrededor. Parece que me preocupan mucho más las cosas que suceden en mi mundo ahora que Landon forma parte de él.

—¿Y lo hizo? —pregunto, aunque, de algún modo, ya sé la respuesta.

Landon sacude la cabeza de forma frenética.

—No. Él jamás habría hecho algo así. La gente que nos rodeaba era tan tóxica, tan asquerosamente vil y tan simple que ni siquiera eran conscientes de lo simples que eran. Era la típica gente que afirma... —dibuja unas comillas en el aire— que no les importa que haya gente gay siempre y cuando no los afecte a ellos, y cuando les preguntan si son homófobos dicen que no.

Conozco a gente así. La mayoría de las Barbies de mi colegio eran así. Me decían cosas muy ofensivas, pero, en su caso, sospecho que sabían perfectamente lo que estaban haciendo. Por el color de mi piel, una chica me preguntó en qué gasolinera trabajaba mi familia, a pesar de que mi padre había salvado a su madre del cáncer de piel que había cogido por permanecer demasiado tiempo tomando el sol.

—De modo que Carter pasó de ser el objetivo de las burlas del lugar a transformarse en el villano. Y se convirtió en una especie de caza de brujas. ¿Cuántos niños habían estado cerca de él? De todos los chicos con los que montaba en bicicleta, ¿a cuántos había intentado tocar? De todos aquellos a los que había ayudado con los deberes a lo largo de los años, ¿de cuántos había intentado abusar? Aunque nadie más culpó a Carter de nada, y el niño que lo había acusado admitió que había mentido (dijo que su hermano lo había obligado a hacerlo porque Carter «le daba miedo»), el daño ya estaba hecho. Y su padre no necesitaba más motivos para descargar su ira en él. Cuando los susurros se convirtieron en gritos y los gritos se convirtieron en tres enormes letras negras pintadas en la fachada de la casa, su padre estalló. Dakota y yo tuvimos que quitarle de encima a Carter aquella noche. Al día siguiente, no fue a clase.

La voz de Landon se rompe y me traslado a su regazo. Me rodea con los brazos y me sostiene como si en ello hallase algo de consuelo. Me seco las lágrimas de las mejillas, sin saber en qué momento han empezado a caer. Las palabras de Landon están dibujando una imagen demasiado vívida como para asimilarla. Recuerdo la noche en la que Dakota se estaba escondiendo bajo la mesa de la cocina y me da un vuelco el corazón. Pobre chica.

—Volvimos a casa y lo encontramos. Ella no quería marcharse. —Se aclara la garganta y yo lo rodeo con los brazos y sostengo su cabeza pegada a mi cuerpo—. Tuve que sacarla a rastras de aquella habitación, Nora. Estaba destrozada, estaba fuera de sí. Gritaba y gritaba, e incluso arañaba el suelo intentando volver a su cuarto, hasta que llegó la policía y lo bajó. Se había ahorcado por la noche, a pesar de lo malherido que estaba después de la paliza que le había dado su padre.

Un escalofrío recorre su cuerpo, y yo sollozo contra su pelo. No me puedo ni imaginar el dolor y el trauma que algo así debe de causar a tan tierna edad. No me extraña que los dos sean como son. Si Dakota no tuviese a Landon, ¿dónde estaría hoy?

—Lo siento. Lo siento muchísimo —digo acariciándole la espalda.

No debería haberlo forzado a contármelo. Esto era mucho más de lo que había esperado obtener cuando empecé este estúpido jueguecito.

—No debería haberte obligado a decírmelo —digo deshaciéndome en disculpas.

Las imágenes del injusto trato a un adolescente a causa de unos besos me parte el alma. Todos los suicidios son horribles, pero el suicidio entre adolescentes es algo muy difícil de aceptar. Cuando eres joven todo parece tan importante... Todos los problemas parecen un mundo, y es imposible ver la luz al final del túnel. No hay consuelo cuando pensamos en el futuro vacío de un niño inocente.

—Shhh... —Landon me abraza y repite—: Shhh, no pasa nada.

¿Me está consolando él a mí?

Lo agarro del mentón y levanto su rostro para que me mire.

—Por mil vidas que viviera, jamás te merecería.

Cuando me estrecha contra su pecho, la verdad de esa afirmación me resulta hasta dolorosa. Me estoy enamorando de él, y ni siquiera tiene que esforzarse en hacer nada. Voy a enamorarme de él, y ni siquiera es necesario que él me corresponda.

VEINTINUEVE

Landon

En el taxi de regreso a mi casa, Nora está callada, y yo me siento más ligero que antes. Incluso después de la incómoda despedida con Stausey y su marido, de algún modo me siento mejor. Una sensación de alivio me iba invadiendo con cada palabra que Nora y yo hemos intercambiado en esa azotea. Ahora que hemos derribado algunos muros que nos separaban, ya nos queda menos por escalar. Sigue estando ahí, pero las relaciones no son sencillas. Cuanto más conozco a Nora, más me doy cuenta de que la relación que tenía con Dakota era demasiado para nuestra edad. Caí en un cómodo patrón de dependencia, pero, pase lo que pase, siempre estaré ahí para ella. Nora ya parece entenderlo mejor.

Ahora que le he contado el peor día de mi vida, me siento más próximo a ella. ¿Por qué nos acerca el hecho de trasladarle mi dolor? El dolor no debería ser algo que nos haga sentirnos mejor al compartirlo. El dolor debe tratarse por solidaridad, ¿no?

En fin, no lo sé. Aunque pienso a menudo en aquel día, hacía tiempo que no lo revivía al completo. La muerte de

Carter influyó inmensamente en quién llegué a ser. Cambió todo lo que creía saber sobre la pérdida, el amor y el dolor. No sabía nada del dolor ni del sufrimiento hasta que tuve que retener a Dakota fuera de sí contra el frío suelo de linóleo mientras los paramédicos sacaban el cuerpo sin vida de su hermano del dormitorio.

Tuvieron que ponerle una inyección para que se calmara. Aquella noche durmió en mi cama, acurrucada contra mi pecho, y yo sentía cómo su corazón se rompía cada vez que se despertaba y se daba cuenta de que no había sido una pesadilla. Su hermano se había ido. El padre de Dakota había desaparecido, aunque yo estaba convencido de que si lo buscábamos bien acabaríamos encontrándolo en algún bar.

Nora continúa estremeciéndose en mis brazos, y ahora no sé si contárselo ha sido buena idea. Supongo que podría haberle dado una versión menos detallada. Ojalá los recuerdos de ese día se desvanecieran. Sigo esperando que lo hagan, pero no ha sucedido todavía.

Cuanto más nos alejamos de Manhattan, más distancia siento entre Nora y yo. Lo que sea que haya sucedido en esa azotea nos ha acercado, pero a medida que oscurece y nos alejamos de la destellante ciudad, me pregunto si seremos capaces de conservar esta cercanía. ¿Facilitará la oscuridad que nos ocultemos el uno del otro?

—Siento lo de esta noche —dice ella por fin cuando llegamos a mi edificio.

Desenreda sus extremidades de las mías y sale lentamente del coche. La silenciosa noche de Brooklyn ha atravesado nuestra burbuja de Manhattan.

—No todo ha sido malo —digo para que se sienta un poco mejor, y me encojo de hombros.

Su expresión me indica que no ha colado. No dice nada cuando llegamos a la acera.

—¿Quieres subir? —pregunto.

Asiente, y la cojo de la mano.

Entonces oigo una respiración entrecortada y la voz de Dakota atraviesa la oscuridad:

—No has respondido a mis llamadas en todo el día.

Nora suelta mi mano. Dakota se levanta de la repisa en la que estaba sentada. Tiene una hoja en la mano y está haciéndola pedacitos, que deja caer al suelo.

—¿Qué haces aquí? —pregunto con voz tranquila.

Me encantaría que los tres pudiésemos tener una charla civilizada aquí fuera, en mi acera. Un grupo de chicos entran en la tienda que hay debajo de mi apartamento, y mi mirada los sigue hasta el interior y hasta el mostrador. Ellen está trabajando, sola, al parecer. Los vigilo mientras observo a las dos mujeres que tengo delante. Nora está ligeramente detrás de mí, sin mirar a Dakota. Dakota está en la misma postura que antes, y sigue rompiendo la hoja en trocitos. Me pregunto si Nora verá a Dakota desde un prisma diferente ahora. ¿Tal vez la entienda un poco mejor?

Observo con detenimiento a las dos mujeres y me doy cuenta de que mis recuerdos se están mezclando con la realidad. Acabo de estar en el pasado, con una Dakota destrozada y llorando, y aquí la tengo ahora, con los brazos en jarras y el pelo y la actitud tan salvajes como siempre. Ya no parece estar destrozada. ¿Significa eso que no lo está?

Supongo que no: Tessa no parece estar hecha pedazos, pero lo está.

—Llevo todo el día llamándote. —Dakota habla en voz muy baja, pero lo bastante alta como para que oiga su tono de reproche—. Es la segunda vez que vengo hasta aquí. Estaba a punto de irme. —Mira directamente a Nora—. Se suponía que ibas a contestarme a lo de Michigan.

«Michigan..., ¿cómo se me ha podido olvidar?»

—¿Cómo está? —pregunto mientras intento pensar en una respuesta que darle.

—Igual. Puesto que has pasado de todas mis llamadas —Dakota mira al suelo, como si las palabras le doliesen—, voy a dar por hecho que la respuesta es «No». Podrías haberme dicho que no tranquilamente.

Y ahí está la culpa. ¿Me la merezco? No estoy seguro.

A veces hay situaciones en las que el blanco y el negro no están muy claros y buscas la respuesta adecuada deseando que el gris no exista. Éste es uno de esos momentos para mí. Soy una buena persona, ¿no? Soy un amigo leal y un ciudadano decente. Ayudo a las mujeres con las bolsas de la compra y una vez devolví un sobre lleno de billetes (doscientos dólares, para ser exactos) en la comisaría de policía de Saginaw. Nunca me he considerado una de esas personas que hallan placer en causarles dolor a los demás. Nunca he tenido que dudar de mis intenciones ni considerar el hecho de que quizá no soy tan perfecto.

La idea se me hace rara. Todo este tiempo he estado juzgando a todos los chicos que me rodean, todos los chicos que engañan a sus novias y que traicionan a sus amigos, y los he tildado de lo peor del mundo, y ¿yo soy mejor que ellos?

Le he mentido a Dakota a la cara respecto a Nora. Me acosté con Nora, y creo que jamás se me ha pasado por la cabeza siquiera contárselo a Dakota. Normalmente pensaría que no es asunto suyo, pero ¿por qué no iba a serlo? Ella forma una parte importante de mi vida y confía en mí, ¿y yo iba a ocultarle lo de Nora? Y lo peor de todo es que he estado escondiendo a Nora como si fuese una especie de oscuro secreto mientras hacía que ella se sintiera mal por no hablarme de su pasado.

No soy el chico bueno ni el buen amigo. Me he convertido en un manipulador. No voy a hacer que unos niños inocentes se maten entre sí. ¿Sería Nora Peeta en mi historia? ¿O sería Gale? Soy incluso más manipulador que Katniss; al menos ella lucha por su vida. Yo sólo estoy mareando entre dos mujeres a las que les importo, y no sé qué hacer. Así que es como si estuviera jugando con ambas. Tanto si era mi intención alterar la realidad como si no. Podría haberme limitado a decirle a Dakota que no, o que sí, en lugar de ignorar sus llamadas todo el día mientras su padre se está muriendo. ¿Qué narices me pasa? ¿Salir con alguien es esto? ¿Perder el contacto con la realidad a expensas de todos los demás?

No me parece justo. Ni creo que merezca la pena.

—Lo siento. Debería haberte respondido cuando me has llamado... —empiezo sin apartar los ojos de Nora, y después me vuelvo hacia Dakota—. Ha sido una noche larga.

No caigo en lo insensible de mi comentario hasta que pasan unos segundos y las palabras se marinan en el aire tenso.

—Vaya, pues siento interrumpir tu noche larga —responde Dakota enseñando los dientes—. Mi vuelo sale por la mañana. Tu tía Reese me recogerá en el aeropuerto y me dejará en el hospital.

Siento una punzada en el pecho cuando menciona a mi

tía. La echo de menos. Esa mujer me transmitió una sensación de normalidad durante toda mi infancia. Ella y mi tío Jeb son mis dos personas favoritas. Bueno, lo eran, cuando Jeb aún vivía.

—Lo siento, Dakota. —Doy un paso hacia ella, y una voz me interrumpe.

—Ve con ella.

Es la voz de Nora.

Me vuelvo para mirarla. Debo de haberla oído mal. Su mirada es triste.

—Ve con ella, Landon.

—¿Qué? —susurro, y coloco las manos sobre sus brazos, que ahora están cruzados sobre su pecho.

Asiente y se apresura a repetir:

—Ve con ella. Es lo correcto.

Ladeo la cabeza. No entiendo qué está pasando aquí.

—Lo digo en serio. Que te compadezcas de ella no elimina lo que hay entre nosotros. Es lo correcto.

—Landon puede hablar por sí mismo —dice Dakota, y el tono impertinente de su voz me traslada de nuevo a nuestra infancia.

—Estaba intentando ayudarte —replica Nora.

Se adelanta, y Dakota se mueve hacia ella.

No sé si soy capaz de seguir el ritmo esta noche. No tengo energías para detener una pelea de gatas.

—Parad ya las dos —digo, y las empujo a cada una hacia un lado.

Dakota mantiene la distancia, pero no se calla.

—Maggy también ha estado intentando ponerse en contacto contigo.

Mira con recelo a Nora, y ésta se encoge de hombros.

—¿Y...? Yo ya no vivo ahí, así que no tenemos nada de que hablar.

A Dakota no parece gustarle su respuesta. Vuelvo a mirar hacia la tienda para comprobar que Ellen está bien. No la veo detrás del mostrador. Comienzo a avanzar hacia el establecimiento, y Nora me agarra de la manga.

—Suéltame —le digo.

Me apresuro a disculparme, pero lo hago de forma tan breve que probablemente no lo haya oído.

Cuando abro la puerta, los chicos están en la caja. Gritan mucho, y los más pequeños se están lanzando una chocolatina por los aires entre ellos. Uno de los muchachos se da cuenta de que me acerco. Me mira, pero no da la impresión de que le importe mi presencia.

Cuando miro hacia la puerta, veo que Dakota y Nora están hablando a corta distancia. Ninguna de las dos parece estar gritando, lo cual es un buen principio.

—¿Cuánto te debo? —le pregunta a Ellen uno de los chicos. Su voz suena demasiado grave para ser la de un adolescente, y creo que ya llevan aquí dentro demasiado tiempo.

Ellen guarda en una bolsa un paquete pequeño de Doritos, ajena a la situación y trabajando de forma eficiente. Coge el billete de diez dólares que le entrega uno de los chicos y le da el cambio.

El chico se queda mirando el billete de cinco dólares que tiene en la mano.

—Te he dado veinte.

Ha comprado una botella de refresco Mountain Dew, cómo no, y la bolsa de Doritos.

—Me has dado diez —responde Ellen con rotundidad.

Ladea la cabeza como si estuviera intentando entender qué está pasando. Veo que duda de sí misma.

Intervengo desde detrás de los chicos.

—Le has dado un billete de diez. Y ahora pagad y largaos.

Poco a poco (menos mal que esto no es un videojuego, porque a estas alturas los tendría ya a todos en el suelo), se vuelven y me miran de arriba abajo. Los observo bien y, justo cuando estoy intentando decidir si van a ponerse agresivos o no, oigo la voz de Dakota detrás de mí.

—¡Largo de aquí! —grita—. Sea lo que sea la gilipollez que estáis pensando hacer, os cambiará la vida. Y, si queréis tener una, piraos.

El grupo de preadolescentes (el mayor no puede tener más de quince años) se marcha a escape, gruñendo. Dakota no los mira. Me está mirando a mí.

No sé qué hacer. Hacía mucho tiempo que no nos comunicábamos realmente sin palabras. Hubo una época en la que podíamos mantener una conversación entera así. Pienso en cómo era ella antes. Me cuesta comparar la versión joven de su persona con la que me está mirando en estos momentos. Es algo muy confuso, reconocer a alguien de forma tan profunda pero sentir esta enorme desconexión al mismo tiempo. Dakota también parece confundida cuando me obligo a apartar la vista de ella. Tengo a Carter muy presente esta noche, y me duele mirarla.

Me acerco al mostrador y me dirijo a una perpleja Ellen. Está alisando las bolsas de plástico debajo de la caja registradora.

—Debes tener cuidado trabajando aquí tan tarde sola. ¿Tienes algo con lo que protegerte? —Echo un vistazo a la parte trasera del mostrador.

Tiene un montón de cajas de papeles a los pies y también una caja de herramientas abierta. Bueno, supongo que podría haber utilizado uno de esos martillos si hubiese sido necesario.

—Estoy bien..., y soy la única que puede trabajar aquí a estas horas —dice con un poco de dureza.

Ojalá fuera tan seguro para ella trabajar sola de noche como lo sería para mí, pero lo cierto es que ésa no es la realidad. Y no quiero avergonzarla más preguntándole por qué sólo puede trabajar ella aquí de noche. No es que no la crea, y no hay nada que yo pueda hacer al respecto.

—Bueno, pero ten cuidado, ¿vale? —digo—. Y llama a tu padre cada vez que un grupo de chicos entre así.

Ellen pone los ojos en blanco, pero la creo cuando me contesta que lo hará. Después le sugiero que eche el cierre por hoy y vuelvo afuera.

Justo cuando salgo por la puerta, Dakota se planta delante de mí.

—¿Está bien?

Asiento y miro por encima de su cabeza buscando a Nora.

—Landon, intenté advertirte acerca de Nora. Sé que no me creerás, pero te ha estado mintiendo desde el principio —se apresura a decir, y siento la ira que emana de ella—. Sabía que estábamos juntos. Me mintió a mí y te mintió a ti. Ella...

—Ya basta —digo sin un ápice de vacilación.

Miro a Nora, que está sola en la acera, con los labios entreabiertos y los hombros erguidos. Le cuesta mantener una expresión neutra. Salta a la vista que está ideando toda clase de teorías sobre Dakota y yo en su cabeza. Y, para empeorar las cosas, Dakota me coge de las manos. Nora se crispa, pero mantiene la boca cerrada.

—No me puedo creer que sigas viéndola y que la hayas traído a tu casa después de que haya estado intentando ponerme en contacto contigo durante todo el día. Me habría dolido menos si me lo hubieras dicho. He tenido que adivinarlo y comportarme como una ex obsesiva porque no he obtenido ninguna respuesta real de ninguno de vosotros. Tenéis una telaraña tan complicada que estáis atrapados en ella.

Me fijo por primera vez en el atuendo de Dakota y trato de adivinar cuáles eran los planes que tenía para esta noche. Lleva puesta una camiseta muy ceñida con un escote en V muy pronunciado. Sus vaqueros negros ajustados son muy distintos de los pantalones deportivos que acostumbra a llevar y el maquillaje reluce en su piel bajo la luz de la farola.

¿En qué estaba pensando al venir aquí? ¿Pretendía seducirme para que fuese a Michigan con ella? ¿O para que me mantuviese alejado de Nora?

¿O ambas cosas?

—Dakota —digo, y mi furia asoma por detrás de cada letra que compone su nombre—. He dicho que ya basta. No puedes presentarte aquí y comportarte de esta manera fuera de mi apartamento. Esto no es Saginaw. Aquí, la gente, en lugar de quedarse escuchando para fisgonear, llamará a la policía.

—Landon. —Me aprieta las manos, pero las aparto—. Pregúntale sobre su familia rica, o sobre su marido, que es más rico aún. Él...

La voz de Dakota sigue sonando, y entra por un agujero

274

en mi mente y sale por el otro. Pero no oigo ni una palabra de lo que está diciendo.

«¿Marido?»

—Cuando la eché de casa, actuó como si no tuviera adónde ir. Pero sí tenía adónde ir. Posee una mansión a las afueras de la ciudad. La he visto.

Scarsdale. El modo en que se cambió de ropa y después no me dejó seguirla.

«Bla, bla, bla...» Dakota sigue hablando. Nora me está observando, y frunce el ceño. Siento que mi expresión ha cambiado, lo veo en su mirada de confusión.

«¿Está casada?»

Claro que lo está.

TREINTA

Como un zombi, me abro paso empujando a Dakota y me planto delante de Nora.

—¿Tu marido? —pregunto con voz aguda y rota.

Ella parpadea y oigo cómo Dakota se acerca por detrás de mí.

Nora suspira.

—Es una larga historia.

«¿Una larga historia?»

Una larga historia es añadir muchos detalles a algo. Una larga historia es mucho más sencilla que un maldito marido secreto. Esto es peor que que sea una espía. Mucho peor. Está casada, joder, y actúa como si acabase de enterarme de que hoy se ha tomado un sándwich para comer. No sé si de verdad no es consciente de lo gordo que es esto, de lo adulta que es esta situación, o si simplemente no me toma en serio. Siento que está despreciando mis sentimientos, y estoy agotado. No puedo seguir jugando al gato y al ratón con ella si nunca va a ceder. Necesito respuestas.

—Una historia que no has compartido conmigo —digo en voz baja—. Una historia bastante importante.

Nora asiente. Está tranquila y serena, justo lo contrario que yo en estos momentos. Siento que me están metiendo en un armario del que es demasiado difícil escapar. ¿Merece la pena pasar por todo esto por ella? ¿Por qué no puede decirme simplemente qué está ocurriendo? Creía que confiaba en mí.

La miro y, al hacerlo, intento ver en su interior. La exploro, recordando todos los progresos que hemos hecho esta noche. El recuerdo de su risa resuena en mi cabeza. El modo en que sus dedos masajeaban mi piel y el dulce sabor de su boca. Ha dejado una gran huella en mí, y no sé si volveré a ser el mismo después de lo que ha hecho conmigo.

Otra cosa que no puedo olvidar es lo bien que me hace sentir conmigo mismo. Tan poderoso. Tan normal. Tan a gusto de ser quien soy.

Pero ¿cuánto peso contiene esa minúscula chispa de verdad cuando nada en un lago de secretos y mentiras?

—No pienso quedarme aquí a discutir con ella toda la noche —me susurra Nora para que Dakota no la oiga.

Pero está claro que Dakota tiene otros planes.

—Vaya, ¡¿no se lo habías contado?! —grita—. Bueno, no te sientas demasiado mal, a nosotras tampoco nos había dicho nada hasta que recibimos una factura suya.

Debido a mi asombro, no escucho el resto de lo que dice, pero Dakota sigue piando, y sé que una de esas palabras va a hacer que alguno de nosotros salte. Es como el silbido del viento justo antes de la tormenta, la ves venir.

Nora estalla de inmediato.

—No era asunto vuestro, Dakota. Y sigue sin serlo. No os conté nada de mi vida porque no os concierne. No tenéis derecho a saber qué pasa fuera de ese apartamento. Lo único que debe preocuparos es si pago o no el alquiler.

Dakota cierra la boca de golpe para abrirla de nuevo.

—Tú...

—¡Callaos las dos! No vamos a quedarnos aquí a discutir toda la noche. —Las miro, y ambas tienen una expresión idéntica—. Basta ya —añado, y las dos parecen sorprendidas de que las esté sermoneando.

Es Dakota la que habla primero.

—No estamos discutiendo. Pero dile a esa mentirosa...

—¡Basta! —digo levantando la voz.

Dakota abre unos ojos como platos. Nora se queda en silencio, mirándome con expresión calmada. Necesito hablar con ella a solas. Con Dakota aquí no vamos a solucionar nada.

—Dakota, vete a casa. Te recogeré por la mañana. Envíame un mensaje con los datos del vuelo e intentaré conseguir un billete en el mismo. Pero tienes que irte ya. —La miro para asegurarme de que sepa que hablo en serio.

—¿La prefieres a ella antes que a mí? —pregunta, y se me parte el alma.

Sé lo que está pensando: después de todo este tiempo, de todos nuestros recuerdos, prefiero a una extraña antes que a ella. No es así en absoluto, pero es como ella lo interpreta. Esto se le debe de hacer muy raro. Me pregunto si ella, como yo, también siente que su pequeño mundo está cambiando. En el pasado, nunca he hecho nada que se le parezca lo más mínimo a elegir a otra persona antes que a ella. He estado de su parte desde que éramos niños, desde que la pillaron intentando dejar al perro del viejo señor Rupert en el refugio para su protección. Está claro que se equivocó, pero lo hizo porque pensaba que el hombre estaba maltratando al animal. Sin embargo, entonces fui capaz de ver lo bueno que escondía aquella mujercita testaruda, cosa que me está costando mucho ahora. La Dakota que yo conozco se esconde bajo la desconocida celosa e inmadura que tengo delante.

Me niego a alimentar al pequeño monstruo de los ojos verdes que carga a su espalda.

—Esto no es ninguna competición. Si no te vas ahora, no pienso irme contigo mañana.

Dakota se me queda mirando, esperando a que diga algo más. No lo hago. No tengo nada más que decir. Me vuelvo hacia Nora, y ésta observa cómo Dakota se marcha por detrás de mí. La veo con el rabillo del ojo, y, como diga alguna palabra más, creo que voy a perder los papeles. Estoy que echo humo, cabreado con estas dos mujeres impredecibles y conmigo mismo por no ser capaz de controlar mejor lo que está sucediendo en mi vida.

Nora levanta lentamente la vista hacia mí.

—Yo...

Alzo la mano para indicarle que me toca hablar a mí. Es curioso que ahora decida que quiere hablar conmigo.

Mantengo la voz baja y espero a que un hombre que está paseando al perro pase de largo. El perro se detiene para orinar en una bolsa de basura que hay sobre la acera. Escuchar el proceso es una manera maravillosa de pasar unos cuantos segundos tensos.

—Antes de que digas nada, sólo quiero que sepas que ya me he cansado de jugar. Me he cansado de las preguntas y de que eludas respuestas. Si quieres formar parte de mi vida, vas a tener que dejar que yo forme parte de la tuya. Piénsalo bien antes de responder. Hablo en serio, Nora.

No sé en qué me estoy metiendo, pero sé que nada puede ser peor que estar aquí fuera, apegado a esta mujer sin saber con certeza quién es en realidad. Me gustaría pensar que la conozco mejor que esto, que hay una explicación mágica para sus secretos, pero al volver a mirarla, no estoy seguro. Ojalá la conociera. Echo de menos la azotea de Manhattan. Eso es lo bueno que tenía estar con Dakota: conocía todos sus secretos. Formaba parte de ellos.

Los ojos de Nora brillan humedecidos cuando la miro.

—¿Puedo subir? —pregunta, y hace ademán de cogerme la mano.

La aparto, pero la guío hasta el interior del edificio.

TREINTA Y UNO

Nora

¿Siempre hace tanto ruido este ascensor? El zumbido de la presión de aire y los traqueteos mecánicos me están dando náuseas. O tal vez sea la inevitable conversación que estoy a punto de tener con Landon la que me roe las entrañas. Cuando salimos del habitáculo, incluso las luces del descansillo parecen más intensas que de costumbre. Y estamos caminando anormalmente despacio. Una parte de mí quiere decirle a Landon que tengo que irme y salir huyendo para no volver jamás.

Podría eliminarlo de mi vida con tanta facilidad como entró en ella.

Introduce la llave en la cerradura y sostiene la puerta abierta para que entre. Paso por debajo de su brazo y enciende la lámpara. Bajo esta luz parece todavía más severo. Todos los ángulos y la suavidad de sus labios se ven ensombrecidos por la oscuridad.

Así me resulta más fácil imaginarme que me alejo de él. Cuando hay mucha luz y puedo ver su benevolencia innata no me es tan fácil.

Esta noche ha cambiado mi manera de ver a Landon.

Antes de que Dakota apareciese, estaba empezando a conocer una parte distinta de él. He percibido su dolor y su sentimiento de culpa, y lo he visto como un protector, como un hombre que hace todo lo que puede en una situación difícil.

—¿Quieres tomar algo? —pregunta.

Lo sigo hasta la cocina, pero pienso: «No, a menos que tengas una botella de vodka que pueda beberme entera».

No enciende la luz del techo y escucha por si está Tessa. El apartamento está en silencio. Debe de estar dormida o fuera. Es tarde; ni siquiera sé qué hora es.

—Agua, por favor.

Coge un Gatorade para él y una botella de agua de la nevera y la cierra de un portazo.

¿Está enfadado?

Qué pregunta tan tonta; claro que lo está.

Lo sigo hasta su habitación y me dice que va a darse una ducha rápida. No sé si el retraso adicional mejorará o empeorará las cosas. Asiento, y él enciende la luz, coge ropa de la cómoda y me deja sola en el cuarto. Me tumbo en la cama y me quedo mirando el techo.

Landon se va a Michigan con Dakota. Los dos solos, con sus recuerdos, a su ciudad natal. Me río de lo patética que soy y me seco las lágrimas de los ojos. Su padre se está muriendo; estoy siendo tremendamente egoísta al pensar en mí misma en estos momentos. La triste verdad sobre lo que le sucedió al hermano de Dakota era sólo una capa de todo lo que compartieron. No debería haber intentado meterme entre ellos en primer lugar. Me permití distraerme, y ahora todo el mundo a mi alrededor están sufriendo a causa de ello.

Landon merece vivir tranquilo. Merece paz y tranquilidad, y un amor relajado. Es una persona estable, es la clase de tío que se asegura de que todo vaya bien. Con él, no tendría que preocuparme nunca. Pero, por otro lado, conmigo él estaría sacando la pajita más corta. A cambio del consuelo que me proporcionaría, él acabaría atrapado en la red de locura que es mi vida. Tiene una familia agradable, no una que se mueve por la avaricia y la notoriedad.

Las lágrimas arden en mis ojos, y me obligo a incorporarme y a recomponerme. Ponerme a llorar en su cama y compadecerme de mí misma no me va a llevar a ninguna parte. Esta noche es la última que es mío, la última noche que sentiré sus manos sobre mi cuerpo, si es que tengo la suerte de que eso llegue a pasar.

Me levanto y me dirijo al cuarto de baño. La puerta no está cerrada con pestillo y la condensación inunda el pasillo al abrirla. La cierro con rapidez y echo el pestillo. Dejo caer mi ropa al suelo e inspiro hondo antes de meterme en la ducha. El cuerpo de Landon está bajo el chorro, y el agua cubre su figura desnuda. Tiene los ojos cerrados y la barbilla levantada, de manera que su rostro está directamente bajo el agua. No hace ningún gesto que me indique que es consciente de mi presencia, pero tampoco se asusta cuando lo rodeo con los brazos.

Apoyo la mejilla en su espalda mojada y me aferro a él. Permanecemos así durante minutos, horas, quién sabe, y, por fin, se vuelve para mirarme. Me rodea la espalda y yo me inclino sobre su pecho. Su corazón late por mí, y el mío se muere por él.

Cuando coloco los dedos bajo su barbilla e intento besarlo, gira la cabeza. Un intenso dolor me atraviesa. Más me vale ir acostumbrándome a esta sensación. Después de que se lo haya contado todo y de que pase un tiempo a solas con Dakota, esto habrá terminado de todas formas. Sabía que este día llegaría desde la primera vez que lo besé, pero no esperaba que fuese a importarme tanto. Se suponía que esto iba a ser algo divertido; pretendía ser esa chica más mayor y divertida a la que podía follarse durante unas semanas, y luego cada uno seguiría su camino. Aunque ahora que se ha alejado de mí, no sé cómo hemos llegado a este punto. ¿Hemos traspasado la línea de la amistad hasta esto?

¿Qué es «esto»?

—Siento lo de... —empiezo a disculparme.

Ni siquiera sé por dónde empezar.

—Shhh. Hablemos cuando estemos... —Observa mi cuerpo—. Vamos a vestirnos.

Accedo, no porque quiera hacerlo, sino porque es lo que él quiere. Y ahora mismo yo quiero lo que él quiera.

Cuando salimos del agua, coge una toalla y se vuelve hacia mí. Se agacha y empieza a secarme los pies y los tobillos.

La garganta me arde, buscando las palabras que necesito decirle pero que no encuentro. Tiro de sus brazos y lo obligo a levantarse. Con la misma toalla que ha utilizado para mí, seco su cuerpo. No me detiene y cierra los ojos. Me tomo mi tiempo en recoger las gotitas de agua que lo cubren. Le pido que se siente en el retrete para poder llegar a su cuerpo. Cede. Tiene los ojos y la boca cerrados, y me gustaría rebobinar hasta el primer día que lo vi y empezar de cero. Si éste fuera uno de esos libros de fantasía que tanto le gustan, haría un hechizo y retrocedería en el tiempo.

Prepararía alguna especie de suero de la verdad y me lo bebería para asegurarme de que soy sincera con él desde el principio.

Alargo la mano hacia el montón de ropa que está sobre la cisterna del váter y cojo sus calzoncillos negros. Me agacho, le toco el muslo, y él deja que lo vista. Cierra la mano en un puño, estira los dedos y repite este proceso una y otra vez hasta que he terminado. Su camiseta verde está arrugada, y tiene el pelo húmedo y revuelto. Me duele mirarlo.

Me seco el resto de mi cuerpo y cojo mis pantalones negros del suelo. Pero Landon tira de ellos y me los quita.

—Te dejaré algo para que te lo pongas —dice, y recoge mi ropa del suelo.

Envuelvo mi cuerpo con la toalla y lo sigo hasta su habitación. Cuando cierra la puerta, dejo caer la toalla. Los ojos de Landon recorren mi cuerpo desnudo, y me estremezco bajo su mirada. Abre un cajón y me pasa un par de calzoncillos grises y una camiseta sin mangas.

No me mira mientras me visto, y me siento vacía por dentro. Sé que es superficial querer que ansíe mi cuerpo, pero el hecho de que aparte la mirada adrede no hace sino alimentar mi inseguridad.

Una vez vestida, y sintiéndome incluso más vulnerable que antes, me acomodo en el borde de la cama. Él bebe un trago de Gatorade y se reúne conmigo. Me pasa el agua.

No tiene ningún sentido alargarlo más.

—Me casé con diecinueve años —digo.

Landon inspira hondo y mantiene la mirada fija en la pared.

—Lo hice por varios motivos diferentes. Para rebelar-

287

me contra mis padres, para cabrear a los suyos, para poder ir a la universidad libremente. No quería que mis padres me pagaran ni un centavo de la facultad. Casarme con Amir era la solución a todo eso. Una vez casada, mis ingresos ya no se basaban en la riqueza de mi familia.

Landon parece estar asimilándolo y, como siempre, va directo al grano.

—Y ¿dónde está tu marido ahora?

Ojalá fuera tan simple.

—Mi marido está en un campo, en algún lugar entre esto y Scarsdale.

O, al menos, ahí es donde está su espíritu.

Landon arruga la frente y me mira.

—Al principio no éramos más que unos niños que habían firmado un papel y que de repente estaban casados. Ambos sentimos que estábamos escapando del yugo de nuestros padres. Éramos jóvenes y estábamos enamorados, esa clase de amor en el que todo es maravilloso, hasta que surge un problema real —digo, y hago una pausa.

«¿Es así como me quieres tú?», quiero preguntarle.

—De modo que, en el momento en que surgieron problemas reales, como su adicción al alcohol y su expulsión de la universidad...

Debería haber escrito esto. Habría sido mucho más fácil que contar en voz alta una situación tan compleja.

—... sus padres me culparon a mí y amenazaron con cerrarle el grifo. Pero yo no podía controlarlo, apenas lo conocía ya. Aun así, lo intenté, y, cómo no, él se enfadó conmigo. Pero me dijo que su familia quería que renunciara por escrito a un terreno que habían adquirido en su nombre. No me dijo por qué, pero investigué por mi cuenta y descubrí que sus padres querían ganar una fortuna con ese terreno. Se preocupan por su hijo, claro, pero habían estado planificando su vida durante años antes del accidente, y, cuando todo se fue al garete, se les ocurrió un plan B: obtener de mí el dinero y vender el terreno. Con ese dinero, podrían construir otro hospital al que ponerle el nombre de su familia. Querían que les cediera el terreno a ellos, como lo había hecho el leal de su hermano, pero Amir se negó. Recuerdo el día en que tuve que sacarlo del despacho de su padre. Estaba furioso, y gritaba que su padre era un fraude, un mentiroso. No dijo nada en todo el trayecto a casa, pero aquel día me di cuenta de que me había casado con un amigo, no con un amante.

»En teoría, todo encajaba. Nuestros padres eran socios empresariales, nuestros hermanos estaban prometidos, ambos éramos personas muy viajadas y procedíamos de familias adineradas. El problema era que él detestaba las pequeñas cosas que a mí me encantaban, como la cocina. No habría sido un inconveniente si simplemente no tuviese interés en ello, pero al menos se comiera la comida. Pero no era así. La mayoría de las veces ni siquiera probaba lo que preparaba. Su pasión era el sector inmobiliario, cosa que a mí no me interesaba lo más mínimo. A nuestras familias las unía el dinero y el ego, y nosotros caímos en un juego al que ni siquiera sabíamos que estábamos jugando. Pensamos que sería genial que nos rebelásemos y nos casásemos sin celebrar un gran bodorrio. Así cabrearíamos a nuestras familias materialistas, y era tan emocionante que creímos que valdría la pena hacerlo. Conspiramos en su contra, pero nunca tuvimos nada importante en lo que se refiere a la intimidad, ni física ni emocional.

Estoy casi sin aliento después de haberle contado tanto; probablemente más de lo que le he contado nunca a nadie sobre ese tema, y, después de todo mi discurso, lo único que Landon dice es:

—Y ¿qué tiene que ver todo eso contigo ahora? ¿Estáis separados o no?

Landon es joven. Demasiado joven como para preocuparse de separaciones, matrimonios, documentos legales y escrituras de terrenos. De lo único que sabe es de sus sentimientos. No entiende la lucha de poderes de una familia rica. Es puro, y aquí estoy yo, contaminándolo con todo esto.

—Pues... —inspiro hondo hasta llenar mis pulmones— ahora que no puede firmar nada por sí mismo, esperan que yo les ceda el terreno. Pero no pienso hacerlo. Amir no le debe nada a su familia, ni yo tampoco. Ellos ya lo habrían desconectado y lo habrían dejado morir de no ser por mí.

Landon vuelve de golpe la cara hacia mí. Le está costando sumar dos más dos.

¿Por qué no se lo he contado antes? Ahora que lo he soltado, no parece tan malo. Ojalá todo fuera más sencillo. Puede que mis problemas suenen a los típicos problemas de niña rica, pero eso no los hace menos relevantes para mí.

—Nunca fuimos un matrimonio feliz. Éramos unos amigos de la infancia que tomaron una decisión adulta para la que no estaban preparados. Era más fácil seguir casados, pero estábamos viendo a otras personas. Bueno, él estaba viendo a otras personas.

—Hay algo que no alcanzo a entender. —Landon se frota el cuello con la mano—. ¿Cuánto tiempo lleva...?

—¿Recibiendo asistencia? —me adelanto—. Ahora tiene atención domiciliaria. Tiene su propia enfermera en su casa.

—Tu casa —me corrige.

—Técnicamente, sí.

—¿Cómo que técnicamente? Técnicamente estás casada y hay toda una parte de tu vida que me estabas ocultando hasta que otra persona te ha obligado a contarme la verdad. ¿Por qué no me has explicado nada de esto? Lo habría entendido. Lo habríamos superado juntos. Pero ahora todo lo que respecta a ti parece falso y deshonesto, y lo cierto es que no sé qué pensar.

Trago saliva.

—Lo sé. Siento haberte arrastrado a esto.

Landon se vuelve hacia mí de forma súbita. Su mirada es dura.

—No. No me has arrastrado a nada. Me has mantenido fuera hasta que ya no has podido hacerlo más. Dios sabe cuánto tiempo me habrías tenido a oscuras.

Me encojo de hombros. No tengo ninguna respuesta para eso.

—¿Creías que no podías confiarme esto? En serio, no lo entiendo.

—No es que no confiara en ti, pero son cosas muy serias. Estás en la universidad, Landon. —Bajo la vista hasta sus manos temblorosas sobre su regazo y vuelvo a mirarlo a los ojos—. Tienes exámenes de los que preocuparte y una vida que vivir. Eres joven, no deberías estar preocupándote por estas mierdas.

Se pone de pie y agita los brazos golpeando la cabecera de metal.

—¡No eres quién para decirme por qué tengo que preocuparme y por qué no!

Me levanto también.

—¡Y tú no deberías estar tan involucrado en mi vida! —le grito en respuesta.

—Vale, Nora. Adelante. Intenta darle la vuelta y culparme a mí de esto. Aclárate: o quieres estar conmigo y que resolvamos esto juntos, o no.

Me quedo perpleja.

—¿Qué?

—¡¿Cómo que qué?! —exclama agitando las manos en el aire.

Siento cómo una lágrima desciende por mi mejilla sin que pueda hacer nada por evitarlo.

—No me puedo creer que después de todo esto te muestres tan tolerante... y quieras darme otra oportunidad.

Podría vivir mil vidas, y seguiría sin merecerlo.

Él sacude la cabeza y deja de pasearse por la habitación.

—¿Y bien? ¿Qué va a pasar? Tú decides.

—Y ¿qué pasa con Dakota? —pregunto.

Me escupe fuego con la mirada.

—¿Qué pasa con ella?

—Te vas a Michigan con ella. Estaréis los dos solos...

—¿Me estás tomando el pelo? ¿Eso es lo que te preocupa? —Se sienta en la cama y entierra el rostro entre las manos.

Creía que esto acabaría de otra manera. Pensaba que vendríamos a su habitación y que decidiríamos que todo es demasiado complicado como para continuar juntos, que él se pondría triste cuando me marchara, pero que mañana estaría bien. Me duele la cabeza.

¿Es posible que pueda competir con Dakota? ¿Es posible que me elija a mí?

La historia de su hermano me atormenta, los atormenta. El modo en que Dakota ha entrado en la tienda después de que lo hiciera Landon mientras yo me he quedado ahí plantada en la acera. He visto cómo lo ha cogido de las manos, y he visto que él no las ha apartado. He visto cómo lloraba cuando se ha marchado por fin. La realidad de la situación es que mi primer amor acabó hace mucho tiempo, pero el suyo no.

—Tócame —le digo.

Me acerco y me planto justo delante de él y le ruego que me toque.

Necesito una última noche con él. Sus manos planean sobre mi rostro y cierro los ojos mientras él acaricia mis mejillas con el pulgar.

—Lo siento —susurro cuando desliza el dedo por mis labios.

No le explico qué es exactamente lo que siento, pero pronto lo entenderá. Y me dará las gracias por alejarme de él ahora. Más vale tarde que nunca.

Sé cómo terminar esto, cómo aturdirlo y distraerlo al tiempo que acabo con esto.

Coloco las manos sobre su estómago, sobre sus duros músculos, y tiro de su camiseta para atraerlo hacia mí. Siento la suavidad de su boca cuando toca la mía. Podría besarlo mil y una veces y nunca me cansaría. Lo empujo de nuevo hacia la cama, lo empujo por los hombros y me monto sobre su cuerpo. Me apodero de él y meneo mis caderas sobre las suyas. Mi pelo cae sobre mi espalda, húmedo y frío, y Landon levanta las manos para acariciar mis pechos. Me tomo mi tiempo con él y araño lentamente su estómago duro con las uñas. Suspira, jadea y pronuncia mi nombre. Le digo que no me canso de él y él coincide conmigo y estrecha mi cuerpo contra su pecho mientras se corre. Siento sus sacudidas de placer y me esfuerzo por no llorar.

¿Qué me ha pasado? ¿Quién es esta mujer débil que llora sobre el cuerpo de un chico que no la puede amar porque es demasiado complicada?

Apoyo la cabeza en su pecho y cierro los ojos antes de que me caigan las lágrimas. Inspiro y espiro, esperando que no advierta mis emociones.

Cuando se queda dormido, recojo mi ropa y lo dejo en el tranquilo Brooklyn.

Al llegar a la verja de la casa, tengo los ojos rojos e hinchados. Me duele el pecho y me siento débil. El trayecto hasta aquí ha sido largo y era demasiado tarde como para llamar a un chófer. Me he pasado todo el viaje en tren mirando al asiento de enfrente, recordando la noche en que Landon me siguió. Cuanto más intento deshacerme de esos recuerdos, más intensos se vuelven en mi mente.

Introduzco el código de la inmensa puerta de metal y el taxi se aleja. La verja se abre y recorro poco a poco el largo camino de acceso. Unos árboles y flores perfectamente podados delimitan el sendero, como si hubiese vida en esta finca. Levanto la vista hacia la oscura casa en lo alto de la colina. Aquí no hay vida.

La vivienda está en silencio, excepto por el tenue susurro de la pecera y el pitido de las máquinas que se oye cuando me acerco al dormitorio principal. El coche de la enfermera está aparcado delante de la casa, así que sé que está aquí, en alguna parte. Las paredes resuenan con cada uno de mis pasos, y me pregunto si habría adorado esta inmensa mansión si las cosas hubieran sido diferentes.

¿Habría aprendido a amar a mi marido y a formar una familia en esta casa? Miro la lámpara de araña que pende del techo y las carísimas obras de arte de las paredes. Lámparas y pinturas únicas para un hombre que jamás las verá.

La puerta del dormitorio no está cerrada con pestillo, claro, y la abro.

Amir está sentado en su silla.

Tiene los ojos cerrados.

Su rostro está recién afeitado y su camisa blanca de algodón lleva el botón superior desabrochado.

Era un hombre muy guapo.

Es un hombre muy guapo.

Por la mañana le gritaré a la enfermera, Jennifer, por dejarlo en la silla de ruedas toda la noche, pero ahora, dejo el bolso y me siento a sus pies. Levanto su pesado brazo y apoyo la cabeza en su regazo. El respirador silba y aparto el tubo de mis pies y dejo caer su brazo sobre mi cabeza.

No lloro y, por primera vez en mucho tiempo, me imagino viviendo aquí, en esta habitación, con mi silencioso marido, durante el resto de mi vida.

TREINTA Y DOS

Landon

El vuelo parece durar mucho más de tres horas. He tenido suerte de encontrar un billete con tan poco tiempo, pero no me siento nada afortunado esta mañana. El sol aún no había salido cuando me he despertado con un mensaje de Dakota y una cama vacía. Nora se ha marchado en mitad de la noche, y, una vez más, no entiendo nada.

Me siento mucho más mayor de veinte años, y Dakota parece mucho más triste que la bailarina que amé en su día. Cuando aterrizamos, le pesan los párpados. Todavía los tiene hinchados de las lágrimas de anoche.

No la miro el tiempo suficiente como para sentirme culpable. Esas lágrimas no eran por mí. Eran por sí misma.

Mientras Nora estaba en mi cama, Dakota lloraba en la suya.

Cuando llegamos a la zona de recogida de equipajes, Dakota tiene la mirada perdida en la cinta transportadora, de modo que le digo que se siente, y accede. Señalo la fila de asientos que hay a su lado, y ocupa uno de ellos.

Junto a mí hay una mujer con un bebé en brazos, y pienso en Nora sosteniendo al bebé de su hermana. Cuando veo a otra mujer con el pelo negro y largo, pienso en Nora; incluso el anuncio de *Juego de tronos* que ha salido en la pantalla de mi vuelo me ha llevado a pensar en ella. Todo me recuerda a ella, y una pequeña parte de mí espera que ella tampoco pueda mirar nada sin pensar en mí.

El equipaje no tarda en aparecer. Lo recojo y me aproximo a Dakota, que tiene pinta de que va a quedarse dormida en cualquier momento.

—¿Estás bien? —pregunto.

Me mira con unos ojos marrones vacíos y asiente.

—Estaré bien.

En mi esfuerzo por dejar el hábito de presionar a los demás, asiento en lugar de decirle que no creo que esté bien.

El Kia que he alquilado es bonito, pero huele a humo de tabaco a pesar de las advertencias de «No FUMAR» que hay pegadas por todo el interior. Dakota permanece callada la mayor parte del trayecto, y yo estoy tan pendiente de su estado que tardo unos minutos en empezar a reconocer mi vieja ciudad cuando aparece al otro lado del parabrisas. Conduzco en silencio, sin levantar las manos del volante, en el momento en que pasamos por delante del viejo edificio que solía ser el videoclub al que mi madre acostumbraba a llevarme los sábados por la noche. Todos los sábados pedíamos una pizza en Pizza Hut y alquilábamos una peli. Ahora parece estar tan abandonado como el polvoriento reproductor de vídeo que aún conserva mi madre en Washington. Echo un vistazo a Dakota y me pregunto si recuerda aquella vez que robó un Baby Bottle Pop, una chuchería con forma de biberón, del mostrador. Salimos corriendo como locos por la calle mientras Carl, el encargado bajito de pelo rubio, nos seguía. En la ciudad se rumoreaba que Carl acababa de salir de la cárcel, cosa que es muy posible, pero nunca nos alcanzó. Desde ese momento le dije a mi madre que me gustaba más ver películas en la tele que alquilarlas y, afortunadamente, coló.

Cuanto más me adentro en Saginaw, más se apoderan de mí las raíces de la ciudad. Me siento como un extraño aquí, como un intruso. A los veinte años, he estado en más sitios del país que la mayoría de las personas que habitan en esta ciudad. Cuando nos detenemos en el semáforo de la intersección entre Woodman y Airway, vuelvo a mirar a Dakota.

—Han derribado el McDonald's.

Solíamos comernos una de esas hamburguesas clásicas de McDonald's justo en esa esquina, pero ahora no hay más que un solar de hormigón.

Dakota no me mira, pero mira por la ventana.

—Hay uno nuevo —dice, y señala un edificio cuadrado con unos arcos amarillos que hay más adelante.

Después deja caer la mano sobre su regazo de nuevo.

Señalo con la cabeza otro solar de hormigón donde solía estar el bar del barrio.

—¿Qué pasó con el Dizzys?

Me sobrevienen los recuerdos de sacar al padre de Dakota a rastras de ahí, pero permanezco impasible. No sonrío ni frunzo el ceño.

Ella se encoge de hombros.

—Oí que se incendió. No me extraña.

Un recuerdo distante se abre paso en mi cerebro y se despliega delante de mí.

El padre de Dakota, Dale, estaba apoyado contra la pared del atestado bar. En una mano tenía una cerveza, y en la otra, la cintura de una morena bajita. Era una mujer rechoncha, compacta. Su pelo rizado enmarcaba su rostro, y saltaba a la vista que sus mejores años habían sido los ochenta, ya que intentaba mantener el estilo.

Cuando Dakota se abrió paso entre la gente, la seguí de cerca. Encontró a su padre, ebrio, y también a esa mujer. Antes de que él se percatara de su presencia, Dakota le arrebató la cerveza de la mano y a continuación la tiró a una papelera que tenía cerca.

—¿Qué cojones haces? —Levantó la vista para ver a su hija y ella enderezó la espalda, respiró hondo y se preparó para la batalla.

—Vámonos —dijo Dakota con los dientes apretados.

Él la miró y tuvo la poca vergüenza de reírse. Se rio en la cara de su única hija.

La mujer de pelo cardado miró a Dakota, después miró al despreciable de su padre y, por último, a mí. Yo le advertía con la mirada que se largara, pero no se movió. En lugar de hacerlo, dio un trago a su bebida y cuadró los hombros.

Dakota tiró de la camisa de Dale.

—Vamos.

Él frunció el ceño y se miró las manos vacías.

—¿Qué cojjjones hacesh tú aquí? —dijo arrastrando las palabras.

Se me revolvió el estómago.

La extraña aspirante a Farrah Fawcett dio un paso adelante y rodeó el cuello de Dale con su asquerosa mano. Los ojos marrones de Dakota parecían tornarse rojos bajo la tenue luz del bar. Detestaba la idea de que su padre estuviese con otra mujer, aunque sabía que su propia madre no iba a regresar de Chicago.

Dakota miró a la mujer, y yo la agarré de la camiseta y la atraje de nuevo a mi lado.

—Venga, Dale, es tarde. Tienes que trabajar por la mañana —intervine.

—Niños, ¿qué estáis haciendo en un bar? Largaos a casa y dejadnos estar. —Después acercó los labios a la oreja de la mujer, y Dakota se abalanzó contra ellos.

Para ser una chica de quince años que había enterrado a su hermano esa misma mañana, se había estado comportando de un modo sorprendentemente estoico todo el día. Pero ahora no. Ahora estaba frenética y salvaje. Me apartó de un empujón y comenzó a golpear a su padre en el pecho con sus pequeñas manos.

Me lancé a por ella, la agarré de la cintura y la atraje hacia mí.

—Si no quiere marcharse, es cosa suya —dije—. Vámonos.

Ella sacudió la cabeza con furia, pero cedió.

—¡Te odio! —gritó mientras yo la guiaba afuera.

—Me alegro de que ese puto lugar se haya reducido a cenizas, ya era hora. —La voz de Dakota me devuelve al presente.

—Yo también —coincido, y seguimos conduciendo por nuestra ciudad natal.

Parece que han pasado siglos desde que me marché de este sitio, y una incómoda punzada en el estómago me hace sentir culpable cuando giro a la izquierda, hacia la autopista Colonel Glenn Highway. Cuando llegamos al hotel, hay una mujer semidesnuda en el aparcamiento, con heridas en la cara. Parece que se balancea adelante y atrás.

—Bienvenidos a Saginaw, la tierra de las prostitutas adictas a la heroína. —Dakota intenta sonar inmutable, pero detecto un ligero temblor en su voz.

Apago el motor y miró más allá, hacia el aparcamiento en general.

—Dudo que esté puesta de heroína —replico, aunque no sé si me creo mis propias palabras.

Al hacer el *check-in*, le pido a la mujer de recepción que nos dé una habitación con dos camas. Dakota intenta ocultar su dolor, pero he visto cómo se ha crispado cuando lo he dicho. Sabe que estamos aquí como amigos, como amigos de toda la vida, nada más, y nada menos.

La empleada del hotel, Sharon, me entrega dos llaves y, tras un corto paseo, encontramos nuestra pequeña habitación, que huele a naftalina y parece amarillenta bajo la luz de la lamparita. No hay muchos hoteles entre los que elegir aquí, y puesto que hemos esperado al último minuto para venir, tenía que aceptar lo que había. No le he dicho a mi madre que iba a venir, así que no podía usar sus puntos de recompensa en el único hotel decente de la ciudad.

Mientras inspecciono las paredes en busca de otra luz, Dakota deja su maleta encima de la cama que está más cerca de la ventana y me dice que va a ducharse. Yo también necesito una ducha. Miro mi teléfono y leo los mensajes de Tessa:

Si necesitas algo, ya sabes dónde estoy.

Y:

Ten cuidado, en todos los sentidos de la palabra.

302

Le contesto que sí, que tendré cuidado, y le recuerdo que no comparta mi aventurilla con mi madre y con Ken. Sé que ya soy mayorcito como para viajar cuando quiera, pero no deseo que se preocupen, y esto los preocuparía.

Son un poco más de las diez cuando Dakota sale de la ducha. Tiene los ojos rojos y las mejillas hinchadas. Pensar que ha estado llorando sola en el baño me deja sin aliento. El dichoso instinto me impulsa a abrazarla hasta que sus ojos pasen de ese rojo venoso a un blanco lechoso.

En lugar de hacerlo, digo:

—Voy a pedir algo de comida —y me vuelvo hacia el librito que está sobre el escritorio para buscar el servicio de habitaciones.

No parece que haya.

—No tienen servicio de habitaciones —mascullo.

Dakota me dice que no tiene hambre. Levanto la vista y veo su pequeña figura envuelta en una toalla blanca y su pelo rizado empapado sobre sus hombros y su pecho desnudos.

—Vas a comer. Pediré algo en Cousin Peppy's —le digo, y casi sonríe—. ¿Recuerdas cuando llamábamos ahí y le pedíamos al repartidor que viniera a la ventana de mi cuarto para que mi madre no se despertara?

Recojo el teléfono de mi cama y busco el número.

Dakota permanece callada mientras rebusca en su bolsa. Pido una pizza, palitos de pan y un refresco de dos litros para compartir. Como en los viejos tiempos, creo. Después, miro a Dakota, que se dirige al cuarto de baño para vestirse fuera de mi vista, y recuerdo que esto no se parece en nada a los viejos tiempos.

Cuando sale del baño, lleva una camiseta enorme que le

llega justo hasta la mitad del muslo. Su piel marrón reluce, y percibo el aroma de su crema de manteca de cacao desde aquí. Cuando le digo que voy a ducharme, asiente y se tumba en la cama. Qué distante está, parece un zombi, pero peor. Preferiría que intentase comerse mi carne a verla así, acurrucada de lado, mirando hacia la ventana.

Exhalo un suspiro, cojo un par de calzoncillos limpios y me dirijo al cuarto de baño. El agua sale caliente, pero casi no hay presión. Necesito que el agua me golpee para deshacerme de la dolorosa tensión que siento en los hombros y que no parece querer desaparecer.

Uso la crema de Dakota. Es la misma que ha utilizado desde que me alcanza la memoria. Me encanta el olor que tiene, y me esfuerzo por no permitir que mi cerebro entre en la vía de los recuerdos. Me cepillo los dientes, dos veces, aunque voy a comer pronto. Me cepillo el pelo. Me cepillo la barba que me estoy dejando crecer. Estoy haciendo tiempo. Sé que lo estoy haciendo, pero no sé qué decirle ni cómo consolarla sin acercarme a ella. Sólo sé hacerlo de una manera, y no es la que más nos conviene. Ya no.

Después de otros minutos más de cobardía, salgo del aseo. Dakota sigue tumbada en la cama, de espaldas a mí, con las piernas recogidas contra el pecho. Me dirijo a apagar la luz justo cuando alguien llama a la puerta.

¡La pizza! Se me había olvidado. Le pago al estudiante que nos reparte, que apesta a hierba, y cierro la puerta. Echo los dos pestillos y aviso a Dakota. Ella se incorpora inmediatamente y se sienta. Se me ha olvidado pedir platos, y Steve *el Colgao* no ha traído ninguno, así que cojo dos porciones y las dejo sobre la caja de los palitos de pan.

Cuando deslizo la caja de la pizza hacia Dakota, la acepta en silencio. Como no hable pronto me voy a volver loco. Aunque es bastante hipócrita por mi parte pensar esto, ya que yo tampoco he dicho mucho que no tenga que ver con la pizza.

Comemos en silencio, un silencio tan ensordecedor que lo rompo y enciendo el televisor. Dejo las noticias locales y hago un gesto de fastidio cuando empiezan a hablar de política. Qué cansinos. Paso los canales hasta que llego al canal de cocina Food Network. Seguramente, «Diners, Drive-ins and Dives» me dé menos dolor de cabeza que un debate político. No me puedo creer que haya estado esperando veinte años para poder votar y que éstas sean mis opciones.

Tras comerse sólo una porción de pizza, Dakota deja la caja otra vez sobre la mesa y empieza a caminar hacia la cama.

—Come más —la animo.

—Estoy cansada —dice con un hilo de voz.

Me levanto, cojo la caja de pizza, la abro y le doy otra porción.

—Come. Y después podrás irte a la cama.

Ella suspira, pero no me mira a los ojos ni discute. Dakota come con rapidez, se traga de golpe un vaso de refresco y vuelve a la cama. Se echa de lado y no emite sonido alguno.

Yo como hasta que estoy a punto de estallar. Después, me tumbo sobre el colchón y me quedo mirando al techo hasta que se me cierran los ojos de sueño.

TREINTA Y TRES

La siguiente mañana es fría, más de lo que esperaba. Salgo del hotel para ir a por un par de cafés de Starbucks mientras Dakota sigue durmiendo. Desde que me mudé, han construido uno con un acceso para comprar desde el coche fuera del centro comercial. Al vivir en Nueva York había olvidado lo mucho que echaba de menos comprar las cosas así, desde el coche. Echo de menos poder ir conduciendo a algún lugar a por un refresco, dulces, papel higiénico. Es cómodo y el máximo exponente de la pereza, pero es una de las pocas cosas que añoro del Medio Oeste.

Para mi embarazosa sorpresa, la persona que escanea mi teléfono en la ventanilla es Jessica Reyes, una chica que iba a mi instituto. Ahora que lo pienso, coincidí con ella en primaria en el colegio y en el instituto. Está igual que siempre, sólo algo menos viva. Tiene bolsas bajo los ojos y su sonrisa no es tan reluciente como recordaba que había sido en su día.

—¡Qué fuerte! ¡Landon Gibson! —dice en voz baja, alargando las palabras.

Sonrío sin saber qué decir.

—Tengo entendido que vives en Nueva York. ¿Qué tal es? Seguro que hay un montón de gente de aquí para allá, como en las pelis, ¿verdad?

Asiento.

—Sí, es bastante bullicioso. —Quiero desviar la conversación de mí todo lo posible—. ¿Cómo estás?

Ella se asoma un poco más por la ventanilla.

—Bien, conseguí trabajo aquí y me han hecho un buen seguro para mí y para mi hijo. Tengo un hijo de un año. Lo tuve justo después de graduarnos. ¿Te acuerdas de Jimmy Skupes? Pues es el padre, pero no me ayuda en nada.

Arruga la cara en un gesto de disgusto, e intento imaginarme a Jimmy Skupes, con sus vaqueros anchos y su pelo de pincho con las puntas decoloradas haciendo de padre.

Vivir rodeado de extraños durante los últimos dos años ha hecho que me dé cuenta de que no todo el mundo comparte todos los detalles de su vida en una conversación sencilla. Es raro volver a un lugar en el que proporcionar demasiada información es lo normal. Si entrara en Facebook ahora mismo, descubriría lo que ha comido Jessica o por qué rompieron su novio y ella. Podría ver su vida a través de una pantalla. Y la idea me pone de mala leche.

—Me alegra saber que te va bien —le digo.

Veo que los cafés que le he pedido están sobre el mostrador que hay detrás de ella, pero tengo la sensación de que no piensa dármelos todavía.

Jessica le dice algo a uno de sus compañeros y se vuelve de nuevo hacia mí.

—Me he enterado de que Dakota y tú rompisteis. —Me mira con unos ojos verdes llenos de compasión—. Siempre fuiste demasiado bueno para ella. Nunca me gustó esa chica. Su hermano era mucho más simpático. Joder, debería haber sido ella la que...

—Jessica. —Por poco que le guste Dakota, no tiene derecho a decir algo tan desagradable—. Tengo que irme —le digo, y señalo con un gesto las bebidas.

Asiente y me dice que sea fuerte. Después de dejar las bebidas en los posavasos del coche, le deseo un buen día; lo que se me pasa por la cabeza es algo que jamás debería decírsele a una mujer. Agarro el volante con fuerza, regreso al hotel y, cuando abro la puerta, me encuentro a Dakota paseándose de un extremo al otro de la habitación. Su cuerpecito parece estar a punto de desmoronarse en cualquier momento.

—Landon, ¿dónde estabas?

Dejo las bebidas al lado de la tele y me vuelvo hacia ella.

—He ido a por unos cafés. Creía que seguirías durmiendo cuando volviera. No quería despertarte.

Ella asiente, y veo un cambio físico en su cuerpo ahora que me he explicado.

—Creía que te habías ido.

Me encojo de hombros.

—¿Adónde me iba a ir?

—De regreso a Brooklyn —dice tranquilamente.

Cojo una pajita de la mesa y le quito el papel.

—No seas tonta, jamás te dejaría aquí, en Michigan. —Bebo un sorbo de mi *frappuccino*, y Dakota coge el suyo.

Estaba a punto de pedir un café americano, pero algo en el deprimente cielo de esta ciudad me ha impedido traer mi bebida neoyorquina aquí.

—Adivina a quién he visto. —Me vuelvo hacia Dakota, que ahora está sentada en la cama con las piernas cruzadas.

Me aseguro de no mirarla durante demasiado tiempo y de no pensar mucho en el hecho de que sólo lleva puesta una camiseta y unas braguitas rosa de algodón.

—¿A quién? —pregunta entre sorbos.

Su pelo ya está seco y forma salvajes rizos que enmarcan su rostro. Siempre me ha gustado su pelo.

Me encantaba cómo rebotaban sus rizos cuando yo se los estiraba suavemente.

Me encantaba cómo rebotaban cuando se reía. Su olor, la suavidad de su tacto.

«Para, Landon.»

Vuelvo a lo que estaba.

—A Jessica Reyes. Trabaja en Starbucks. El nuevo que está junto al centro comercial.

Dakota la recuerda al instante. Es lo que tiene esta ciudad, que por mucho tiempo que haya pasado desde que te marchaste, nunca la olvidas.

—Te manda saludos —miento.

Sus dedos mueven la pajita alrededor de la cobertura de nata montada y recoge un montón.

—Hum... Nunca me cayó bien. Era muy negativa.

Después de que Dakota hable con su tía, por fin nos dirigimos al hospital para ver a su padre. Está en Sion, el nuevo centro que construyeron el año pasado. Con todos los residentes quejándose sobre el estado de la economía por estos lares, me resulta extraño que no paren de surgir todas estas nuevas construcciones. Entiendo lo del McDonald's y el Starbucks nuevos, pero el nuevo centro comercial exterior de cien establecimientos repleto de grandes almacenes importantes y restaurantes caros..., eso no lo entiendo. Si no hay dinero en la ciudad, ¿quién compra ahí?

Cuando llegamos a la recepción, le digo nuestros nombres a una de las enfermeras. Nos dice que ella también va en esa dirección y, con una sonrisa en los labios y un portapapeles bajo el brazo, nos guía hasta la habitación. Detesto el olor de los hospitales. Me recuerdan a la muerte y a la enfermedad y me dan yuyu.

Seguimos a la enfermera por un largo pasillo, y no puedo evitar mirar en todas las habitaciones por las que pasamos. Sé que es de mala educación, pero mis ojos no dejan de examinar a todas las personas que están ahí tumbadas, en su lecho de muerte. Eso es lo que hacen todos en estas habitaciones, morirse. Me resulta horrible. ¿Y si soy la última persona a la que ven antes de morir?

Madre mía, mi mente se está convirtiendo en un lugar oscuro y morboso.

Por fin llegamos a la habitación. Cuando entramos, Dale está sentado derecho en la cama del hospital, con los ojos cerrados. Al cabo de unos segundos, sus ojos siguen cerrados, y un ligero escalofrío me recorre la espalda. ¿Está muerto?

Si hubiese muerto mientras nos bebíamos los cafés de Starbucks...

—Señor Thomas, su hija y su yerno han venido a verlo —dice la enfermera.

Tiene una voz tranquilizadora y una densa mata de pelo negro recogida en una lisa cola de caballo. Sus ojos oscuros son serios, y me ha escocido que haya dado por hecho que Dakota y yo estamos casados, pero tiene algo que me gusta. Puede que sea la falta de compasión en sus ojos mientras observa a Dale. Cuando mira a Dakota, sí, atisbo un poco de compasión, pero no cuando mira al monstruo que tenemos delante. Su piel blanquecina está repleta de manchas amarillas y de moratones oscuros, y tiene los ojos hundidos en las cuencas. Sus mejillas forman dos pendientes huecas en su rostro.

Dale abre un poco los ojos y mira a su alrededor. Para tratarse de un hombre moribundo, su habitación está impecablemente limpia, y vacía. No hay flores, ni tarjetas, ni pruebas de que nadie más que las enfermeras hayan pasado por aquí. Aunque tampoco es que estuviera esperando una fiesta de bienvenida que digamos. Cuando mira en nuestra dirección, sus ojos me encuentran a mí primero. Me observa como si no tuviera ni la menor idea de quién soy, y después mira a su hija. Levanta un brazo delgado y le hace un gesto para que se acerque.

—Yo... —Se aclara la garganta—. No esperaba que vinieras.

Su voz es muy ronca, y un resuello acompaña a cada una de sus respiraciones. Sus brazos son dos palitos. Los huesos se le marcan como los cantos rocosos de un precipicio.

Dakota se hace la valiente. Si no la conociera mejor que ella a sí misma, jamás adivinaría que está aterrorizada y emocionalmente hundida por dentro. Está manteniendo la compostura de un modo muy valiente y, por ello, levanto el brazo hasta su espalda y le regalo una caricia.

—Yo tampoco esperaba venir. —Dakota se acerca a la cama de hospital.

Su padre está conectado a más máquinas de lo que imaginaba.

—Me han dicho que te estás muriendo.

—Eso me han dicho a mí también —dice sin pestañear. Mantengo la vista ocupada leyendo todos los carteles de la pared. Una escala del dolor que va de cero a diez. El cero es una cara sonriente, y el diez una cara roja. Aquí no veo ninguna sonrisa, así que me pregunto cuál será el nivel de dolor de Dale. Y, si está por encima del cinco, ¿se arrepentirá de haberse bebido su vida?

¿Es posible que eso le importe a alguien como él? Seguro que ni siquiera se le ha pasado por la cabeza el hecho de que su muerte vaya a dejar a su hija sola en el mundo. Aunque tampoco es que él le haya servido de mucho, pero ahora es verdad que no le queda nadie, y va a tener que hacer frente a las repercusiones de las decisiones de su padre. Es una chica de veinte años que tiene que enterrar a su padre.

Reconociendo mi presencia por primera vez desde que entramos en la habitación del hospital, Dale tiene la poca vergüenza de preguntar:

—¿Qué hace éste aquí?

—Ha venido porque te estás muriendo y ha sido tan amable de acompañarme desde Nueva York —responde Dakota en voz baja y fría.

Detesto que la haga sentirse tan pequeña. Su voz cambia; incluso toda su estatura cambia cuando este cabrón anda cerca. Por mucho que se esté muriendo, nunca he odiado tanto a nadie como a este hombre.

Me mira con condescendencia.

—Qué amable por su parte.

Me devano los sesos buscando algo, lo que sea, que haga que sienta un poco de compasión por él.

Tanto Dakota como yo pasamos por alto su comentario, y ella se sienta en la cama.

—¿Cómo te encuentras? —pregunta.

—Como si me estuviera muriendo.

Dakota sonríe. Es una sonrisa leve, pero está ahí.

El hombre mueve uno de sus escuálidos brazos en mi dirección.

—No puedo hablar contigo delante de él. Dile que se vaya.

—Papá... —dice Dakota sin volverse hacia mí.

De todos modos, no quiero estar aquí.

—Tranquila. Seguro que no quiere que le recuerden todas las cosas horribles que ha hecho. Me voy.

Me acerco más a su cama y él se incorpora de golpe. Bueno, todo lo «de golpe» que puede.

—Lárgate. No sé cómo tienes la cara de venir aquí después de haberme arrebatado a mi hija. Tú y tu madre...

Empieza a toser, y le cuesta respirar, pero me da igual. Aparto a Dakota de un empujón y me yergo sobre él. Me siento poderoso. No me costaría nada librarnos a todos de nuestro respectivo sufrimiento...

—¡Landon! —Dakota tira de mis brazos.

¿Qué narices estoy haciendo? Tengo las manos levantadas formando sendos puños. Estoy amenazando a un moribundo que no tiene nada que perder. Lo detesto, pero el nivel de odio que bulle en mi interior es insoportable.

Ahora entiendo que la gente, hasta la más pura, estalle.

Inspiro hondo y retrocedo.

—Te dejo el coche aquí —digo, y salgo de la habitación.

La última vez que miro al monstruo, veo a un hombre frágil y débil, y su rostro hundido casi consigue borrar la imagen en la que golpea a su hijo hasta hacerlo papilla. Casi.

Me cuesta respirar cuando salgo del hospital, de modo que me siento en un banco durante treinta minutos. Después de mirar a los ojos a demasiados enfermos para un solo día, me levanto. No sé adónde ir, pero no puedo seguir aquí sentado ni un minuto más. ¿Cómo se me ocurrió venir?

Deambulo por el aparcamiento y cuento los coches. Miro mi teléfono. Cuento los camiones. Miro mi teléfono. Al final, llamo a mi tía Reese. Después de gritarme por no decirle que iba a venir (que yo era la razón por la que Dakota ya no necesitaba que fuese a recogerla), queda conmigo en el Starbucks nuevo. Jessica ya ha terminado su turno, cosa que me parece estupenda.

Después de un abrazo inicial de recibimiento, mi tía se sienta y detecta inmediatamente que algo no va bien.

—Bueno, ¿qué pasa contigo, Lan?

Mueve la cabeza, pero su cabello permanece intacto. Sigue llevando el mismo peinado de toda la vida, y me pregunto si la empresa de la laca que usa ofrece algún programa de fidelidad para quienes llevan comprándola toda la vida.

Me encojo de hombros.

—Dale se está muriendo. Mamá está a punto de tener un bebé, y yo voy a suspender mi próximo examen. Lo mismo de siempre.

Reese lanza una risotada irónica.

—Bueno, veo que tu sentido del humor no ha cambiado. ¿Cómo estás? ¿Te gusta Nueva York? Te echo de menos, y a tu madre también. ¿Qué tal es su marido? ¿Te gusta? ¿Cómo es su hijo? ¿Cómo se llamaba...? ¿Harding?

—Hardin —digo—. Y hablas con mi madre todo el tiempo. —Doy un sorbo a mi tercer café del día.

—No es lo mismo. Podría estar mintiéndome. Es feliz ahí, ¿verdad?

—Sí. —Asiento—. Es feliz. Mucho.

—¿Vas a quedarte mucho tiempo?

Niego con la cabeza.

—No. Sólo dos días.

Hablo con mi tía durante tres horas. Reímos, charlamos sobre los viejos tiempos, y sobre los nuevos, y me siento mucho mejor que esta mañana. No menciono a Nora, ni una sola vez. No sé qué pensar de eso.

Cuando vuelvo al hotel, Dakota está tumbada en la cama. Aún es de día. Todavía no se ha quitado los zapatos, y sus minúsculos hombros tiemblan cuando cierro la puerta. Y así, sin más, sé que ha muerto. Por fin ha muerto.

Sé que es horrible pensar de ese modo.

Pero, por muy horrible que sea, es lo que siento.

Me acerco y me acomodo detrás de esta chica tan frágil. Cuando giro su hombro para mirarla, su rostro está roto de dolor.

La levanto y la cojo en brazos, hecha un ovillo. Encaja perfectamente en mi regazo, como un diminuto pajarillo.

—Lo siento —digo.

Le acaricio la espalda, y ella solloza en mi hombro. Entonces, sus brazos rodean mi cuello con fuerza y se echa a llorar.

—Yo no —dice.

Su sinceridad se alimenta del dolor, como la mía, y no puedo juzgarla por ello. Es difícil lamentar la muerte de un hombre tan vil, por mucho que sea tu padre. Al parecer, se espera que la gente finja que la persona muerta era perfecta y que hable maravillas de ella en los funerales. Es incómodo y de dudosa moralidad.

Abrazo a Dakota hasta que se le secan las lágrimas. Se

levanta de mi regazo para usar el baño y vuelve rápidamente. Me viene de nuevo a la mente el día en que enterramos a su hermano y me invaden los recuerdos. ¿Estamos preparados para dejar el pasado atrás? ¿Todo? Todas las lágrimas derramadas, sí, pero ¿y los buenos momentos? ¿Y todas aquellas noches en las que perseguíamos luciérnagas y los días en los que perseguíamos al sol? Todas las primeras veces, y las segundas, y las terceras... Esta mujer ha sido muy importante en mi vida; ¿estoy preparado para dejarla ir?

Hace un gesto, como preguntando si puede volver a acurrucarse sobre mí, y, con un suspiro decidido, abro los brazos para recibirla.

TREINTA Y CUATRO

Todo está en silencio; Dakota está dormida y la luz de mi portátil ilumina la oscura habitación del hotel. Hoy hemos firmado el papeleo para cremar el cuerpo de Dale. Dakota no ha querido celebrar ningún funeral, y no la culpo.

Son las cuatro de la madrugada. Miro mi móvil de nuevo. No tengo nada de Nora.

Debería haber imaginado que decidiría alejarse de mí. Debería haberlo intuido por los lentos movimientos de sus caderas y los suaves besos que me daba en la frente mientras yo terminaba dentro de ella. Echo de menos su cuerpo, su risa. Parece que hayan pasado meses, y no días, desde que me despedí de ella.

Abro Facebook de nuevo. Sé que esto no es sano, y que no encontraré nada nuevo a estas horas, pero tecleo el nombre de su hermana una vez más. Bajo hasta la foto de la playa, en la que Nora parece el sol con ese biquini amarillo y el hombre que está a su lado la está cogiendo de la cintura. Si pudiera, ¿la elegiría a ella?

De hecho, puedo, pero ¿soy capaz de elegirla?

¿Por qué todo se reduce a una elección, esto o aquello? ¿Y si lo quiero absolutamente todo? ¿Y si quiero pasar mis días abrazándola y mis noches amándola? Miro hacia

Dakota. ¿Pensará ella en mí del mismo modo en que yo pienso en Nora?

¿Es justo que piense en Nora mientras Dakota está sufriendo y se supone que tengo que estar aquí para ella?

Vuelvo a mirar la pantalla, pongo el puntero del ratón encima de la cara de Nora y aparece un nombre. Su nombre. Hago clic y me lleva a un perfil que no había visto antes. Seguro que me lo estaba ocultando. No sé si me alegra o me entristece saber que ya no siente la necesidad de esconderse de mí.

No tiene muchas publicaciones. La mayoría son cosas del horóscopo y gente que la etiqueta en cadenas de cualquier cosa y en recetas.

—Tiene Instagram. —Me sobresalta la voz de Dakota.

—¿Eh? —Me pongo todo rojo de vergüenza y de culpa.

—Que tiene una cuenta en Instagram.

Dakota rebusca en la oscuridad y, al cabo de unos segundos, me lanza su teléfono a través del espacio que hay entre nuestras dos camas. La pantalla está llena de pequeñas fotos cuadradas. Es un perfil. El nombre de Nora aparece en la esquina seguido de una «X».

Miro a Dakota, pero ella vuelve a tumbarse de espaldas a mí. O quiere darme intimidad, o está dolida porque estoy haciendo esto delante de ella. Enciendo la tele y la pongo en silencio para que parezca que estoy haciendo otra cosa mientras navego por las imágenes. Un montón de fotos de comida inundan la pantalla. Preciosos *macarons* de color pastel y una gran cantidad de galletas. De repente, la foto de una tarta con flores moradas hace que me lata el pecho. En la siguiente imagen aparecen Nora y Tessa abrazándose, con un pegote de glaseado rosa en sus respectivas narices. Tessa tiene el brazo estirado para hacer la foto, y yo me echo a reír al imaginarme a mi mejor amiga, la mujer desactualizada en cuestiones de tecnología, intentando hacer un *selfie* con un mínimo de gracia. Sigo bajando las imágenes.

Mi cara está ahí, más de una vez. Hay una foto nuestra delante del Juliette, y una foto de mi expresión de extrañeza mientras intento leer el menú.

Hay fotos de mí en la cocina, e incluso una en la que estoy con Hardin, titulada «Luz y oscuridad». La ropa oscura y la cabeza inclinada de Hardin contrastan con las mías; estoy a su lado, mirándolo con sonrisa de bobo. Es un poco rara, pero la foto en sí es bastante chula. Todas lo son. Y todos los pies de foto son abstractos y poéticos. Algunas son tan simples como un símbolo de hashtags sin letras, y otras imágenes van acompañadas de un párrafo sobre la belleza de ver a un niño riendo por primera vez. Hay una foto de Nora con el pelo más claro y un maquillaje más oscuro. Lleva puesto un vestido tan ceñido que parece que se lo hayan pintado sobre la piel, específicamente diseñado para las pronunciadas curvas de su cuerpo voluptuoso. Tiene un cóctel delante y sostiene un trocito de papel a la altura de sus labios pintados que lee: «Veo cómo la luz viene hacia mí, y haré todo lo posible por conservarte».

Hay fotos de su hermana con una barriga abultada de embarazada, y otras de ella sin la barriga, en las que está preciosa y regia, maquillada por completo. Veo mi rostro unas cuantas veces más, y mi corazón se agita en mi interior, de confusión y remordimientos al mismo tiempo. La echo de menos, pero estoy enfadado con ella. Decir que estoy confundido sería el eufemismo del siglo.

Sigo viendo las imágenes y leyendo los comentarios, y mi corazón se acelera.

Hay un conjunto de dos fotos mías en las que estoy mirando hacia otro lado con el sol de fondo. Son casi idénticas, pero los pies de foto son diferentes. La primera contiene las mismas palabras que la nota de amor de la foto del cóctel. Recuerdo la noche que descubrí que Dakota y Nora eran compañeras de piso. La noche prometía, pero pronto se tornó amarga. Todos los detalles de ese momento inundan mi memoria.

Ahora que lo pienso, recuerdo haberla visto haciendo fotos de cosas antes, pero nunca le había dado demasiada importancia. Desde que Tessa se ha sumado al mundo de los productos Apple está todo el tiempo pegada al móvil. Yo mismo también lo uso muchísimo, para comprobar los resultados de los partidos o para consultar mis horarios del trabajo. Siempre hay algo que hacer en la red.

Durante todo este tiempo me había centrado en el hecho de que no tuviera Facebook o de que me estuviera mintiendo en un intento de seguir escondiéndose de mí. Y aquí estoy ahora, mirando todo un *collage* de su vida. Dakota también aparece algunas veces. Nora y ella están sentadas en el suelo de su apartamento con las piernas cruzadas, rodeadas de algunas botellas de vino y con un juego de mesa entre ellas. Y, cuando veo el teléfono rosa, recuerdo jugar a aquel juego con Dakota y Carter cuando éramos más jóvenes. Bueno, jugábamos sobre todo Carter y yo mientras Dakota preparaba la cena. Su padre estaba durmiendo en el sofá o, directamente, no estaba en casa.

Necesito apartar mis pensamientos de esa época de mi vida. El vacío de la pérdida que compartí con Dakota parece robar el oxígeno de todas las habitaciones en las que estamos juntos. Ha perdido a demasiadas personas... Su pena se apodera del dormitorio, aunque se esfuerza por no demostrarlo. Se mueve en la cama, tira de la tela de su camiseta y sé que está despierta. Sabe que sé que está despierta. Sabe que sé que lo sabe... y así sucesivamente.

Decido ser egoísta por una vez y vuelvo a mirar la pequeña pantalla en lugar de a ella. El pie de foto de la segunda imagen lee: «Tú buscabas el invierno, y yo el verano. Y, cariño, las dos estaciones nunca se encontrarán».

Un escalofrío recorre mi espalda. Cierro la pantalla y lanzo el teléfono de vuelta a la cama de Dakota.

Tras un espantoso silencio, inspira profundamente.

—Landon —dice en voz baja a través de la oscuridad.

—¿Qué?

—¿La quieres? —pregunta sin volverse.

Sopeso mi respuesta y cómo puede sentarle oírla.

—Sí —digo por fin—. Sí, creo que sí.

Dakota suspira desde su cama.

—¿Cuándo dejaste de quererme?

¿Cómo voy a responder a eso? Ni siquiera sé si esa pregunta tiene una respuesta. No estoy seguro de haber dejado de quererla. Miro en su dirección y recuerdo la sensación de tenerla entre mis brazos mientras dormía. Y, lo que es más importante, ¿son las cuatro de la madrugada, después de acabar de decirle que estoy enamorado de otra persona, el mejor momento para tener esta conversación?

Pero no puedo eludir esto eternamente.

—No sé si alguna vez dejaré de quererte, Dakota.

—Deja de mentir.

Su voz es severa. Está de espaldas a mí. Necesito un momento para preparar una respuesta que darle. Estoy demasiado cansado como para discutir con ella, pero necesito que entienda que ha estado seis meses fuera de mi vida. Seis meses. Y, ahora mismo, en esta habitación de hotel con dos camas y unos vasos de Starbucks vacíos en la papelera, ese tiempo parece mucho más largo. Sigue oliendo igual, y su cuerpo delgado se ha vuelto más atlético, más tonificado. Se esfuerza mucho y tiene un aspecto increíble. Se me hace raro pensar en la diferencia entre su cuerpo y el de Nora. Aunque son muy distintas, ambos son preciosos. Ninguno es mejor que el otro. Sería el feo de la pareja con cualquiera de las dos. Sin embargo, sus diferencias van mucho más allá de su aspecto exterior; es la energía, la conexión, las expectativas de cada una de ellas.

Sueno como si estuviese rellenando alguna aplicación para ligar.

Espero unos segundos a que Dakota diga algo sobre mi silencio. Sigue tumbada y quieta, de espaldas a mí, y el viejo televisor no ilumina demasiado esta vampírica habitación de hotel. Antes, en el aparcamiento, he pisado una jeringuilla usada, así que tal vez sólo forme parte del paquete. Cuando era más joven no era tan horrible. La ciudad molaba bastante y guardo muchos buenos recuerdos de este lugar pero, con la caída de la economía en el Medio Oeste, y sin buenos trabajos que minimicen el impacto, las drogas se han apoderado de él.

Aunque no me está mirando, sacudo la cabeza.

—No miento. No tengo motivos para hacerlo.

Dakota se vuelve tan deprisa que su camiseta de algodón rosa caramelo es un borrón en la oscuridad. En el pequeño televisor están dando un programa repetido de *Maury*.

Bueno, espero que sea una repetición y que la gente no siga viendo esto. Mi madre solía verlo; mientras hacía los deberes oía «¡Tú no eres el padre!» demasiadas veces como para contarlas.

—¿Estás seguro de eso, Landon? Porque me parece a mí que llevas bastante tiempo mintiéndome. Y aquí estamos ahora, de nuevo en Saginaw para ver morir a mi padre, y ni siquiera hablas conmigo.

El silencio impera en la habitación. Una mujer no para de levantarse de su asiento y de señalar la cara de su ex gritando algo demasiado alegre para el trágico momento que están viviendo.

—¿Lo has hecho con ella? —pregunta Dakota, y, antes de que pueda contestar, añade—: Necesito saber si lo has hecho con ella.

¿En serio estamos en este punto? ¿Debo acceder a todo lo que me diga y admitir todas las acusaciones que me lanza? ¿O debería elegir el camino difícil, el más complicado, y decirle lo infantil que es todo esto? Hemos pasado mucho, especialmente ella, como para que actúe de esta manera.

Me ajusto la armadura y entro en el campo de batalla.

Está de pie en el espacio que separa nuestras camas, a tan sólo unos centímetros de mí.

—¿A eso hemos llegado? —Me incorporo y me siento en el borde de la cama, con la espalda lo más recta posible. Si se acerca más, me tocará las rodillas—. ¿Somos esas personas —me corrijo—, esos extraños, que se pelean por celos e insignificancias? ¿O somos dos personas que han pasado la mitad de su vida juntos y quieren mantener una relación civilizada?

Me mira.

—Responde a la pregunta.

—Sí, lo he hecho. —Le digo la verdad porque no me sale mentirle.

Dakota se sienta en la cama, a treinta centímetros de mí y entierra el rostro entre las manos.

No sé qué decirle ni si decirle algo va a hacerle ningún bien. No puedo disculparme, porque no lo siento, No puedo asegurarla que no significó nada, porque sí lo hizo.

Dejo que llore y veo la televisión. Ahora, en el plató hay otra mujer con cara de palo mientras un hombre brinca de alegría a su alrededor, la mar de feliz de no ser el padre de su hijo. Da bastante pena y miedo verlos.

La televisión es la única referencia que tengo del tiempo que pasa, y la pausa para la publicidad acaba de terminar, así que debe de haber pasado un rato para cuando Dakota pregunta:

—¿Crees que seguiríamos juntos si nos hubiésemos quedado aquí?

Asiento.

—Sí, creo que sí.

A Dakota le tiemblan las manos sobre su regazo, y no levanta sus tristes ojos hacia mí.

—Estás siendo muy callado. Ni siquiera has intentado explicarte —afirma con la voz vencida y los hombros caídos.

Parece una muñeca ahí sentada, quieta y sin expresión.

—No tengo nada que explicar. Hace seis meses que no estamos juntos, Dakota. —Permanezco lo más calmado posible; si dejo entrever las punzantes agujas que se multiplican en mi pecho, la cosa no tendrá arreglo. Si nos peleamos, si levanto la voz o me peleo con ella, sería como cruzar de nuevo la línea de regreso a una relación.

—¿Cuándo empezó? —pregunta.

Miro a Dakota, que ahora me está mirando también. Tiene los ojos llenos de lágrimas, y obligo a mi mano a permanecer quieta. Me agarro al borde del colchón con ambas manos y aparto la vista de su rostro.

—Hace un tiempo.

—¿Antes de que... lo intentásemos aquel día? —No sabe adónde mirar, y al final centra la vista en el reloj que está sobre el pequeño escritorio de la habitación del hotel.

Deberíamos haber sabido que esto no iba a funcionar desde aquel embarazoso percance.

—No. Después de eso —digo, esperando que así le escueza algo menos.

Un leve sonido escapa de la garganta de Dakota, pero permanece callada.

Al cabo de unos instantes de silencio incómodo más, me da la espalda y se tumba en su cama.

Y cuando vuelvo a tumbarme yo en la mía, dice:

—Me acosté con Aiden.

Las palabras flotan hasta mí, y mi cerebro intenta filtrar una respuesta a través de mi corazón antes de que mi boca reciba el mensaje y diga algo que ya no pueda retirar. No estoy muy seguro de qué pensar, y mucho menos de qué decir. Se me ha revuelto todo por dentro. Creo que no debería entristecerme, y, desde luego, creo que no debería sentirme como si un volcán acabase de erupcionar en mi interior. Pero ¿qué le voy a hacer? No soy el más fuerte de los caballeros, así que lo cierto es que me duele más de lo que esperaba. Me resulta un poco difícil describir cómo me hace sentir el hecho de que se haya acostado con un tipo al que conozco y al que detesto.

Joder, de todos los tíos que hay en esta inmensa ciudad, ha tenido que ir a acostarse con el único que no me gusta en absoluto. Es que no soporto nada de su persona, desde su sonrisa arrogante hasta su pelo rubio platino meticulosamente peinado hacia arriba. ¿Por qué justo él?

Miro hacia el lado de Dakota y cierro los ojos. Pienso en el cuerpo de Nora sobre mi regazo, en la suavidad de su piel y en lo excitada que estaba entre mis brazos. Pienso en cómo gimió cuando le metí la lengua en la boca; en su pelo revuelto, en sus generosos labios hinchados y de color rojo pálido, en su camisa rojo intenso y en esos pantalones negros tan sexis. Pienso en cómo se ríe cuando le cuento alguna de mis cosas de friki y en cómo se le eriza el vello cuando la acaricio. No me arrepiento de ninguno de los momentos que he pasado con ella; no es justo por mi parte pensar que Dakota no puede compartir momentos similares con otra persona. Por mucho que me esfuerzo en encontrar las palabras perfectas, no hay nada que pueda decirle que vaya a hacer esto duela menos.

Tal vez no estemos destinados a vivir felices y comer perdices con nuestro primer amor después de todo.

TREINTA Y CINCO

Ha pasado un mes entero desde que regresé de Michigan. Todo ha cambiado en mi vida. Mi madre tuvo a mi hermanita pequeña la semana pasada, y acabo de volver de visitarlos el fin de semana. Abigail Scott es la niña más bonita que he visto en mi vida. Es increíble cómo ha crecido y cambiado mi familia en los últimos dos años. Jamás habría imaginado que mi madre volvería a enamorarse y que tendría un hermano, y menos aún que tendría dos. La pequeña es mucho más fácil de tratar que Hardin, claro. Con todo lo que ha pasado entre Hardin y Tessa últimamente, no se hablan. Lo cual sólo dificulta aún más las cosas para mí como intermediario no oficial.

Tessa empezó a dormir en el sofá y vuelve a odiar la música otra vez. Esto me recuerda a *Crepúsculo*, cuando Bella Swan arranca la radio de su camioneta con las manos desnudas. Entiendo cómo se sentía, y no culparía a Tessa por hacer añicos sus auriculares. Me he registrado en HBO GO y he estado viendo una maratón de *Juego de tronos*. Cada vez que termina un episodio pienso en Nora y lo fantástico que sería seguir la serie con ella, compartir nuestras teorías y comentar la última muerte. Empecé a verla hace tres semanas, pero sólo me quedan dos capítulos. Durante los primeros episodios, cada vez que veía a Ned Stark me preguntaba qué hacía Boromir lejos de la Torre Blanca. Tardé un poco en reorientarme.

Nora no se ha puesto en contacto conmigo, ni yo con ella. Tessa no se pronuncia con respecto a lo nuestro (ella también es una especie de intermediaria en este caso), pero está tan sumida en su propio dolor que no creo que sea consciente siquiera de lo que pasa entre nosotros. Bueno, de hecho, ya no pasa nada. Nada en absoluto.

Esta mañana, cuando llego al trabajo, veo a Aiden tras la barra. Está sirviendo una infusión fría en un vaso lleno de hielo. Sorprendentemente, mi animadversión por él no ha aumentado desde mi regreso de Michigan. He intentado centrarme en sus rasgos positivos, sin embargo encontrarlos me llevaba demasiado tiempo. Aunque se acostó con Dakota, siento indiferencia hacia él y su presencia no me afecta.

—Eh, chaval —dice, y me pregunto si sabe siquiera que yo salía con Dakota.

De repente pienso que es posible que ella no quisiera que él supiera nada sobre su pasado, o tal vez nunca llegaron a intimar tanto de forma emocional como para que ella le hablase de eso. Igual sólo se dio el caso y se acostó con él, como yo con Nora.

De repente, una alarma se activa en mi cabeza. Lo mío con Nora no fue algo casual. Me enamoré de ella irremediablemente. Incluso ahora sigo lamentando la falta de su presencia en mi vida. La echo de menos cada vez que huele a galletas o que entro en mi cocina. Las sillas me traen imágenes de ella montada sobre mí, o de mí de rodillas delante de ella, y cuando miro los bancos, veo su pelo largo cayendo sobre su espalda y una seductora sonrisa en sus labios.

—Hola —respondo por fin a Aiden al tiempo que tropiezo con una pila de cajas.

Para no variar, no las ha guardado. Se ha esperado a que yo viniera porque sabe que yo me encargaré de ello. Yo desembalaré los paquetes de café y guardaré las pajitas. Yo abriré los vasos y pondré en su sitio las botellas con los siropes de sabores.

Ficho mi inicio de turno y me ato el delantal. Menos mal que Posey llegará dentro de treinta minutos. Veo cómo pasan los minutos uno a uno y, después de una hora, ella ya está aquí, el salón sigue vacío, y yo ya he guardado todas las cajas. Lila está sentada tranquilamente a una mesa jugando con un cochecito. Posey señala con un gesto de su cara a un hombre vestido de traje que habla sobre lo bueno que está el expreso en Europa. Hoy vamos bastante lentos y esta noche tengo que terminar un trabajo. Mi autorrecompensa por terminar el trabajo será ver otro episodio en el portátil.

Empiezo a barrer y, unos minutos después, entra un cliente en el establecimiento y me acerco para ayudar a Posey. Ella está detrás de la caja, y yo tras ella, dispuesto para coger el vaso y comenzar a preparar la bebida. El sonido de una voz familiar me pone el vello del cuello de punta.

—Un *caramel latte* helado —dice Dakota.

Asoma la cabeza y mira detrás de Posey, y me pregunto si está buscando a Aiden. ¿Debería decirle que no está?

Cuando me ve, me regala una sonrisa. No es hostil, pero no es la sonrisa familiar que estoy acostumbrado a recibir de ella.

—Hola —digo, y me pongo a trabajar.

Le cojo el vaso a Posey de las manos y hundo la pala de hielo en la cubitera.

Posey se vuelve, me lanza una mirada de complicidad y se marcha a la trastienda. No sé si darle las gracias o llamarla para que regrese.

—¿Cómo estás? —pregunta Dakota.

Levanto la vista y echo algunos cubitos de nuevo en la cubitera. No estaba en lo que estaba y tengo que vaciar la mitad del hielo que he metido en el vaso de la batidora.

¿Que cómo estoy? Menuda pregunta más capciosa.

Tessa está fatal. Yo estoy a punto de suspender psicología educativa. Echo de menos a Nora, y también echo de menos a Dakota. Que ya no tengamos un futuro juntos no cancela mis sentimientos por ella. Una parte de mí siempre se preocupará por ella. Dentro de unos años, cuando publique las fotos de su fiesta de compromiso, y cuando se case, y cuando tenga una familia, sonreiré y me sentiré aliviado al ver que tiene una buena vida, aunque no sea conmigo.

Opto por la versión corta.

—Bien, ¿y tú?

Vierto dos chorritos de sirope de caramelo y enciendo la batidora. Hace mucho ruido, y ambos estamos callados. Ninguno de los dos dice nada hasta que le entrego la bebida.

Bebe un sorbo largo.

—Igual. Acaban de llamarme para hacer un anuncio.

Veo la emoción que bulle en su interior y sonrío.

—¡Enhorabuena! —digo con absoluta sinceridad.

Dakota se vuelve y la observo. Su cabello negro y alisado está recogido en un pequeño moño bajo. No lleva maquillaje y está preciosa.

Le pregunto de qué clase de anuncio se trata. Me dice con una tímida sonrisa que es para un gimnasio, y que va a reunirse con el propietario de la cadena y que es posible que salga en un vídeo de ejercicios que van a hacer también.

Desviando la conversación de sí misma, bebe un trago y pregunta:

—¿Puedes sentarte conmigo un minuto?

Tras comprobar que el salón está lo bastante vacío y asegurarme de que Posey lo tiene todo bajo control, me siento a una mesa en un rincón con Dakota. No puedo dejar de mirar su pelo, está tan diferente... ¿Qué se ha hecho? Bajo la vista y observo el gatito de su sudadera. Es una pequeña bola de pelo blanca con un par de gafas hipster. Es una buena distracción.

—Nora ha venido a recoger sus últimas cosas del apartamento esta mañana —dice.

Por favor, dime que no ha venido aquí hoy para discutir sobre Nora otra vez.

Miro hacia la puerta, y ella habla antes de que yo lo haga.

—Daba por hecho que vosotros dos estaríais juntos a estas alturas. Me sorprende que la acompañara ese chófer. No sé por qué está viviendo tan lejos de la ciudad.

La verdad es que no he parado de pensar en dónde habrá estado Nora durante este último mes. Algo me decía que iba a empezar a pasar más tiempo en su mansión de Scarsdale.

Y he descubierto que cuanto más pienso en ella, más largos se me hacen los días.

—Ya, bueno, ¿adónde iba a ir si no?

Me pregunto si Nora habrá decidido algo con respecto a su marido y su familia. ¿Habrá tenido Stausey a su bebé? ¿Está Nora viviendo en una enorme casa vacía con él? No estoy celoso, sólo me siento fatal por todos los implicados. Es una situación muy peliaguda, y la verdad es que admiro su entereza. Siempre me había considerado una persona fuerte, pero no soy más que mero aluminio comparado con el titanio de Nora.

—Tienes razón. —Dakota apoya una de sus piernas en la silla—. He estado pensando mucho en ti.

Ya estamos...

Sonrío de forma evasiva.

—¿En serio?

Dakota sacude la cabeza, y estoy tan acostumbrado a que sus rizos floten alrededor de su cabeza cuando lo hace que se me hace raro verla con el pelo alisado.

—No de ese modo —dice, y me da un empujón.

Cuando levanto la vista, Posey me mira desde detrás del mostrador. Nuestros ojos se encuentran y aparta la mirada rápidamente. La echaré de menos cuando se marche de Brooklyn. Me fastidió bastante que me dijera que iba a trasladarse para estar más cerca de su tía. Pero lo entiendo. La salud de su abuela está cada vez más deteriorada, y debe de ser difícil para ella cuidar sola a una niña pequeña con autismo. Posey es una buena persona de los pies a la cabeza.

—¿Sigues viendo a Aiden? —pregunto antes de que Dakota me explique sus recientes pensamientos sobre mí.

Sonríe y se apoya en el respaldo de la silla.

—Más o menos.

—Mmm... —No tengo nada agradable que decir, así que no debería decir nada en absoluto.

—Nora me ha dicho que no la has llamado.

¿Qué hace Dakota aquí sentada hablándome sobre Nora? ¿No es una especie de conflicto de intereses? Y, además, me resulta muy incómodo.

Pero tal vez, sólo tal vez, podamos tener esta clase de amistad. No quiero que seamos una de esas parejas que rompen y se convierten en enemigos. No quiero que seamos así. Me enamoré de ella por una razón. Por distintas que sean ahora las cosas, en su momento la amé. Nunca entenderé a esos tíos que dicen cosas horribles sobre sus ex, que se meten con su aspecto o que les faltan al respeto cuando hace tan sólo unos días la chica les parecía sexi y era su *Wednesday Woman Crush* o «flechazo del miércoles» en internet.

¿O es *Woman Crush on Wednesday*?

—Landon, ¿por qué no la has llamado?

Un cliente entra por la puerta y me levanto.

—Tengo que volver al trabajo.

Cuando levanto la barra para ponerme detrás, oigo que Dakota dice:

—Llámala.

Y eso hace que me sienta totalmente confundido.

No es así como suelen ir las cosas. La ex enfadada y horrible no intenta ayudarte con tus problemas de amor. Y menos si encima detesta a la chica nueva.

TREINTA Y SEIS

Nora

La comida ya está casi lista, el temporizador de la cocina suena y empujo a Amir por el pasillo. Jennifer está aquí otra vez, pero le he pedido que se quede arriba. Estoy intentando acostumbrarme a estar a solas con él de nuevo. La casa se me hace más grande que nunca. Me cuesta imaginarme a mí misma como la clase de persona que necesita esta vivienda enorme para ser feliz. Nunca se me había hecho tan grande como ahora. Giro la esquina y empujo la silla por la preciosa rampa de madera oscura que se ha puesto sólo para él.

La desesperación y la negación reflejadas en el rostro de la madre de Amir me han partido el alma. Lo sentí por ella, lo sentí por Ameen, por su hermana Pedra, que era amiga íntima mía, pero nunca me tomé un tiempo para asimilar la pérdida de mi marido. También se me hacía muy difícil admitir que, si el accidente no hubiera sucedido, habríamos acabado divorciándonos. Supongo que cada uno habría seguido su camino y que habríamos continuado siendo amigos durante toda la vida. Yo me habría alegrado de saber que se había casado de nuevo y que había tenido hijos.

Al pensar en los hijos siento una punzada en el estómago. No me gusta centrarme demasiado tiempo en las cosas que se perderá. No me hace ningún bien, y a él tampoco. Quiero pensar que el hecho de que esté más tiempo aquí lo hace más feliz.

Después del accidente, no me aparté de su lado durante meses. Dormía en el hospital hasta que nos trasladamos a nuestra casa. Supuestamente, la casa era un regalo de su familia, aunque ya llevábamos dos años casados.

—He hecho sopa de repollo y pan —le digo, sin estar segura de si puede oírme, como siempre.

Jennifer insiste en que sí, pero ¿qué sabe ella? Creo que es más una esperanza que una realidad.

Retiro las cortinas y abro las persianas. ¿Cuándo salió por última vez? Tengo que preguntárselo a Jennifer.

Meto los cortaditos de arce que estoy preparando en el horno. Cuando me preparo un plato, desearía que él pudiera comer conmigo. Añoro la vitalidad que irradiaba de él. Me gusta hablarle de nuestro pasado, de lo locos que estábamos cuando éramos adolescentes, y juro que una vez sonrió mientras lo hacía.

Desde la última vez que vi a Landon, he tenido mucho tiempo para pensar sobre esto. A veces se dan estas personas que están destinadas a estar unidas durante toda su vida. Landon tiene a Dakota, Stausey tiene a Ameen, Tessa tiene a Hardin y Amir me tiene a mí.

El aroma a repollo inunda inmediatamente la cocina, y me esfuerzo por no pensar en el modo en que Landon me besaba entre bocado y bocado del repollo que le cociné. Adoraba cada momento tonto y sencillo con él. Hacía que me sintiera mejor persona.

Me daba esperanzas, aunque me resulte difícil explicar para qué. En su día, Amir odiaba cómo cocinaba, lo cual tiene gracia porque la comida de su madre le encantaba, y era una pésima cocinera. Por Dios, esa mujer quemaba hasta el queso gratinado.

Cuando tomo un bocado de repollo, la cara de Landon inunda mi mente. Qué guapo estaba, y qué mono, cuando le di a probar mi repollo.

Tiro mi plato de comida a la basura.

—Vamos afuera —le digo a Amir.

Cojo mi libro de la encimera de la cocina y empujo despacio su silla hacia el patio. Empieza a hacer frío, ya estamos en la última semana de octubre. Mañana es Halloween, y llevo tanto tiempo escondiéndome que no sé si salir algún día o no de esta casa sobre la colina. Aquí impera el silencio, y no hay vecinos cerca. Eso era lo que más me gustaba de la vivienda. Cuando aún me gustaba algo.

Amir me mira con ojos inexpresivos. ¿Sentirá dolor? Jennifer dice que no, pero, una vez más, ¿ella qué sabe?

Abro el libro y leo un capítulo en voz alta para Amir. No sé si le gustaba Harry Potter, nunca hablamos de ello. Sabía muchas cosas sobre él, sobre su familia, y sobre sus programas de televisión favoritos. Pero no sabía ni la mitad de cosas sobre él que las que sé sobre Landon.

Leo más rápido para quitarme a Landon de la cabeza.

—¡Sophia! —grita la voz de Jennifer desde el otro lado del jardín.

«¿Qué parte de "quédate arriba" no ha entendido esta mujer?»

Su cuerpo redondo atraviesa el césped desde una de las puertas laterales a toda velocidad.

—¡Te estaba llamando! —Agita sus pequeños brazos en el aire—. Alguien ha venido a verte. Es un chico, y dice que no piensa marcharse.

—¿A verme a mí, o a él? —pregunto, esperando que la familia de Amir haya aprendido a no joderme. Me he buscado un abogado y, como mujer de Amir, protegeré este terreno de sus avariciosas zarpas.

—A ti, chica. Le he dicho que estabas aquí fuera, pero ¡se ha sentado en el salón! —Está muy agitada. No me la imagino tratando con un paciente si se pone tan atacada cuando viene un repartidor o quien sea.

—Ay, tranquilízate. Iré a ver. Vigílalo —digo.

Ella me mira enfadada, como queriendo decir que siempre lo está vigilando, y pongo los ojos en blanco cuando no me ve.

Planteándome si Jennifer es la más adecuada para este trabajo, ahora que estoy más pendiente de todo, entro en el salón.

Me quedo de piedra cuando me encuentro a Landon sentado en el sofá. Muestra una seguridad en sí mismo que no recuerdo que poseyera la última vez que lo vi. Y, aunque lo he visto cada vez que cerraba los ojos, no lo recordaba del todo bien. Es guapo, y no me había dado cuenta de la cantidad de vello facial que tiene. ¿Está más alto?

—¿Qué haces aquí? —pregunto.

Y, lo que es más importante: ¿cómo me ha encontrado?

Entonces recuerdo que ayer tenía dos llamadas perdidas de Stausey. Seguro que esto es cosa suya.

—Jennifer me ha dicho que estabas fuera —dice, sin responder a mi pregunta.

—¿Ah, sí?

340

—Sí. Y me ha preparado un café mientras esperaba —dice con una sonrisa de cachorro que adoro.

Cómo no, Landon ha hecho que la impersonal de Jennifer le prepare un café. Parece muy fuera de lugar aquí, en esta casa tan enorme. Y, sin embargo, está ahí tan cómodo sentado, como si hubiese venido cien veces. ¿Para qué ha venido aquí? ¿Y cómo ha sabido adónde tenía que ir?

—¿Interrumpo algo? —pregunta cuando miro hacia la puerta.

Cuando me vuelvo otra vez, admiro su cuerpo entero de nuevo. Se lo ve demasiado grande para ese sofá. Tiene los hombros caídos y, en cierto modo, parece algo mayor, como si le hubiesen quitado su luz. Viste una camiseta blanca con una camisa azul encima. Su aspecto es tan bueno y tan familiar... Lleva el pelo más largo en la parte superior. ¿Cuánto tiempo hacía que no lo veía? ¿Meses? ¿Años?

—No. Sólo estaba fuera con Amir.

«He cambiado mi rutina, Landon. Hoy por fin voy a salir. ¿Estás orgulloso de mí?»

Espero la reacción de Landon a mis palabras, pero su expresión no cambia. Me mira con aire pensativo y se pasa las manos por las rodillas de sus vaqueros oscuros.

—¿Cómo va todo? —pregunta.

Veo cómo sus ojos inspeccionan la habitación. Las obras de arte que decoraban el salón han desaparecido y todo el dinero será donado para ayudar a las familias de las víctimas de accidentes por conducir borrachos. Una sola de esas carísimas obras podría cubrir los gastos médicos de una familia. En estos momentos están tasando las seis.

—He estado ocupada —digo, y me aclaro la gargan-

341

ta—. Apuesto a que tú también. Tessa me dijo que te han ascendido en Grind.

Asiente.

—Sí.

—Enhorabuena, es estupendo. Seguro que eres el encargado más joven que han tenido nunca.

Me mira, y pienso en cómo han podido sonar mis palabras.

—No lo decía en ese sentido —aclaro en un esfuerzo por limpiar las palabras que han salido de mi boca.

Los labios de Landon se transforman en una media sonrisa y, de repente, empieza a sonar el temporizador del horno. No sé por qué sigo horneando tanto si nadie se come lo que hago. Ya no vivo con Maggy y con Dakota, ya no estoy en el apartamento de Landon todas las noches, y Jennifer sólo come cupcakes sin gluten. Ahí se quedan los pobres, sobre el banco de granito, decorados y deliciosos, esperando a ser comidos y, tres días después, cuando la cobertura empieza a endurecerse, los tiro a la basura.

—Aceptaré tus disculpas si puedo comerme uno de lo que sea que tengas en el horno.

Esa sonrisa hace que me duela el alma entera.

Asiento y decido no mencionarle que la receta de los cuadraditos de arce que estoy preparando es de su madre. Me prometió que no le diría a su hijo lo mucho que hablamos. Estimo mi amistad con ella, y recientemente llegué a un punto en mi vida que me permití fantasear con el hecho de que acabase convirtiéndose en alguien permanente en ella. ¿A quién pretendo engañar? A veces, en mis momentos más oscuros, me atrevo a imaginarme una vida mejor y más feliz.

Le hablé a Karen sobre Amir antes de que pudiera hacerlo Landon. No estaba del todo segura de si él se lo contaría, pero no quería que hubiera más secretos entre ninguno de nosotros. Karen se ha portado muy bien conmigo. Y Ken incluso me ha ayudado a buscar un abogado que me ayude a soportar la presión de la familia de Amir. No quiero ni un céntimo de su dinero. Lo único que quiero es que dejen de acosarme. Estaré encantada de abandonar esta casa y de volver a vivir en un piso compartido y hacer turnos extra en el Lookout si es necesario.

No me fío de las intenciones de esa familia; incluso mi querida hermana muestra más lealtad por el otro lado. Estoy completamente sola aquí, sólo tengo a la gruñona de Jennifer de mi parte, y no estoy del todo segura de que el dinero no fuese a cambiar su postura en mi contra. Me gustaría pensar que yo sería la Casa Stark y que la familia de Amir serían los Lannister, pero una vez que la lucha empieza, quién sabe.

—¿Trato hecho? —insiste al ver que permanezco callada demasiado tiempo.

Asiento.

—Claro. ¿Y tú cómo estás?

—Muy ocupado también.

Echo un vistazo por la habitación y me centro en las botas de Landon. A ninguno de los dos se nos da bien esto de las conversaciones triviales, y decido ser yo la que se sacrifique por el bien de los dos.

—¿Cómo me has encontrado?

Inspira y se lleva las manos a la boca. Parece algo congestionado, y echo de menos tocarlo.

—Tú no eres la única acosadora aquí.

Ambos nos echamos a reír a la vez. Es agradable y me hace sentir nostalgia.

—¿Puedo preguntarte algo? —inquiere Landon.

Supongo que no debería decirle que puede preguntarme lo que quiera. Sencillamente quiero oír su voz.

—Claro, lo que quieras. —Me paso los dedos por la trenza despeinada.

De haber sabido que iba a venir me habría puesto otra cosa. Mis leggings huelen a repollo y sirope, y tengo una mancha de vino tinto en el cuello de la camiseta. ¿Se dará cuenta? Me está mirando en este momento, analizándome. Su mirada parece detenerse en las partes que tengo al descubierto, como los hombros y la cara.

—¿Con qué frecuencia venías aquí cuando vivías en la ciudad?

Se me hace un nudo en la garganta.

—Casi todas las noches. A veces venía un chófer a por mí y otras veces me acercaba Cliff.

—¿Cliff? —repite.

El nombre le resulta familiar. Claro que sí. Cliff, el mejor amigo de Amir, se comportó como un idiota e intentó espiarme en casa de Landon. Cuando le planté cara, me dijo que sólo estaba cuidándome. Ese tal Mitch que trabajaba de camarero aquella noche desastrosa en la que me reuní con Landon fuera le había dicho que estaba saliendo con un universitario.

Dakota, Landon y yo, todos en la misma habitación. Fue un desastre, y en cuanto vi a Mitch detrás de la barra, supe que llegaría a oídos de Cliff. Aun así, no tenía ningún derecho a comportarse de esa manera y a espiarme, y se merecía que la bota de Hardin le rompiera la mano. Pensar en Hardin hace que me hierva la sangre. Me puse de su lado y ha vuelto a cagarla con Tessa.

Landon no me pregunta por la verdad que se oculta tras ese nombre y, en lugar de hacerlo, pasa a otra cuestión.

—¿Por qué diste por hecho que pensaría lo peor de ti si me hablabas de Amir? ¿Por qué tomaste esa decisión por mí y no me concediste el beneficio de la duda?

¿Por qué siempre me hace preguntas que requieren respuestas tan desnudas? Landon es la única persona que conozco que dice lo que piensa, y no tiene ningún problema en hablar sobre lo que está bien y lo que está mal y en admitir sus errores. Hacen falta más personas como Landon en el mundo.

—No pretendía suponer lo peor de ninguno de nosotros. Sólo lo esperaba. Lo hice lo mejor que supe. Cuando te conocí, estaba en un punto de mi vida en el que no estaba buscando nada más que una amistad. Cargo mucho peso sobre mis hombros, muchas responsabilidades. No podía pensar sólo en mí, de modo que no podía quedarme por ahí por los bares hasta las tres de la madrugada. Tenía problemas que no le desearía ni a mi peor enemigo, y estaba intentando hacer lo mejor para mi marido, para mi familia. No tenía tiempo de enamorarme de nadie.

Landon se crispa. Es un gesto casi imperceptible, pero me doy cuenta.

—Te lo dije desde el principio, Nora... —Su voz calma una fracción de mi necesidad de él. Jamás habría imaginado que lo echaría tanto de menos en tan poco tiempo—. Quería que te abrieras a mí. No te habría juzgado.

Me mira a la cara y su expresión me atraviesa hasta la médula. Un rostro como el suyo no está hecho para la tristeza.

—Habría pensado que eras valiente.

Me cuesta respirar. Debería apartar la mirada de él, sé que debería hacerlo.

—Habría pensado que eras generosa.

Empiezo a deshacerme con cada una de sus palabras. Mis músculos se destensan y el peso de mis hombros desaparece.

Sigue mirándome sin vacilar, ni siquiera por un momento.

—Habría pensado que eras una mujer fuerte, una mujer increíble; habría intentado quitarte algo de peso y cargarlo sobre mis hombros.

—No creo que puedas cargar con más —digo suavemente.

—Puedo intentarlo. —Landon se encoge de hombros, y trato de imaginarme cómo es posible que esto pueda funcionar.

¿Me quiere? ¿O estamos ya demasiado lejos de todo eso?

¿Hay en mi vida espacio para otra persona? ¿Es justo que meta a Landon en mi vida cuando todavía no he decidido siquiera qué voy a hacer con ella?

—Me gustaría conocerlo —dice Landon, y se pone de pie.

Están pasando tantas cosas... Mi día normal y tranquilo ha dado un giro de trescientos sesenta grados con la inesperada llegada de este chico. Sin hablar, asiento y me levanto. Temo no ser capaz de mantenerme de pie sin apoyarme en el sofá, pero hago acopio de todas mis fuerzas, enderezo la espalda y atravieso el salón en dirección hacia la puerta del patio.

Sin mediar palabra, me sigue por la inmensa cocina hasta el jardín. Murmura algo sobre el repollo, pero no me vuelvo. No sé qué decir, ni qué hace aquí.

—Estaba leyéndole —le explico con voz suave mientras nos acercamos a Amir, y Jennifer se marcha a toda prisa.

El inmenso jardín parece pequeño con la presencia de estos dos hombres. Ambos son muy importantes para mí, de maneras muy diferentes. Incluso las flores que nos rodean huelen más fuerte y sus colores parecen más intensos ahora que Landon está aquí. Siempre he querido tener un jardín, que siempre ha sido lo que me ha hecho recelar de vivir en la ciudad. Me encantan las flores y los árboles, y el olor a polen y a naturaleza, pero también adoro el poder ir caminando hasta una cafetería.

—Landon, éste es Amir.

A mi amigo le presento a mi marido y observo cómo la sonrisa tranquila de Landon permanece en su rostro. Mira a Amir a los ojos y se presenta. No parece sentirse incómodo en absoluto. Eso es lo que envidio de Landon, que es capaz de ser el tranquilizador aliento de vida de todo aquel con el que se encuentra.

Lo observo. Analizo su rostro mientras sonríe, se agacha, recoge el libro del suave césped, se sienta en el banco que está junto a Amir y lo abre con ayuda del pequeño marcapáginas.

Se aclara la garganta y empieza:

—«Son nuestras elecciones, Harry, las que muestran lo que somos, mucho más que nuestras habilidades...».

TREINTA Y SIETE

Un verano y un invierno después...

Nuestra boda ha llegado muy muy deprisa. Pasamos de ser una pareja comprometida que quería esperar unos años a casarnos, de pensar que teníamos todo el tiempo del mundo, a vernos atrapados en un torbellino de preparativos.

Me había acostumbrado a la voz de mi madre al otro lado de la línea preguntando una y otra vez cuándo íbamos a empezar a planificar algo, pero bastó con que un día Tessa trajese a casa unas revistas de bodas para que nos decidiéramos a dar el salto. A mí no me importaba esperar, y a mi futura mujer tampoco. Ya había pasado por esto una vez, y yo no quería meterle prisas. Pero cuando la planificación empezó, todo fue rápido como un cohete.

Fue idea suya; insistió en visitar salones en los que celebrarla y en escoger las flores a juego con los cupcakes que se iban a servir. Las bodas tienen muchísimos más detalles de lo que había imaginado. Mientras las dos mujeres planificaban el día más importante de mi vida, yo intentaba no ser el típico tío que se limita a asentir y me esforzaba por mantenerme al tanto de lo que estaba pasando. Quería que esta vez fuese perfecta para ella. Para nosotros.

Ayudé a escoger el sabor de la tarta, y mi novia hizo mi tarta favorita y tuvo el detalle de añadir unas florecitas de crema de mantequilla que sólo entenderemos ella y yo. La ayudé todo lo que pude y todo lo que Tessa, o el malvado monstruo panificador de bodas que se ha apoderado del cuerpo de mi mejor amiga, me lo permitía.

Justo la semana pasada, Tessa me gritó al enterarse de que el sastre había tomado mal las medidas de Hardin y los pantalones de su traje le llegaban justo por encima de los tobillos. Estaba convencida de que seguramente lo había hecho a propósito, e incluso llamó al taller en Chicago para intentar corregir el error. Me eché a reír al ver las fotos que me había mandado él, pero ella sólo resopló y me devolvió el teléfono de malas maneras. Me preocupa un poco cómo van a llevarse en la boda. Tessa ha estado evitándolo, y él no para de hablar de ella en sus entrevistas. El fin de semana pasado, cuando volvía a casa del colegio, me encontré a Tessa haciéndole una peineta a Hardin; sólo que él estaba dentro del televisor, en una entrevista sobre su libro, y Tessa estaba furiosa, y tal vez hubiese bebido demasiado vino.

Y aquí estoy ahora, sentado a una mesa llena de personas a las que quiero y admiro, y me he casado. Estoy en la universidad, y me he casado. Casado con una mujer preciosa, de éxito, inteligente y luchadora. Está sentada a mi lado, hablando con mi madre sobre no sé qué de nata montada y sin gluten.

Hardin está sentado enfrente de mí y mira directamente a Tessa, que se encuentra de pie al lado de una mesa llena de invitados.

—¿Qué tal? —le pregunto.

Retiro el brazo de la espalda de mi esposa y la cojo de la

mano. Ella se vuelve hacia mí, me da un beso en la mejilla y continúa hablando con mi madre.

Hardin me mira y se toca el pelo.

—Bah. —Medio sonríe—. ¿Qué tal te va a ti? ¿Te sientes distinto ahora que estás legalmente atado a una persona durante el resto de tu vida... bueno, a menos que os divorciéis?

Pongo los ojos en blanco.

—Eres un pozo de felicidad.

Me sonríe y veo que le entra el pánico al perder de vista a Tessa entre la gente. Se incorpora un poco en la silla e inspecciona el salón.

—Está ahí, junto a la puerta —digo.

Se relaja y posa la vista en ella. Ken le entrega a Addy y Tessa se ríe cuando la pequeña le tira del pelo. Echo un vistazo a la mesa de al lado y veo a Stausey haciéndose un *selfie* con la copa de vino. Todd y Amir están a ambos lados de ella. Amir lleva un traje, y su corbata es del mismo color que los ojos de Nora. Me pregunto si es ése el motivo por el que Nora escogió esa corbata para él. Espero que sí.

Las cosas se han ido solucionando poco a poco desde el divorcio. Ella sigue siendo la administradora de su finca y está a cargo de las partes legales y médicas de su vida. Él se ha convertido en una parte muy importante de mi vida también, y a través de sus historias sobre sus aventuras, tengo la sensación de conocerlo. Además, ayudar a cuidarlo también ha hecho que me plantee hacer un Máster en Educación Especial después de graduarme. Eso significará más universidad y más deuda del préstamo estudiantil, pero tengo la sensación de que se me daría genial.

Stausey le pone recta la corbata a Amir, y vuelvo a centrar la atención en mi hermanastro.

—¿Qué pensáis hacer?

Hardin suspira, y yo aprieto la mano de mi mujer. Mi madre se ríe, y Hardin se lleva los dedos a la boca. Se tira de los labios y dice:

—Casarnos.

—¿En serio? ¿Y ella lo sabe? —pregunto con una ceja enarcada.

Estoy convencido de que Tessa no sabe nada de este plan. Anoche, antes de acostarse, la oí practicando en el cuarto de baño lo que iba a decirle. Me siento mal porque ahora que los tres vivimos juntos no tiene nada de intimidad, pero las dos mujeres parecen encantadas con el arreglo. Le pregunté a mi mujer (aún no me acostumbro a llamarla así) si quería que le pidiera a Tessa que se buscase otro sitio, ya que pronto nos íbamos a casar, pero ella me aseguró una y otra vez que le encanta vivir con Tessa.

Sospecho que los dos sabemos que no tiene otro sitio adonde ir.

—Sí. ¿Por qué no íbamos a hacerlo? Vosotros os habéis casado y no hace ni la mitad de tiempo que os conocéis Tess y yo.

En eso tiene razón.

—Ya, pero vosotros no estáis saliendo. Creo que te estás saltando algún paso.

Hardin me sonríe, y su sonrisa de maquinador invade todo su rostro.

—El orden de los pasos no importa. Al final acabamos en el mismo lugar.

Levanta su copa, y yo levanto la mía.

Un par de veranos y de inviernos después...

—¡Mami! —La voz de Addy siempre es muy aguda cuando quiere algo.

Mi mujer entra en la habitación con las manos llenas. Tiene la cara roja y el teléfono pegado a la oreja, y compadezco a quien sea que esté al otro lado de esa llamada. Pero su voz cambia de irritada a tranquilizadora cuando se dirige a mi hija.

—¿Qué, cariño?

Mi monstruito cruza los brazos sobre el pecho.

—Papi dice que no puedo comer más tarta.

Nora me mira, incapaz de mantener una expresión seria.

—¿Cuánta te ha dejado comer? Sabes que vamos a cenar con tus tíos dentro de dos horas, y todavía tienes deberes que hacer.

—Pues... —Addy frunce los morritos— no deberías hacer tanta si no puedo comerla.

Me echo a reír y me tapo la boca cuando mi mujer me fulmina con la mirada.

Y entonces, el pequeño demonio me delata:

—Papá también lo ha dicho.

—¡No es verdad! —miento.

Ambas me ignoran.

—Addy, nada de comer más tarta —dice mi esposa en un tono que no da pie a negociación—. Ve a lavarte los dientes y termina los deberes.

La pequeña se marcha y desaparece por el pasillo, con su pelo largo, castaño y ondulado meciéndose de un lado a otro.

Cuando vuelvo a mirar a mi mujer, veo que tiene las manos vacías y tendidas hacia mí. Tiro de ella hacia mi regazo y monta a horcajadas sobre mi cintura.

—Deja de darle azúcar antes de todas las comidas —me reprende, y me besa en los labios.

—Deja de hacer tantas tartas si no podemos comerlas. —Me encojo de hombros, y me da una palmada en el pecho. Tiene el pelo tan largo que acaricia mis piernas cuando sacude la cabeza.

Pega su boca a la mía y me rodea el cuello con los brazos.

—Te he echado de menos hoy —dice.

Me lo dice todos los días durante el curso escolar.

—Alguien tiene que enseñar a los salvajes —replico contra su boca—. Yo también te he echado de menos, cariño.

Atrapa mi rostro entre sus dos manos abiertas.

—Mañana vuelvo a grabar. Acaban de decirme que necesitan otra toma.

Suspiro, e intento no tener una pataleta. Últimamente ha estado trabajando mucho, y tengo la sensación de que apenas la veo.

—¿Qué ha pasado ahora?

Me pone el dedo índice sobre los labios.

—A alguien se le cayó la tarta antes de los últimos *frames*. Eso es lo que pasa cuando se usan tartas de verdad para hacer anuncios.

—¿No es lo más normal? —le pregunto al recordar los cupcakes falsos del fin de semana pasado.

La tarta nupcial era real, y la pareja que aparecía en la pantalla también. Pero cuando gritaron «¡Corten!» y terminó la grabación, cogí una de esas estúpidas magdalenas y casi me rompo un diente. El director le pidió a Nora que decorara los cupcakes falsos y todo. Ahora bien, le pagan más por un día ahí de lo que gana haciendo dos bodas.

—Algún día, dejaré mi trabajo y tú enseñarás en casa a todos nuestros hijos, y entonces podremos hacer esto todo el día —dice, y restriega sus senos contra mi pecho.

La aparto suavemente.

—Y ¿qué les enseñaría eso a nuestros hijos? —pregunto, y le lamo con delicadeza la línea de la mandíbula.

Ella vuelve a pegar sus pechos a mí, rogándome que se los toque.

—Todavía no, pequeña —le susurro al oído, y se estremece en mis brazos.

—Los niños aprenderían a amar a sus esposos. Y a hacer pasteles. Tendremos un ejército de encantadores y perfectos chefs en miniatura. —Sus ojos brillan con diversión, y acaricio su cabello largo y sedoso—. ¡Ya lo tengo! Podríamos recorrer el país haciendo dulces y enseñando. Así no tendríamos que volver a trabajar nunca más en una oficina.

Le beso el cuello, imaginándomela en medio del país, rodeados sólo de tierra y de viento. Por alguna razón, creo que no lo ha pensado bien.

—Shhh... —Le beso la mejilla—. Shhh, mi chica urbanita. No durarías ni un día ahí fuera sin oficinas y sin harina.

Empieza a desafiarme, pero nuestra hija viene dando fuertes pisadas por el pasillo con un cepillo rosa enredado en el pelo.

—¡Mamá! —grita.

Nora se levanta al instante de mi regazo.

—Te toca —me dice, y me muerde el labio justo cuando Addy entra en la habitación.

Entre el caos de la niña tirándose de un mechón y mi mujer tratando de no reírse, se me hincha el corazón y me siento el cabrón más afortunado del mundo.

A veces es la tragedia lo que nos une a otra persona. Ese vínculo parece inquebrantable, pero, en ocasiones, entre las lágrimas y el dolor de lo que parece un cuchillo romo que graba recuerdos dolorosos en ti, puedes encontrar una chispa de luz. Y la menor de las chispas puede prender un fuego con sólo una pizca de felicidad. La luz puede hacer arder la oscuridad, y, cuando no queda nada más que cenizas y fuego, descubres una nueva clase de vínculo. Uno que resplandece más que el sol.

TREINTA Y OCHO

Mi clase está vacía. El sol se ha puesto hace dos horas y ha dejado el aula sombría y silenciosa. Seguramente a estas horas todos mis alumnos habrán terminado ya los deberes y habrán cenado con sus familias. Mi hija se habrá comido lo que haya cocinado Tessa y ya estará peleándose con la hija de ella y de Hardin, Emery.

Hoy ha sido un día algo duro. A Tyler, un niñito de pelo negro al que se le han caído ya la mayor parte de los dientes de leche, le ha dado una pataleta por una barra de pegamento. Al ser maestro de primaria, estoy acostumbrado a que estas cosas pasen de vez en cuando, pero Tyler estaba iracundo. No paraba de llorar y llorar. Ha lanzado mi taza de café contra una pared de ladrillo al otro lado del aula y la ha hecho añicos.

Los demás alumnos estaban un poco asustados durante su rabieta, y he de admitir que tampoco he puesto mucho empeño en tranquilizarlos. Tyler quería con todas sus fuerzas que le devolvieran esa barra de pegamento, la que había utilizado para cubrir el pupitre con líneas pegajosas antes de proceder a adherir a la mesa cada trozo de papel que tenía a su alcance. Cuando le he reñido, ha decidido redecorar mi mesa, y ha cogido los bolis, los exámenes, los

357

pósits y los clips y los ha hecho volar por toda el aula. Uno de los bolígrafos me ha hecho un pequeño corte en la mejilla, y he tenido que llamar al despacho del director para que me ayudasen a tranquilizarlo. Nunca me había pasado nada igual. Obviamente hay alguna que otra lágrima de vez en cuando, pero nada parecido a lo de hoy.

Tyler seguía llorando cuando sus padres han venido a recogerlo. Pobrecillo. A veces su frustración es tan grande que no sabe qué hacer consigo mismo.

Aparte de este incidente, tengo un puñado de hojas sin calificar que ahora están todas desordenadas, un montón de planificación de clases por terminar, y mis propios deberes por hacer. Estoy a punto de terminar el máster, y estoy deseando que llegue el día para dejar de arrepentirme por haber decidido volver a estudiar. Al principio sonaba genial ampliar mi educación y conseguir un aumento, pero trabajar a tiempo completo e ir a clase la mayor parte de las noches es mucho más duro de lo que esperaba. Afortunadamente siempre se me han dado bien los estudios, pero me consume mucho tiempo y tengo una mujer y una hija. Apenas he visto a Nora durante las últimas tres semanas; los dos hemos estado trabajando mucho. Y, si Addy no viniese a mi colegio, apenas la vería a ella tampoco.

La clase parece un lugar tan solitario esta noche, yo me siento tan solo... El único sonido que oigo es el del reloj de la pared que está detrás de mi mesa. Pone un poco los pelos de punta que un edificio tan grande esté tan silencioso por la noche. Estoy acostumbrado a las vocecitas agudas o a los susurros de los niños contentos o enfadados sentados en hileras en mi clase. A manos pegajosas y bigotes manchados de zumo. En los pasillos impera el ruido durante el día, pero, en cuanto se pone el sol, todo se calma, y los conserjes limpian las huellas de los piececitos y las manitas de los suelos y las paredes.

Ahora que lo pienso, hace al menos una hora que no veo a ningún conserje. Seguramente se habrán ido a casa también.

Me quedo mirando la foto que tengo en el escritorio. En ella, mi mujer me sonríe con un enorme sombrero de alas caídas en la cabeza. Después de quemarse durante el primer día de nuestra excursión familiar, por fin la convencí para que se lo pusiera, pero al ver esa foto nadie lo diría. Madre mía, cuánto la echo de menos. Echo de menos llegar a casa a media tarde y encontrarla en nuestra cocina, y el olor a vainilla y a azúcar que inunda cada rincón del apartamento. No obstante, últimamente, cuando llego a casa ya es casi de noche, y ella está en el estudio, o en su taller, o en casa de Tessa, o en el supermercado, o en cualquier sitio menos en casa.

Malhumorado, pongo la foto boca abajo, sobre el escritorio, y cierro los ojos durante un segundo. Usando los pies, giro la silla hacia la pizarra, de espaldas a la mesa.

«¿Qué día es hoy?

»Creo que es... ¿martes?»

El fin de semana se pasó volando. Llevé a Addy al cumpleaños de su amiga y al centro comercial para comprarle un par de zapatos nuevos. Tardó dos horas en decidir cuáles quería, y yo la seguí pacientemente de aquí para allá mientras metía sus piececitos en todos y cada uno de los pares que había. Al final eligió unas deportivas blancas con pequeños lunares rosas. Perdido en mis pensamientos de lo mucho que añoro a mis chicas, no me doy cuenta de que ya no estoy solo hasta que un par de manos frías me tapan los ojos, y doy un brinco.

Pero pronto me relajo al percibir ese inconfundible aroma dulce.

—Hola —dice mi mujer con voz suave mientras sus labios rozan el lóbulo de mi oreja.

Se me hincha el pecho y mis dedos se contraen sobre mi regazo, ansiando tocarla.

—Hola —le contesto.

Nora me destapa los ojos y giro la silla de nuevo hacia mi mesa. Está delante de mí, con los párpados cerrados y una sonrisa leve pero familiar.

—¿Qué haces aquí? —le pregunto.

Abre los ojos y deja caer el bolso sobre mi desordenado escritorio. Observa el desastre, y un destello de preocupación cruza su rostro. Pasa los dedos por uno de los montones de exámenes sueltos y apoya la mano junto a un pósit que dice: «Comprarle un regalo a Nora».

—¿«Comprarle un regalo a Nora»? —lee en voz alta, y yo sonrío y me encojo de hombros.

Nuestro aniversario es la semana que viene, y sé que ella me va a hacer el regalo perfecto. Siempre lo hace. A mí también se me suele dar bien hacer regalos, pero he estado tan ocupado últimamente que no he planificado nada de nada. Soy un mal marido.

—Estábamos grabando el nuevo anuncio de Pantene aquí al lado y hemos terminado pronto, y como Tessa y Hardin me han dicho que Addy aún estaba con ellos, he supuesto que todavía no habías llegado a casa —explica.

Nora se arregla la parte delantera de la camiseta, y veo que se le transparenta la tela blanca del sujetador a través de ésta. Es una camiseta ceñida desde el cuello hasta las caderas, y sus pantalones negros de algodón son holgados, excepto en los muslos. No lleva maquillaje, le basta con sus oscuras cejas y sus densas pestañas. Yo probablemente parezco un gremlin, con los ojos hinchados y cansados y todo despeinado. Pero ella posee una belleza dolorosamente inmensa y natural.

—Lo que has querido decir es que me echabas tanto de menos que no podías soportarlo más y has tenido que venir corriendo a mi trabajo para besarme —bromeo.

Una sonrisa se apodera de toda su cara, y asiente. Luego se acerca un paso más.

—Sí, eso es exactamente lo que he querido decir. —Me rodea el cuello con los brazos y se monta sobre mi regazo—. Te echaba de menos.

—Yo también te echaba de menos, muchísimo —digo, aunque mis palabras no logran expresar en absoluto cómo me siento.

—¿Por qué estás trabajando aún a estas horas? —pregunta Nora mientras apoya la cabeza en mi hombro.

Huele tan bien, tan familiar.

—Tengo muchas cosas que hacer, demasiadas.

Me acaricia con la nariz.

—Siempre tienes mucho que hacer, grandullón.

Me río suavemente al oír lo de «grandullón».

—No te rías, estás trabajando mucho. Y ¿qué te ha pasado en la cara? —Sus dedos recorren el corte de mi mejilla.

—Una batalla por una barra de pegamento —digo, y ella frunce el ceño.

Sigue acariciándome el rostro con sus suaves dedos.

—Tienes que pedir algunos de esos días de vacaciones que se supone que tienes.

Niego con la cabeza.

—Ya no me quedarán más vacaciones después de que visitemos a mi madre el mes que viene.

Nora suspira.

—Por eso deberías dejar este empleo y trabajar por tu cuenta, dar clases particulares, y así podríamos viajar cuando quisiéramos.

Vuelvo a negar con la cabeza.

—Buen intento, nena. —La beso en la boca, y ella trata de hablar mientras tanto.

Deslizo mi lengua entre sus labios para acallarla. Su boca se vuelve ardiente, y su lengua me acaricia la mía lenta y apasionadamente.

Me aparto y protesta.

—¿Qué tal tu tarde? ¿Había suficientes pasteles en el anuncio del champú? —bromeo.

Ella se echa a reír.

—Sí, dos tartas. Pero le llenaron el pelo a la modelo de cobertura al encender el ventilador. Ha sido bastante horrible —tensa los brazos alrededor de mi espalda—, pero divertido.

Permanecemos en silencio durante unos instantes mientras visualizo el caos de tener a una modelo con el pelo pringado de cobertura mientras intentan grabar. Nora bosteza y ladea la cabeza hacia mí.

Debe de estar agotada. Yo, desde luego, lo estoy.

—No hace falta que te quedes aquí. Vete a casa. Yo tardaré una hora o así.

Ella niega con la cabeza.

—No seas bobo. Te espero. ¿Qué clase de mujer sería si dejara que mi marido se quedase aquí solo, en este edificio oscuro y escalofriante?

Le beso la barbilla, la mandíbula y la nariz.

—Y ¿qué vas a hacer exactamente, pequeña? —Le beso la mejilla, y ella suspira—. ¿Luchar contra los fantasmas? ¿Expulsar a las fuerzas del mal del colegio?

Se ríe con esa maravillosa risita suya y me deja sin aliento.

—Me refería a algún intruso, no a una fuerza del mal, mi querido friki. —Me da unos golpecitos con el dedo en la punta de la nariz—. ¿Por qué quieres que me vaya? ¿Es que va a venir a verlo alguna señorita, señor Gibson?

Mi polla reacciona. «Señor Gibson...» Creo que nunca me había llamado así antes. Y el sonido es... muy excitante. Mi mente y mi cuerpo pasan de sentirse solos y estresados a estar completamente cachondos. Muevo su cuerpo sobre mi regazo, y sus ojos oscuros me miran con una expresión inconfundiblemente traviesa.

—Dilo otra vez.

—Señor Gibson...

Sonríe y no deja de mirarme. Su sonrisa se apaga, pero sus ojos centellean. Se levanta de mi regazo y, cuando me pongo de pie y estiro los brazos para agarrarla, ella los esquiva.

—He recibido algunas quejas por parte de los alumnos, señor Gibson —dice Nora con voz grave y severa, y mi corazón se acelera.

Coge un lápiz de mi mesa y se recoge la larga melena con las manos. Retuerce un poco el lápiz amarillo entre su cabello y, de alguna manera, éste se queda recogido.

—Y ¿qué quejas son ésas, señora...?

Me interrumpe:

—Señora Nora. —Golpetea mi mesa con sus uñas largas y granates mientras la rodea—. Y, como su directora, debo investigar esas reclamaciones y asegurarme de que cumple el nivel que exijo en mi edificio.

«Dios mío, es tremendamente sexi.» Y es mía. Estoy casado con una mujer que seduce un martes cualquiera.

Mi yo adolescente me choca los cinco con aire triunfal.

Me aclaro la garganta y permanezco de pie delante de la silla. Nora me indica que vuelva a sentarme. Joder, me está volviendo loco. Es justo lo contrario de la típica fantasía de estudiante y profesor, cosa que no mola tanto cuando tú eres profesor. De hecho, es bastante desagradable y me hace sentir incómodo. Pero esto, que Nora sea mi jefa, es perfecto. Si fuese la directora de este centro, estoy seguro de que nuestros índices de asistencia serían más altos. Bueno, al menos por parte de los varones. Habría menos quejas sobre la gestión...

—Siéntate —me ordena suavemente.

Y obedezco.

—Bien, señor Gibson. —Nora coge una hoja de papel de mi mesa y continúa—: Tommy Stevens dice que usted pone demasiados deberes. Dice que le hizo dibujar un plano de su barrio, pero que a él no le gusta dibujar. —Deja el dibujo de Tommy encima del montón.

Tiene razón. Tommy detesta dibujar, por eso la mayor parte de la página está repleta de rayajos de rotulador negro.

Observo a mi mujer detenidamente.

—En mi defensa he de decir que todos los alumnos de mi clase tenían la misma tarea.

Se da unos toquecitos con el dedo en sus generosos morritos y sacude la cabeza.

—Esa excusa no me vale, señor Gibson. —Se dirige hacia mí.

Intento no sonreír mientras se acerca.

—Lo siento, señora.

—Tch, tch. Sentirlo no sirve de nada. Su ofensa es demasiado grave. —No sonríe ni un pelo, y yo no me puedo creer que vaya a pasarme el resto de mi vida con esta mujer tan sexi y juguetona—. Tiene dos opciones: o se marcha ahora mismo, o intenta convencerme de que lo deje quedarse y conservar su trabajo. —Agarra el cuello de mi camisa y tira de él—. Pero, se lo advierto: tendrá que ser muy muy bueno convenciéndome.

Me quedo mirando sus ojos salvajes y espero nuevas instrucciones; no se desvía del personaje.

—Hum, creo que elijo la segunda opción —le digo.

—Buena elección. —Sonríe—. Veamos qué puede hacer.

Me levanto de la silla y la agarro suavemente de los brazos.

—Siéntese —digo, la guío hasta la silla y me arrodillo delante de ella, con sus rodillas en mi pecho.

Ella me observa expectante.

Acerco los dedos a su rostro y acaricio su tersa piel. Cierra los ojos cuando los rodeo con las yemas de los dedos. Sus labios están húmedos, como si acabase de lamérselos, y Nora exhala su cálido aliento en rápidas ráfagas. Su pecho se agita y sus labios se entreabren. Su carnoso labio inferior llama a mi boca. La beso y me aparto rápidamente. Deslizo los dedos por su cuello, por sus generosos pechos y su suave vientre.

Ella separa los muslos cuando llego a sus caderas, y me giro para asegurarme de que la puerta del aula está cerrada. De todas maneras, si alguien pasara por delante no nos vería porque estamos detrás del escritorio y la silla está de cara a la pared. ¿Habrá cámaras aquí?

Sé que en los pasillos sí que hay, pero ¿hay en mi clase?

Espero que no.

—No está usted haciendo un buen trabajo —me reprende.

Desconecto mi mente de todo lo que no sea satisfacer a mi mujer y tiro de la parte inferior de su camiseta y se la levanto. Tengo sus pechos perfectos delante de mi cara y cuelo los dedos por debajo de su sujetador, liberando uno de ellos. Acerco la boca a su piel y ella gime cuando mis labios le rozan el pezón. Dibujo el círculo de su aureola con la lengua y ella se agarra a los reposabrazos de la silla con fuerza. Envuelvo con mis labios el pequeño y duro pezón y lo acaricio con la lengua mientras succiono.

—Joder —gruñe Nora.

Succiono con más fuerza. Sé lo que le gusta.

Con la otra mano, reclamo su otro pecho con la palma. Al cabo de unos segundos y de unos cuantos gemidos más, aparto la boca de su cuerpo y deslizo los dedos entre sus muslos. Ella hunde las manos en mi pelo y alargo el brazo para rodear su garganta con la mano. Presiono ligeramente y se vuelve loca de placer, suplicando y gimiendo.

—Por favor, Landon, digo…, señor Gibson.

Froto su sexo con el dedo índice y mi polla protesta. Está mojada, tan mojada que la humedad ha traspasado sus finas bragas de algodón. Me llevo el dedo a la boca y saboreo su dulzura. Cuando la miro, tiene los ojos vidriosos de placer, y nunca me canso de ver lo loca que se vuelve cuando la toco. Tras años de casados, sigue transformándose en un zombi cuando está excitada.

Vale, puede que un zombi no sea la mejor descripción, pero es que su mirada se pierde y su boca pronuncia palabras que ni la zorrita más sexi lograría articular. Tiene un objetivo y va directa a por él.

—¿Tendré más probabilidades de mantener mi puesto si uso las manos o si uso la boca? —le pregunto, y aparto la mano de su garganta.

—La boca —gime, y le pellizco el pezón—. La boca, la boca, la boca...

Me empuja la cabeza con las manos, y yo tiro de sus bragas de algodón. Se incorpora un poco para ayudarme y puedo oler su excitación. Joder, es un aroma dulce y embriagador. Mi desierto favorito. Le beso el ombligo y desciendo entre sus piernas dándole pequeños mordiscos. Cuando mi boca alcanza su sexo, mi lengua juguetea con su clítoris hinchado. Está tan resbaladiza, tan lista para mí.

Con sus manos sobre mi hombro y mientras me clava las uñas en la piel, hago que se corra. La conozco, así que sé que eso no será suficiente. Necesita más, siempre necesita más, y estoy deseando dárselo.

La levanto de la silla y la coloco sobre la mesa. Está jadeando, ansiando que la toque y que le dé más.

—¿He demostrado ya que soy un empleado leal? —le pregunto.

Nora niega con la cabeza.

—Todavía no.

Inclina el cuello hacia atrás y su cabello cae en cascada sobre mi mesa desastrada. Me desabrocho el cinturón y los botones de los pantalones con urgencia. Sus uñas arañan mi estómago, y rodea mi espalda con los brazos, atrayéndome desesperadamente hacia ella.

—¿Cómo lo quieres? —le pregunto, como siempre hago.

A veces le apetece lenta y profundamente, con besitos y embestidas largas. Otras, lo quiere rápido y duro, con fuertes martilleos mientras la agarro del pelo.

Por el modo en que me mira, sé que lo quiere de su manera favorita.

—Así. —Me agarra de la mano y la guía hasta su garganta. Acerca el trasero hasta el borde de la mesa y se abre de piernas todo lo que puede.

Inspiro hondo y admiro su cuerpo semidesnudo, abierto y dispuesto para mí, sin importarle un ápice dónde nos encontramos o lo ocupados que hemos estado día y noche. Si pudiera hacer una sola cosa durante el resto de mi vida, sería demostrarle a mi chica cómo se supone que debe tratarla un hombre. Mi mujer nunca se sentirá menospreciada. Siempre valoraré su cuerpo y su mente y, ahora, en este mismo momento, me hago la promesa de no permitirme nunca estar demasiado ocupado como para tocar a mi mujer.

Agarro mi erección con la mano y la tiento antes de hundirme en ella. Siento su sexo tan caliente y tan húmedo que casi me ceden las rodillas. Joder, cuánto la echaba de menos. Echaba de menos esto. La agarro del cuello con las dos manos y aprieto suavemente, como a ella le gusta. La sujeto con cuidado mientras penetro su suave cuerpo. La primera vez que probamos esto estaba muy nervioso y temía hacerle daño. Ahora ni siquiera pienso en ello. Conozco sus límites y los míos.

—Joder —exclama, y aplico sólo un poco de presión.

—¿Está convencida ya, señora? —le pregunto.

Mis caderas colisionan contra las suyas, y me muevo más rápido, más fuerte, más hondo en su interior.

—Esfuérzate más —gruñe, y me agarro a la mesa para mantener el equilibrio mientras la bombeo tan rápidamente que todo mi escritorio traquetea y tiembla.

Los exámenes y los bolígrafos se caen al suelo. Entro y salgo de ella, chupando y lamiendo su piel con cada embestida. No voy a durar mucho más. Siento cómo el orgasmo asciende ya por mi columna. Noto sus pechos firmes y carnosos bajo mi mano, y creo que voy a romper la mesa de lo fuerte que me estoy aferrando al borde.

—Me... —susurra Nora, y pego mis labios a su pezón.

Ella se agita y se tensa, y suelto la mesa para frotar con ímpetu su clítoris. Noto cómo sus músculos se contraen a mi alrededor y dejo caer la cabeza sobre su hombro mientras le doy suaves mordisquitos y me vacío dentro de ella.

Los segundos pasan, y nuestra respiración se ralentiza. Es tan suave y familiar entre mis brazos. Tiene los hombros relajados y la cabeza apoyada pesadamente sobre mi pecho.

—¿Estás viva? —pregunto, y ella asiente despacio.

—Te echaba mucho de menos —dice con voz suave.

Le doy unas palmaditas en la espalda y le acaricio el pelo.

—Yo a ti mucho más.

Seguimos callados unos segundos más antes de que Nora se revuelva en mis brazos.

—Vamos a casa —dice por fin.

Tengo exámenes por calificar, un esquema por hacer y

varios correos electrónicos por leer. Debo ordenar la mesa y releer el informe que tenía que escribir sobre el incidente de hoy con Tyler.

—Creo que no...

Nora me tapa la boca con la mano y niega con la cabeza.

—No. No pienso escuchar tu puta lista de razones por las que tienes que trabajar toda la noche y tus chicas tienen que irse solas a la cama. Otra vez.

Se me cae el alma a los pies y el sentimiento de culpa aflora en mi pecho. No quiero que mi mujer se sienta sola, ni triste, por nada del mundo. No quiero que me eche de menos.

«Estoy aquí —quiero decirle—. Siénteme, estoy aquí.»

Uno de mis mayores temores es ser una mala influencia como hombre en una casa con dos mujeres. Hasta que apareció mi padrastro, Ken, nunca había tenido a un hombre en casa. A nadie le importaba que mi madre trabajase demasiadas horas a la semana. No tenía a nadie esperándola para cenar o con quien ver reposiciones de *Juego de tronos*. Si la casa estaba vacía, el único que lo notaba era yo. Tenía a mi tía Reese y a su marido, y tenía a Dakota, así que no me sentía tan solo como podría haberme sentido.

Pero mis chicas me necesitan. Dependen de mí para ciertas cosas, y eso hace que me sienta útil, y válido, y apreciado, y me encanta cuidar de ellas. Tengo el honor de saber que no pasará un solo día sin que alguien les diga lo fuertes que son y que serían capaces de conquistar el mundo.

El trabajo puede esperar a mañana.

Aparto suavemente su mano de mi boca y le tapo la suya.

—Iba a decir que creo que no puedo esperar a llegar a casa.

La ayudo a meterse la camiseta de nuevo por dentro de los pantalones y no la miro a los ojos. Sé que los está poniendo en blanco.

—Hum...

Le coloco el tirante del sujetador por debajo de la manga de su camiseta.

—¿Lista?

Asiente.

Cojo su bolso de mi desordenada mesa, vuelvo a levantar el marco de fotos y pego mis labios a su frente. Ella me besa de nuevo, y yo le digo lo mucho que la quiero mientras le cuelgo el bolso al hombro.

—¿Quieres que lo lleve yo? —pregunto antes de soltarlo.

Nora asiente y me dedica una sonrisa cansada.

—Gracias —dice, y me coge de la mano y entrelaza sus dedos con los míos.

Me cuelgo el bolso al hombro y la sigo fuera del aula. Apago la luz y escruto el techo en busca de una cámara. Nora me contó una historia sobre Tessa y Hardin y una cámara de seguridad y, por muy graciosa que sea, no quiero experimentarlo en persona.

Durante el trayecto en metro a casa, mi mujer se aferra a mí, adormilada y adorable. Charlamos sobre la pataleta del pegamento, sobre las madres con carritos que están invadiendo nuestro barrio y sobre si deberíamos o no adoptar a un perro. Decidimos que probablemente es mejor que no lo hagamos. Deberíamos aprender de los Scott, y pensamos que seríamos unos magníficos padres de un pez de colores, o puede que de dos. Los llamaríamos Banana y

Foster, y probablemente se morirían a los pocos días. Para cuando entramos en el ascensor de nuestro edificio, decidimos que definitivamente deberíamos mantenernos alejados de cualquier tipo de animal.

O quizá deberíamos tener otro hijo.

Esa noche, después de que Tessa nos traiga a Addy a casa y de acostarla, mi mujer y yo nos retiramos a nuestro dormitorio. Una vez hechas todas nuestras rutinas nocturnas, apago la luz y me tumbo a su lado. Nora extiende el brazo sobre mi torso desnudo y acurruca la cabeza en mi axila.

Ambos estamos callados y cansados, aunque nos sentimos mucho menos solos que hace un par de horas.

—Puede conservar su trabajo, señor Gibson —la oigo decir mientras me quedo dormido.

AGRADECIMIENTOS

Bueno, cuando les conté a mis lectores en Wattpad que iba a escribir un libro sobre Landon (Liam, por aquel entonces), casi había terminado con *After 3* en la plataforma. Escribí la escena de la boda de Landon, pero no le puse rostro a su esposa. Fue algo muy extraño. Por más que intentaba obligarla a tener cara, ella se negaba. Los detalles comenzaban a encajar, pero su identidad no. Eso me estaba volviendo loca y estaba deseando averiguar quién era. Sin embargo, cuando empecé a escribirlo, cada vez lo tenía menos claro. Cuando terminé *Landon. Todo por ti* todavía era una incógnita. Los personajes se apoderaron de mi historia, como siempre han hecho, y eso me encanta. De modo que, al igual que vosotros, yo tampoco sabía quién era hasta que tecleé las palabras. Gracias a todos por amar a Landon tanto como yo.

Adam Wilson: Éste es nuestro sexto (bueno, séptimo con *Imagines*) libro juntos, y sigues sorprendiéndome e impresionándome con cada uno de ellos. Admiro tu paciencia y tu disposición para probar cosas nuevas y dejarme hacer (lo que sea) a mi manera. Te estoy tremendamente agradecida por estar tan dispuesto a ayudarme a averiguar qué faltaba, que al final vi que era Wattpad, y tú diste la cara por mí y confiaste para hacer algo diferente. Tengo la sensación de que todos estos agradecimientos son siempre iguales, pero deberías oír estas cosas más a menudo y no sólo al final de un libro. Buena suerte con todo, y estoy entusiasmada con el lanzamiento de *Gallery 13* y con todas las maravillas a las que sé que seguirás abriéndoles el camino.

Kristin Dwyer: ¡¡¡Tía!!! Eres la mejor, y de verdad que agradezco absolutamente todo lo que haces por mí. Me mantienes por el buen camino y me haces reír. Te superamos.

Ashleigh Gardner: Gracias por ayudarme a nadar en el inmenso mar que es el mundo editorial. Sigo sin querer tener un agente, a menos que seas tú. ;)

Aron Levitz: Mi amigo unicornio, me alegro de ser tu amiga del emoticono del conejito. Eres increíble y coqueto, y me has hecho más coqueta de lo que era. Gracias por ser mi amigo y por ayudarme a mantener los pies en el suelo (ojos en blanco) y por estar siempre ahí y aportar ideas que me ayudan a superar los obstáculos. Sé que sólo me estás utilizando para acercarte a mi marido, pero no pasa nada.

Paul O'Halloran: ¡Paul! No sé ni por dónde empezar. Tengo la sensación de que te esfuerzas más por mí que yo misma. Haces tantísimo, y agradezco sinceramente que estés en la cima del mundo, literalmente. ¡No podría lidiar con todos los viajes, las traducciones, el caos, etc., de no ser por ti!

Chels, Lauren, Bri y Trev: Chicos, habéis sido fundamentales para este libro y para mi vida en general. :P Tengo mucha suerte de teneros a los cuatro como mis amigos más íntimos. Significáis mucho para mí y os quiero por enviarme gifs de Nick Jonas.

Ursula: Tengo la sensación de que esto siempre es igual. :P Pero sigues siendo mi mejor amiga, mi asistente y mi cerebro. Hemos creado muchísimos recuerdos increíbles este año, y estoy deseando crear más. Muchas gracias por no intentar robarme a Miles, jajajaja.

Mis lectores son lo más importante para mí, y sigo dándoos las gracias todos los días por hacer que mi vida sea la que es hoy. Ahora que sé lo que se siente al vivir este sueño, no quiero que pare jamás.

Ventas y producción: ¡Gracias por esforzaros tanto con unos plazos de tiempo tan limitados! Os debo a todos una copa... o nueve.

wattpad W

Where stories live.

Descubre millones de historias
escritas por autores
de todo el mundo.

Descarga la app o visita la página:
www.wattpad.com

ESTE LIBRO PERTENECE A...

PEGA TU FOTO
AQUÍ

CUSTOMÍZALO COMO
TÚ QUIERAS

EMPIEZA AQUÍ

HAZ TU PROPIA PLAYLIST DE LAS 10 CANCIONES QUE FORMAN PARTE DE TI

♪ . . . .

♪ . . . .

♪ . . . .

♪ . . . .

♪ . . . .

♪ . . . .

♪ . . . .

♪ . . . .

♪ . . . .

♪ . . . .

Escribe AQUÍ la canción de la playlist de Landon que más te ha enamorado:

¿CUÁLES SON TUS LIBROS FAVORITOS?

1. . . . .
2. . . . .
3. . . . .
4. . . . .
5. . . . .
6. . . . .
7. . . . .
8. . . . .
9. . . . .
10. . . . .

¿RECUERDAS LOS TÍTULOS DE LOS LIBROS QUE APARECEN EN LA #SERIEAFTER?

ESCRIBE AQUÍ
LAS 10 PELÍCULAS
QUE VES SIEMPRE
QUE PUEDES

ESCRIBE AQUÍ LAS 10
PELÍCULAS QUE AÚN
NO HAS VISTO Y QUE NO
TE QUIERES PERDER

1. . . . .
2. . . . .
3. . . . .
4. . . . .
5. . . . .
6. . . . .
7. . . . .
8. . . . .
9. . . . .
10. . . . .

1. . . . .
2. . . . .
3. . . . .
4. . . . .
5. . . . .
6. . . . .
7. . . . .
8. . . . .
9. . . . .
10. . . . .

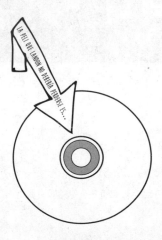

LA PELI QUE LA MAMÁ NO DISFRUTA PODRÍA SER ES...

LA PELI QUE LE PEGA MÁS A TESÓR ES...

ESCRIBE **AQUÍ** LA FRASE
MÁS ROMÁNTICA QUE
HAS LEÍDO EN TODA
LA #SERIEAFTER

GRÍTALE LO QUE QUIERAS
A ESA PERSONA QUE TANTO
TE GUSTA/ODIAS/QUIERES/
TE SACA DE QUICIO

¡¡¡TE VAS A QUEDAR AFÓNIC@ DE TANTO GRITAAAAAAAAAAR!!!

COLOREA ESTE MAPAMUNDI CON LOS 10

VIAJES QUE TE GUSTARÍA HACER EN TU VIDA

PEGA AQUÍ TUS

MOMENTOS #AFTER

COMPARTE EL RESULTADO EN

Con el hashtag **#soyafteriana**

ADÉNTRATE EN EL UNIVERSO AFTER Y DESCUBRE UNA EXPERIENCIA DE LECTURA ÚNICA